四〇〇文字の小宇宙

永井梓
Azusa Nagai

「よみうり寸評」
◆自選集◆
1995-2014

中央公論新社

四〇〇文字の小宇宙

「よみうり寸評」自選集
1995-2014

目次

第3章　事件・事故・裁判　69

第4章　政治と政治家　105

第10章　教育・医療・研究　303

四〇〇文字の小宇宙

「よみうり寸評」自選集　１９９５－２０１４

序にかえて

コラムとエッセーはどこが違うのか。それを作家の常盤新平さんに教わったことがある。優れた翻訳家としてスタートしたのち作家となった常盤さんは名エッセイストでもあった。常盤さんはエッセーとコラムはどう違うのか長いこと気になっていた。その疑問が解けたのは、英国で1997年に出版されたコラムのアンソロジー、『コラムニスト』（"The Penguin Book of Columnists"）によってだった。

クリストファー・シルヴェスター編、600ページを超えるいわばコラム大観で、英米豪のコラムニスト141人の作品が集められている。編者シルヴェスターの簡にして要を得た序文を読んで常盤さんは目からうろこの落ちるような思いだったという。

シルヴェスターによれば、コラムは昔から書かれてきたエッセーの派生物、あるいは副産物で十九世紀半ばから出現した大部数の新聞や雑誌によって生まれた。彼はこのコラム集を編むに当たって次のような基準を設けた。まず、コラムは同じ新聞や雑誌に定期的に、しかも同じ場所に同じ見出しで掲載されるものであること。これがエッセーとコラムの基本的な違いだ。

第二にコラムニストがエッセイストと違うのは読者を意識すること。「読者と締め切りのために書く」と言ったコラムニストもいる。

第三にコラムは「パーソナルジャーナリズム」と呼ばれることもあるように、書き手の個性が大きくものを言う。これが読者に好感を持たれ、しかも積極的、挑戦的であれば成功するだろうとある。

こうした「コラムとエッセーの違い」について、常盤さんは自身のエッセー集『窓の向うのアメリカ』の一章として書いた。筆者が教わったのもそのころのこと。同時に、常盤さんは貴重な『コラムニスト』の原書を筆者に下さった。「この本はあなたが持っていた方がいい」と言われたのは光栄だったが、それは「もっとしっかり書け」という叱咤勉励の意味だったろうと今にして思う。

アンソロジーの『コラムニスト』には及びもないが、今回、この20年にわたる〈よみうり寸評〉の抄録を上梓するに当たって、常盤さんとのこの交友を思い起こした。常盤さんとはJRA（日本中央競馬会）の馬事文化賞選考委員会の委員仲間としてご交際いただいたが、昨年、世を去られた。私事ながら筆者がこの3月で27年にわたる〈よみうり寸評〉担当を終えたこともご報告できず、寸評の抄録もご覧いただけないのはまことに残念至極だ。

常盤さんの叱咤に応えられたかどうかはおぼつかないが、分厚い『コラムニスト』を机上に置いて、氏の温顔を懐かしく思い浮かべている。

2014年8月　永井梓

第1章　日本の四季とくらし

太箸

〈太箸《ふとばし》をとりて父母なつかしむ　素十〉――新年の食卓には白木の太い箸が添えられる。太箸をとると、父母と迎えた少年の日の正月を思い出すという句だ。昭和20年正月、雪の新潟で、高野素十の作。敗戦も近いが句に戦争の影は感じられない。昔、太箸には柳が用いられた。「家内喜《やなぎ》」にかけて一家の息災を祈ったためだという。時は流れ、箸の材質も変わった。子供たちは昔ほど新年の雑煮を楽しみにしている風でもない。が、正月に一家の無事を祈り父母をなつかしむ思いは変わるまい。正月の素十には〈年酒酌むふるさと遠き二人かな〉〈初空の下ふるさとの村憶《おも》ふ〉の句もある。正月は来し方を思い、これからの日々に気を改める節目だ。そんな思いで近くの天満宮へ初詣《はつもうで》に。引き当てた御神籤《おみくじ》は〈大吉〉だったが、「不幸にして願望が果たされぬ時には、おおらかな心で現在の幸に感謝せよ」ともある。吉だろうと凶だろうと、大切なのは心の持ちようというご託宣。そんな三が日があっという間に過ぎた。さあ、仕事始め。

（1999・1・4）

寒の入り

〈学問のさびしさに堪へ炭をつぐ〉――きょうは二十四節気の小寒で寒の入り。寒というと山口誓子のこの句を思い浮かべる。長い間、この句の「さびしさ」を「きびしさ」と誤って覚えていた。「炭をつぐ」が、厳しい寒を連想させたせいかもしれない。が、誓子自身の解説によれば「学問のきびしいことは云《い》うまでもない。私はその上にわびしさを詠《うた》ったのだ」。この句は東大法科の学生だった誓子の東京・本郷の下宿における自画像。法律の勉強は味気なくわびしい。火鉢の炭火が尽きて冷えてくる。さびしさときびしい寒さに堪えつつ炭をつぎ足して暖を取る図だが、冷暖房が整った当節は炭や火鉢とはすっかり無縁になった。「火鉢が姿を消したら『炭をつぐ』がわからなくなるだろう」と、これも誓子の自解にある。おかげで人間の体温調節機能が退化しないかなど余計な心配も出る。寒げいこ、寒参りの厳しさに堪える力も弱まらないか。〈寒鯉《かんごい》の一擲《いってき》したる力かな　虚子〉。寒中、そんな力を失いたくない。

（2011・1・6）

七草粥

〈七種《ななくさ》のはじめの芹《せり》ぞめでたけれ〉――高浜虚子門下の四Sとうたわれた俳人四人の一人、高野素十はこの句を詠んで間もなく主宰誌『芹』を創刊した。この句にちなむ命名だ。セリ、ナズナ、ゴギョウ、ハコベラ……芹は春の七草の筆頭にくる。「芹ぞ……」の「ぞ」は無論、強意を示し、芹こそめでたい草とたたえた句だ。枯れ野にいち早く生える緑のすがすがしさ、たくましさにひかれたのだろう。その七草の若菜を炊き込む粥《かゆ》は古くからの風習であり、母の思い出につながるものでもある。〈八十の母刀自《とじ》薺《なずな》とんとんと〉〈早や母の十三回忌薺粥〉——これは素十とともに新潟医大の教授であった僚友、中田みづほの句。老いた母がナズナを刻む音、その母が亡き後にしのぶ七草粥。七草の句が、素十がセリなら、みづほがナズナというのも面白い。素十と呼び捨てに書いてきたが、筆者には少年時代に近所の同級生の父として接した懐かしい素十先生だ。七草の日に芹の句、素十先生、少年の日の友、父母弟妹、そして粥の中でとろけるようになった餅《もち》を思い出す。

（2003・1・7）

十日ゑびす

十日ゑびすにはまだ間があったが、年始の休暇で京都ゑびす神社にお参りしてきた。石の鳥居の正面高いところに「えべっさん」のえびす顔が掲げられている。そのあごの下、しめ縄の上に、金網張りの青銅の熊手《くまで》が取り付けられている。参拝者が投げ上げるさい銭の小銭を受ける仕組み。えびす顔にぶつけてはね返る小銭もある。顔に当たってもにこにこ顔は変わらない。人に投げ銭なら失礼千万だが、福の神への投げ銭は無礼ではないらしい。神社のさい銭箱にはだか銭の投げ入れは当たり前だ。『なぜ日本人は賽銭を投げるのか』（新谷尚紀・文春新書）によれば、これはケガレを祓《はら》い清める行為で、ケガレは貨幣に託されている。神社はケガレの吸引浄化装置ということになるらしい。で、投げ銭、はだか銭が無礼に当たらないことになる。しかしこれが偽札となると話は別だ。善男善女の参拝にまぎれ、神社仏閣を舞台に偽1万円札使いが横行している。おみくじ売り場や境内の露店などで使われた。神罰仏罰をおそれぬ不届き者。いずれ警察の熊手に引っかかる。（2005・1・6）

成人式

「荒れて対策　でも荒れて……」「ハタチの式典　イタチごっこ」——これは去年の成人式を報じた本紙朝刊（東京本社版）の見出し。それが今年、きょうの朝刊は「新成人一転〝大人しく〟」となった。どうやら今年は沈静化に向かったらしい。しかし「一部では小競り合い」ともある。一層「大人」になるよう自覚を求めたい。いつまでも「荒れる成人式」では何のための祝日かわからなくなる。無論これまでも荒れたのは一部で、きちんとした新成人が大多数だったことは信じているが、一部先輩の心ない振る舞いはもうまねないことだ。〈春著《はるぎ》きし乙女を父が仰ぎみる〉（百合山羽公《ゆりやまうこう》、10日朝刊・四季欄）——成人式の振り袖は父ならずとも美しく思う。同時に〈躾《しつけ》〉という字も思う。身と美を合体させた文字。日本でつくられたいわゆる国字だ。うまくできている。身を美しくすることはただ美しく着飾ることを意味しない。礼儀作法はじめさまざまな心得を身につけさせることが躾、身を美しくすることだ。この文字の成り立ちを親子ともどもよく考えたい。（2005・1・11）

歌会始

子どものましてや老いの笑まふ顔ひとつもあらず古きアルバム。「歌会始の儀」で入選した詠進歌の一つ、醍醐和さんの作。今年のお題は〈笑み〉だが、何と、笑みのないことを詠んで入選した。笑みに裏側から光を当て、逆に、笑みの和みの大切さを浮かび上がらせた――そんな感想を持った。年輪を感じさせる歌だ。戦前、戦中のこの古いアルバムには、父母と少女だった和さんら兄弟姉妹8人がそろった一枚もある。昭和19年（1944）、予科練の休暇で帰宅していた兄はその年、南方の海に輸送船とともに沈んだ。写真をふんだんに撮れる時代ではない。にぎやかな大家族もカメラの前の表情はみな硬い。今そろって撮り直したら、笑みあふれる一枚になるかも知れない。メール、電話、はがき、封書――当欄は読者のみなさんから数々のお便りを頂くが、和紙に筆というのはごくまれだ。醍醐さんは数少ない墨書の便りを下さるありがたい読者のお一人だ。その人の入選に改めて敬服した。知人の歌会始入選など初の体験。わがことのようにうれしい。

（2006・1・12）

雪やこんこ

〽雪やこんこん霰《あられ》やこんこん……。こう覚えて歌ってきたが、小学唱歌「雪」の歌詞は「こんこん」ではなく「こんこ」が正しい。これは今週のNHKラジオ番組「おしゃべりクイズ疑問の館」で知った。ゲスト解答者の諸氏もみんな「こんこん」と思っていた。続く歌詞は「降っては降ってはずんずん積もる。山も野原も綿帽子かぶり……」。だが、ゲスト諸氏が歌ったのは「降っても降ってもまだ降りやまぬ。犬は喜び庭駆けまわり……」の方でこれは2番の歌詞。唱歌「雪」は1911年(明治44)、小学2年用に作られ、長く親しまれてきたが、1番より2番の方が覚えられているようだ。静かで動かない山や野原より、犬や猫の出てくる情景の方が心に残ったからだろうか。「こんこん」は「こんこ」より歌いやすいからかも知れない。

さて、長期予報では今冬も暖冬のはずだったが、各地で十数年ぶり、所によっては、三十数年ぶりなどの大雪や寒波が連日のニュースになっている。列車や飛行機が運休、車の中でCO中毒……。大寒はまだ明後20日だというのに。(2001・1・18)

梅一輪

〈梅一輪一輪ほどの暖かさ　嵐雪〉――この句の「一輪ほどの」を「ごとの」と覚えている人が多い。長谷川櫂さんが著書『国民的俳句百選』にそう書いている。「ごとの」なら、梅の花が一輪開くごとに暖かくなってゆく早春の句。だが、本当の嵐雪の句は「寒梅」の前書きがあり冬の句だ。「梅一輪ほどの」小さな暖かさを冬のうちに見つけた春を待つ心の句。「ほど」と「ごと」、わずか2字の違いで季節が変わってしまう。「言われてみれば……」とうなずく。2月到来。今年は1月のうちから梅開花の便りがあったかと思うと、きょうからあすにかけては、関東地方の平地でも雪の予報だ。東京で積雪も見込まれる。芭蕉の門弟・嵐雪が生きた江戸時代とは季節の様相も変わったようだが、何やら1月に「一輪ごとに」にうなずき、2月に「一輪ほどの」の正しさを知る思い。2月、〈如月《きさらぎ》〉の語源には諸説ある。寒さに重ね着するなら「衣更着《きさらぎ》」、プロ野球キャンプインの月なら、万物が萌《も》え動き出す「生更《きさら》ぎ」。（2010・2・1）

ひなまつりⅠ

〽あかりをつけましょ　ぼんぼりに……今日はたのしい　ひなまつり。この歌「うれしいひなまつり」は長く歌い継がれてきた。作詞サトウハチロー、作曲河村光陽。昭和10年（1935）の作だから、この歌は今年、古希を迎える。ハチローの家は当時、東京・上野桜木町にあった。その年の桃の節句、豪勢なひな人形が子供部屋の半分を占拠。しめて200円。当時の大卒初任給の3、4倍に当たる高級品だった。最初の妻と別れたハチローは、前年3人の子を引き取っていた。上の2人が小6と小4の女の子。豪勢なひな飾りは、実母と離された子らへのせめてもの心尽くしだったであろう。歌はこのひな人形を買ったころに作ったものらしい。うれしいひなまつりには悲しい影もある。お嫁にいらした姉様によく似た官女の白い顔。これは18歳で亡くなった姉の色白の面影を追ったものか。ハチローは4歳上のこの姉が大好きだった。この歌の話、詳しくは『唱歌・童謡ものがたり』（読売新聞文化部）にある。ひな祭りにはそれを思う人の数だけドラマがある。（2005・3・3）

ひなまつりⅡ

芥川龍之介の短編「雛《ひな》」はある老女の回想。15歳の少女時代に雛を手放したことにまつわる話だ。雛は横浜のアメリカ人に買われて行く。家は、江戸時代から諸大名のご用を勤めた大店《おおだな》だったが、店は傾き、雛まで売りに出す。30もの総桐《そうぎり》の箱に納められ土蔵にある雛を手放す前に、娘はもう一度眺めたいと思った。父に頼むが、「手付けを取った以上、どこにあろうとも人様のものだ。いじるもんじゃあない」と取り合ってくれない。雛祭りまで待つこともなく手放す前夜がきた。娘は涙のうちにいったんは、うとうとと眠ったが、ふと目をさますと、枕元に寝間着のままの父が座っている。その前に雛が並べてあった。今では夢か幻かと老女は思うが「あの夜更けに、独り雛を眺めてゐる、年とった父を見かけました。これだけは確かでございます。女々しい、……その癖おごそかな父を見たのでございますから」で話は終わる。あす、未曽有の経済危機下の雛祭り。芥川の短編「雛」の冒頭には、〈箱を出る顔忘れめや雛二対〉と蕪村の句が置かれている。

（２００９・３・２）

フキノトウ

〈煮て味のふかくかなしき蕗《ふき》の薹《とう》〉（片山鶏頭子）――この季節、煮ふくめたフキノトウを毎日楽しんでいる。亡父の好物だった。〈この畦《あぜ》や母亡きのちも蕗の薹〉（篠塚しげる）という句もあるように、フキノトウには両親を思い出させるものがある。幼いころ、なじみにくかった苦みも今は懐かしい味だ。大人になって分かる味の一つだろう。浅い黄緑の丸っこい姿も好ましい。が、今年、家人がスーパーで求めてきたのは、色も姿もミョウガに似た細身の品だった。この姿形を知らぬは当方ばかりなりだったのだろうか。「愛知県内の自生種だった愛知早生で、店頭に並ぶフキノトウの主産地は愛知県」と『ｄａｎｃｙｕ』誌の3月号にあった。煮てよし、てんぷらによし、フキノトウみそもいい。亡父がみそ汁に散らしていた香りも思い出す。多くの食物が季節を失っている中で、フキノトウの季節は短い。霜や雪の下から春を告げたフキノトウが去れば、春は駆け足になる。きのう、気象庁は関東から西のサクラの開花予想を発表した。

（１９９９・３・４）

花見Ⅰ

昔の江戸で桜の名所というと、上野、王子の飛鳥山、向島、日暮里の道灌山、郊外の小金井……だった。が、上野の山は意外にも、花見での酒と鳴り物が禁じられていたうえ、夕方七つ（午後4時ごろ）になると、山から出されたので、上野の花見客は年寄りと女子供が多かったという。で、花を見て、心おきなく飲み食いして騒げる場所の一番人気は向島になったらしい。このことは故藤沢周平さんの「近所の桜並木」という短いエッセーで知った。藤沢さんはずっと花見は上野という観念を持っていた。上野はふるさとと山形との接点でもある。だから何度も花の上野を通りすぎた。「ただし、一度も上野でそれが目的の花見をしたことはなかった」。会社勤めのころは忙しく、小説家になっても「締め切りは近く花見は遠し」だった。で、近所の桜並木で散歩がてら花見気分を味わった。上野には及ばずとも、近所ならつぼみから三分、五分咲き、満開そして散るまでをつぶさに見ることができる。忙しいあなたに周平流花見をおすすめする。

（1997・4・2）

花見Ⅱ

数あるサクラの品種の中でもソメイヨシノは全国に最も広く分布している。それで、気象庁はこれを開花予想の目安にしている。今春2度目の開花予想によると、前回の予想（3日）は修正されサクラ前線の北上は早まりそうだ。きのう甲府では平年より14日も早く開花した。修正予想よりさらに早い。ソメイヨシノは明治初年に東京の染井村でつくられて急速に広がった。昔から親しまれたサクラの長い歴史を思えば、つくられてから百何十年というのは、まだ新しい。ソメイ以前の花見の主役はヤマザクラで奈良の吉野山、京都の嵐山などが古くからの名所。エドヒガンは盛岡の石割桜、三春の三春滝桜……各地に巨樹、名木を残している。「花が咲くときは、蕾《つぼみ》が肩を張るようになるんですわ。目いっぱい、ぐっとこう気張って、エネルギーを蓄え日照、気温、そういうものが合うたときに、ぱんと咲く」。「それを見ているほうが、花よりもおもしろい」と『桜のいのち庭のこころ』（佐野藤右衛門）にある。そんな見方もよさそうだ。

（1999・3・19）

入社式

空をゆく一とかたまりの花吹雪　高野素十――満開のサクラに強風が吹いて花吹雪。きのうは新社会人の入社式の日だった。きょうの朝刊には大手各社の社長訓示が載っている。若者に呼びかける言葉の数々を読むと作家・山口瞳さんを思い出す。〈諸君！　この人生、大変なんだ！〉――真剣に時に激しく、だが、いつも親身で温かく呼びかけていた。毎年4月1日、新聞各紙に載る洋酒会社の広告が山口さんの呼びかけの場だった。1978年から亡くなった95年まで欠けた年はない。どこの社長にも負けない熱があった。「3年は黙って働け」「悠揚迫らずで行け」「ミットモナイことをするな」「他人に迷惑をかけないこと」「失敗しても、クヨクヨせず朗らかに、キッパリあやまれ」「品性はよくなければならない」「少しは酒を飲め」「酒は愉快に飲め」「酒の上の失敗を恐れるな。ガンガン行け！」。どれだけ多くの新入社員諸君が励まされたことか。入社式などない職場の若者にも届いた言葉だ。さあ船出しよう！「この人生大変なんだ。ガンガン行こう」。

（2006・4・4）

初鰹

江戸時代の俳句や川柳には、初鰹《はつがつお》について詠んだものが山ほどある。その魚を江戸っ子がいかに珍重したか、面白おかしいほどだ。〈目には青葉山ほととぎす初鰹〉——あまりにも有名なこの句には、パロディーの句まである。〈目も耳もただだが口は高くつき〉——新緑を眺め、ほととぎすの声を聞くのはただだが、初鰹を食べるのは高くついた。〈俎板《まないた》に小判一枚初鰹〉——法外なほど高かった。一方、サンマは安かった。〈秋刀魚《さんま》焼く昨日も今日も隣かな〉の句がある。「下魚。下々にては食す」とも書かれた。落語には「目黒のさんま」同様、世情にうとい殿様を扱った「ねぎまの殿様」というのもある。マグロのトロをネギと煮るねぎまは江戸の庶民の食べ方。マグロは今のようには珍重されていなかった。肉食も遠洋漁業も冷蔵庫もなかった時代とは事情が違うが、日本の魚介類の自給率は2006年で59％だ。自給率向上のために、カツオ、イカ、サンマ、ブリをもっと食べようと水産白書が呼びかけている。

（2008・5・22）

笹団子

〈母と娘の膝《ひざ》つき合せ粽《ちまき》結ふ〉〈笹団子《ささだんご》笹粽より青々と〉——ともに素十の句。わが家には今年も越後から笹団子と粽が届いた。笹団子も粽も今では無論、商品だが、昔は家庭の手作りだった。母親がたくさん作って家の中につるしたものだ。〈母と娘の……〉はそんな台所の情景を思い出させてくれる。笹団子に入れるよもぎは子供たちが摘みに行った。子供たちはよもぎとは言わない。もちぐさと呼んで、それが土手の斜面などにたくさん生えていることを知っていた。それを摘むのはささやかだが、母への手助けであり、節句の準備に参加することでもあった。「こどもの日」ではなく「端午《たんご》の節句」だった当時、旧暦で祝う所も多かった。こどもの日を最後に連休は明けたが、〈美しき五月〉はこれからだ。万物成育の月、清明さがいい。初がつお、たけのこ、ふき、そらまめ……どれもさわやかさがいい。きのう、水上バスに乗って、隅田川と東京湾の風に吹かれた。風が光れば、大相撲夏場所も近い。5月は威勢のいい月でありたい。

（1997・5・6）

立夏

きのう立夏。このところ続いた汗ばむ陽気に暦の上だけでなく夏は来ぬを思う。今夜から空模様は下り坂。時期の魚、サクラマスを食べた。〈行く春や雨にけぶりてサクラマス年月を追い濃き味となる〉は大庭みな子さんの歌。近著『浦安うた日記』にある。サクラマスは晩春から初夏にかけて、海から川へ遡上《そじょう》を始める。この時期の味が最上だ。大庭さんは味噌《みそ》漬けにして、焼いて食卓にのせる。ご主人ともども「ああ、あれは今時分、これはあのときの味だ」と思う。それはもう50年近くも前のこと。恋人だった夫君の家を初めて訪ねたとき、サクラマスの味噌漬けを手土産にした。新潟の家の近くの川でとれたものだった。その味にとりつかれた彼は夫婦でアラスカに住んだ日々、サケ、マス釣りに明け暮れた。大庭さんはご主人の釣ったサケの味を忘れない。一方、夫君の一生の思い出の味は、あのときのサクラマスと大庭さんの下宿を初めて訪ねたときに、作ってもらったギョーザの味だという。年とともにその味が濃くなる——大庭さんの歌の思いに味がある。

（2003・5・7）

カーネーション

「お母さんいる?」――息子や娘の電話を受けると、彼らの第一声はほとんど決まってこれだ。母親に用事で、父親はお呼びでない。〈母の日〉が〈父の日〉に比べ優勢であるのはこんなささいなことからも類推できる。それでよい。家庭の日常は、大方、優しく頼もしい母親を中心に動いているからだ。母の日(5月の第二日曜日)は二十世紀の初頭、米国の女性、A・ジャービスの提唱で始まった。いつしか日本にも広がり、すっかり定着。今年は明後9日が大好きなお母さんに感謝する日だ。カーネーションを売る花屋さん、数々の母の日ギフトを売り込むデパートなど、商魂の成果でもあるが、やはりここは母の愛と力の偉大さを素直にたたえる方がいい。カーネーションは地中海地方に生まれ、日本には江戸時代にオランダから渡来した。聖母マリアの涙の後に咲いた花、母性愛の象徴。花冠に用い、名はコロネーション(戴冠式《たいかん》)に由来するともいう。古代ギリシャでは、ゼウスにささげられた。その花が、今は家の神ならぬかみさんに。そんな駄じゃれもある。

(2004・5・7)

はるかな尾瀬

〽夏がくれば　思い出す　はるかな尾瀬　遠い空……。福島、群馬、新潟にまたがる尾瀬の山開きが20日、福島側登山口の檜枝岐村御池で行われた。江間章子作詞、中田喜直作曲の〈夏の思い出〉は、夏がくれば尾瀬を思い出すと歌うが、逆に尾瀬と聞けば、この歌を思い出す。その地を踏んだことのない人でも思い出す。歌と歌われた所が実にいい関係になっている。多くの人があこがれた尾瀬、長く口ずさんだ歌だからだろう。敗戦から間もない1949年（昭和24）、NHKのラジオ歌謡としてこの歌は流れた。尾瀬の湿原が歌を有名にし、その歌がまた人々を尾瀬に誘った。ひところ、押し寄せる登山客で、ゴミが散乱、湿地が踏み固められる環境破壊の危機があった。〽水芭蕉《みずばしょう》の花が咲いている水のほとり。それが「歌の中にしか存在しないとなったら名折れ」と地元。で、推進したゴミ持ち帰り運動、車の乗り入れ規制などがあって今日の尾瀬がある（読売新聞文化部『唱歌・童謡ものがたり』）。〽まなこつぶれば　なつかしい　はるかな尾瀬　遠い空。

（2003・5・23）

アジサイとアユ

紫陽花《あじさい》の一花供へて満足す（高野素十）、各人へ鮎《あゆ》の一串《くし》づつを先《ま》づ（中田みづほ）――真夏日の続いた5月が去って、6月の到来。花はアジサイ、魚ならアユの月だ。5月末の異常な暑さには、いささか参ったが、東京の朝は一転、涼しい雨で明けた。ホッカイドウ競馬のコスモバルクはこんな気温で日本ダービーを走りたかったかも知れない。ハイペースの先行馬を早めに追い過ぎたのが敗因だが、真夏日の暑さもこたえたことだろう。秋に再起を期してもらいたい。気温の乱高下は体調をおかしくもする。ご注意を。アジサイはやはり真夏日の太陽の下よりも、やがて来る梅雨に打たれて咲くのが似合う。花の色が移ろいやすく七変化の別名もある。花のようすから手毬《てまり》花とも呼ぶ。梅雨は若アユの躍動に負けないように過ごそう。「鮎は容姿が美しく、光り輝いているものほど、味においても上等である。……塩焼きにして……熱い奴《やつ》を、ガブッとやるのが香ばしくて最上である」と北大路魯山人が書いている。ふるさとはよし夕月と鮎の香と〈桂信子〉、紫陽花や藪《やぶ》を小庭の別座敷〈芭蕉〉。

（2004・6・1）

梅の月

NHKのテレビテキスト『きょうの料理』6月号の特集は梅干し、梅酒など〈わが家に伝わる漬物・果実酒〉。今夜の番組は〈失敗なし・梅干しに挑戦〉だ。岩波書店のPR誌『図書』6月号の〈旬を食する〉では作家・書誌学者の林望さんが、〈梅の八徳〉と題して、わが家の梅干し、梅酒を書いている。6月は〈鮎の月〉と言ったのは獅子文六だが、この月は〈梅の月〉でもある。梅雨に入るころ梅の実が太りはじめ、熟すると黄色になる。季語も紅梅白梅など花をめでるのは春だが、青梅、梅干し、梅漬けは夏だ。梅干しの下漬け・塩漬けはNHKの番組のように中旬に始まり、本漬け・赤じそ漬は下旬から7月上旬。梅雨明け後に夏の日差しになったら土用干し。〈青梅が籠《かご》に身をつめ夜の豪雨　野沢節子〉——漬けられるのを籠の中で待つ青梅、外は強い梅雨の夜だ。〈梅を干すほとりにいつも母の影　古賀まり子〉——梅干しを漬ける季節になつかしく母を思う人も少なくなかろう。〈梅干すと指赤くして祖母と孫〉——これは林望さんの往時茫《ぼう》々、追憶の一句だ。

（2007・6・11）

梅干しのうた

「梅干しの話を書くなら〈うめぼしのうた〉を書いてほしかった」と友人。古い古いその歌は明治の末から大正初期のころ、尋常小学校の読本に載った。が、今や知る人も少ない。筆者が知ったのは、お天気博士・倉嶋厚さんの著書『季節みちくさ事典』のおかげだ。氏がNHKの気象キャスター時代のこと、梅の実の取り入れの映像に、この歌をコメント代わりに使った。問い合わせの電話が相次いだという。初めて聞いても知りたくなるような、うろ覚えなら確かめたくなるような、そんな歌詞なのだ。紹介すると——。「二月三月花ざかり　鶯《うぐいす》鳴いた　春の日の　たのしい時も　ゆめのうち　五月六月実がなれば　枝からふるい落とされて　近所の町へ持ち出され　何升何合計り売り」「もとよりすっぱい　このからだ　塩に漬かってからくなり　紫蘇《しそ》に染まって赤くなり　七月八月暑いころ　三日三晩の土用干し　思えば辛《つら》いことばかり　それも世のため人のため……」「皺《しわ》は寄っても若い気で……運動会にもついて行く……無くてはならぬこの私」で結ぶ。梅干し、愛すべし。

（2007・6・13）

朝顔市

各地で、真夏日、熱帯夜、雷鳴、稲妻、夕立などとともに7月到来。そんな1、2日、東京・国立市で恒例の朝顔市が開かれた。恒例といってもまだ12回目。6日から始まるご本家、東京・入谷の朝顔市とは比較にならない小さな市だが、トマト、ナスなど地元の野菜の直売もあり、愛好家に親しまれている。赤、青、淡青、紫、白など一鉢に4種の花が咲くようにして売っている。団十郎と呼ばれる小豆色の花の入った鉢を求めた。9代目団十郎がこの色を好んだらしい。朝顔は奈良時代に遣唐使が薬用に持ち帰ったという。古くは平安の文学にも見られるが、いかにも日本の花という風情は、江戸時代から広く栽培され親しまれてきたからだろう。英名「モーニング・グローリー」(朝の栄光)はまさにすがすがしい朝の開花をあらわす。その輝きを楽しむなら朝晩の水やりが欠かせない。怠らないように。〈朝顔の紺の彼方の月日かな〉は石田波郷の句。毎朝の花を見据えて、遠い未来を、あるいは過ぎた月日を思うこともできる。

(2000・7・3)

ほおずき市

〈ほおずき〉は大きい方がいい。清少納言が『枕草子』にそう書いている。見栄えもいいし、口にふくんで鳴らすにもいいからだろう。子供のころを思い出す。ほおずきの中身の粒々を出すのが下手だった。すぐ破れてしまう。不器用のうえ短気ではうまくいかない。鳴らすのも女の子にとても勝てなかった。ほおずきは『源氏物語』や『栄華物語』にも出てくる。平安の昔から女児の遊びに使われていた。女の子がうまく鳴らすのは古い歴史があったのだ。さて、今の子はどうだろう。ほおずきなど喜ばないかも知れないが古い遊びは伝えたい。語源は「口に入れ、ほほを突くから」「ほほという虫がつく」「赤いから火火《ほほ》着き」など諸説あるが定かでない。漢字では酸漿、鬼灯。季語としては鬼灯市なら夏、鬼灯は秋と分かれる。あす、あさっては浅草の〈ほおずき市〉。浅草寺の「四万六千日」の縁日に古くから開かれてきた。1日のお参りで4万6千日分の功徳があるという。それを？　の思いでよんだのか「亀四匹鶴が六羽の御縁日」などという川柳もある。

（1999・7・8）

土用丑の日

きょうは土用丑《うし》の日。朝刊の折り込み広告に、「この日のために選んだ逸品」「夏を乗り切るスタミナメニュー」などスーパーのウナギのかば焼きが目立った。「2尾780円」のウナギ長焼きなど輸入品の攻勢もありウナギも随分安く食べられるようになった。大歌人・斎藤茂吉が今、世にあれば、このウナギの山を何と見るか。ウナギは氏の大好物だった。「町なかのどこにでもあるウナギ屋を愛し、上中下とあると下か、奮発して中なんだ。上なんか決して注文しない」「自分のウナギより隣のウナギが大きく見えて取りかえる。かえると、今度はそっちが大きく見えてまたかえる」「食べて五分、目が輝いて、樹木の緑が食べる前と違うと言った」「食生活はぜいたくではなく、ウナギはダイヤモンドでなかったか」——これらは子息・茂太さんの思い出話だ。きょうは今も残る「酷暑日本記録」の日でもある。68年前の昭和8年7月25日山形市で40・8度。「荷馬車の馬が心臓麻痺《まひ》でも起こしそう」と山形新聞は伝えている。茂吉は山形県の出身だった。

（2001・7・25）

原爆忌

〈あの閃光が忘れえようか　瞬時に街頭の三万は消え……ビルディングは裂け、橋は崩れ　満員電車はそのまま焦げ……〉（峠三吉「八月六日」『原爆詩集』より）。きょう、広島は68回目の原爆忌を迎えた。あの日から24837日になる。高齢化した被爆者は平均78歳を超えた。昨年12月死去した『はだしのゲン』の作者中沢啓治さんは73歳だった。あの朝8時15分、当時小学1年生の中沢さんはすでに登校していたが、忘れ物を思い出し、150メートルほどの自宅へ取りに戻ろうと校門を出たばかりだった。見上げた上空にB29。「Bじゃ！」、次の瞬間にものすごい光。気を失い、気付いた時は血だらけで、学校の塀と街路樹が体の上に折り重なっていて動けない。この塀と木が原爆の熱線を防いだため助かったらしい。この奇跡がなければゲンは生まれなかった。ゲンは中沢さんの分身。『はだしのゲン』は多数の外国語に翻訳され世界に広がっている。中沢さんも峠さんもすでに世にないが、作品は原爆の非道を永遠に伝える。

（2013・8・6）

8・15

〈朕《チン》深ク世界ノ大勢ト帝国ノ現状トニ鑑《カンガ》ミ……堪ヘ難キヲ堪ヘ忍ヒ難キヲ忍ヒ以《モッ》テ万世ノ為

ニ太平ヲ開カムト欲ス〉。あの日、この〈玉音放送〉をじかに聞いた人は年々少なくなっている。あの暑い夏、昭和20年（１９４５）８月15日から68年になった。戦後生まれが今や８割に近い。当時の幼児でもすでに古希を迎えるという歳月が流れた。この戦争で日本人の犠牲者は約３１０万人。この数字は終戦の年に大きく膨らんだ。東京大空襲、沖縄戦、広島・長崎の原爆投下、ソ連参戦……を忘れてはならない。９月２日には東京湾、米戦艦ミズーリの艦上で降伏文書の調印式が行われた。退役後、ミズーリはハワイ真珠湾に碇泊《ていはく》、広く一般公開されている。ミズーリの右舷には日本の特攻機・零戦が体当たりした痕跡がある。同湾の近くには戦艦アリゾナが開戦の真珠湾攻撃で沈められたままモニュメントになっている。毎夏、ハワイでワイキキビーチを楽しむ日本人は多いが、真珠湾で往時を学ぶ人はもっと多くていい。

（２０１３・８・15）

佐渡の夏

〈ロシアまで畳続きの夏座敷〉――こんな句があることを、先週末、佐渡を旅して初めて知った。尖閣湾から日本海を眺めたときのこと。波一つない海は、はるか影も見えないロシアまで青い畳を敷いたようにと表現してもおかしくないほど穏やかだった。ガイドの説明だと、この句は与謝野鉄幹の作だという。いつ詠んだのかは知らないが、やはり同じように海は青く澄み、穏やかだったのだろう。水平線のかなたまで夏の海を畳続きの夏座敷とはうまく見立てたものだ。日本海といえば荒海のイメージだ。少年の日の日本海を思えば、確かに夏も盆を過ぎれば、大波でクラゲが出るのが常だった。それだけに「畳続き」は鮮やか。海は荒海、向こうは佐渡よ……。これは童謡「砂山」。作詞・北原白秋、作曲・中山晋平の名曲が広く歌われたから日本海＝荒海のイメージが定着したのかも知れない。そんなことも思った。白秋が感嘆した砂丘、グミ原に往時の面影はない。8月が去る。海よさよなら、さよならあした。（2010・8・31）

中秋の名月

〈ざゝざゝと傘さして出づ雨月かな　素十〉。きょうは「中秋の名月」に当たる日だが、列島はほとんど雨雲に覆われている。せっかくの十五夜の名月が曇り空で見えないのを「無月」と言い、これが雨だと「雨月」となる。四季それぞれに月はあるが、ただ月と言えば秋の月で、秋の季語になっている。きょうの日本の空は、台風19号の雨雲から秋雨前線の雲が東へのびるように続いているから、名月、無月、雨月どころではない。台風の被害が少ないようにと祈る。きょうの中秋の名月は、あす未明には全国で皆既月食が見られるはずだったが、これもほとんど無理だろう。中秋の名月が皆既月食と重なるのは極めて珍しいめぐり合わせだ。風流よりもこの天文ショーのチャンスを逃すことの方が残念という向きも少なかろう。が、「中秋節」は中国（唐）が起こりだ。日本では台風と重なりやすい。十五夜の後は十六夜から順に「いざよい」「立ち待ち」「居待ち」「寝待ち」の月と続く。〈この月を居待寝待と指を折り　素十〉。（1997・9・16）

秋分の日

墓石には一斗樽《だる》、花立てには貧乏徳利《どくり》、水受けには杯がデザインされている。故人は大酒飲みだった。生前に家族で話し合って形を決めた実在の墓だ。ギターをかたどった音楽家の墓もある。実寸の碁盤の形の墓石は囲碁クラブ経営者が自ら建立したもの。ピンポン玉をイメージした球形は卓球選手の墓石だ。汽車好きだったお父さんのために2人の娘さんが機関車の形の墓をつくった。墓の入り口の左右にシューズをかたどった石のあるのはマラソンの監督だった人の墓。夫妻の手形が刻まれた墓石もある。お参りにきた子供たちがそこに手のひらを当てて家族のぬくもりを伝えてほしいからだそうだ。従来の三段墓とは違う形の墓石が増えてきた。そんな状況が、読売新聞社の近刊『お墓』（よみうりカラームックシリーズ）でよくわかる。「○○家の墓」でなく、好きな文字や言葉を刻む墓も近年は増えている。散骨がいいという人もいる。時代とともに葬送観も変わる。が、大切な人をしのぶ心は変わるまい。あす秋分の日、彼岸の中日を迎える。

（1997・9・22）

体育の日

連休の列島をにらみ台風22号が北上中だ。上陸のおそれが強い。上陸なら今年9個目。またも、うれしくない記録の更新となる。40年前の10月10日が東京五輪開会式の日に決まったのは、この時期で最も晴れの可能性が高い日だったからだ。それが、今年の連休は晴れどころか台風警戒の日になる。10日は五輪開会式を記念して長く「体育の日」だったが、この祝日は毎年連休となるよう2000年から10月の第二月曜に改められた。こう変わっても体育の日の起こりが東京五輪の開会式だったことは語り継ごう。昭和の〈坂の上の雲〉を追うような時代だった。東京五輪のヒーロー、ヒロインを思う。雨の連休を読書で過ごすなら、近刊の一冊をお薦めする。『ベラ・チャスラフスカ最も美しく』（後藤正治著）。東京五輪の華、チェコの体操の女王ベラは東京の後、厳しい40年を生きた。プラハの春、ビロード革命、加えて家族の不幸。ベラの栄光と苦難の歳月に〈節義、信義、規範、倫理、献身〉などの言葉を著者は思い浮かべた。二十世紀の断面も読み取れる労作だ。

（2004・10・8）

立冬と白菜

〈立冬の女生きいき両手に荷　岡本眸〉――きょう立冬。強い寒気が列島に接近、日本海側の地方は荒れ模様、関東地方でも夜には冷え込むという。立冬というと冒頭の句を思う。〈女生きいき〉に若いころの母の姿を思う。〈両手の荷〉は勝手に白菜と想像している。漬物にするため白菜を買って帰る母が目に浮かぶ。〈洗はれて白菜の尻陽《ひ》に揃《そろ》ふ〉――楠本憲吉さんの句。「亡母は晩秋初冬のころ、空き樽に塩をいっぱいきかせて白菜を段々に並べ漬けていた。白菜のあの淡泊な味は、私にとって亡き母の味」と楠本さんは書いている。白菜と母の連想が同じでうれしい。わが母は健在だが、卒寿も超えた高齢で、さすがに漬物も卒業した。近ごろ、漬物は家庭では漬けず、すっかり店で買うものになったようだ。白菜はこれからは鍋ものにも欠かせない冬菜の女王だが、日本への来歴は意外に新しい。明治まで日本人はこの味を知らなかった。日清、日露戦争の出征兵士らが大陸で知り、種子を持ち帰ったという。立冬――白菜を思い、鍋の恋しい季節が到来した。

（2006・11・7）

晩秋と大根

霜月到来。「昔は11月に初霜が降りて、畑の黒い土から、肥えた大根が首を出し……とても日本的風景を感じた」と獅子文六が著書『食味歳時記』に書いている。「大根の食法で天才的なのは、タクワンだろう。創始者、沢庵和尚という人はよほど食物知識の優れた人に違いない。大根という無味な野菜を糠《ぬか》と塩の簡単な加工であれほど深い味をひき出すというのは大した発見」ともある。同感だ。若いころは、さほどでもなかったが、年とともに味わい深いと思って、日々の食事に欠かせなくなった。ふろふき大根、ブリ大根、千六本のみそ汁もいい。文六氏が20代からふろふきの味を覚えたのは、酒をたしなんだせいという。別の『たべもの歳時記』でも、楠本憲吉が11月の項の最初に大根をあげている。芭蕉には「菊の後大根の外更になし」の句がある。俳聖も好んで食したらしい。「大根が太くなって、晩秋」と文六先生。北海道からは積雪の便り。先週、裏磐梯で見た紅葉もまぶたに浮かべ、深まり行く秋を思う。

（2009・11・2）

木枯らし1号

〈凩《こがらし》の果はありけり海の音〉――言水《ごんすい》の句。芭蕉と同時代の俳諧師で、この句は「凩の言水」と異名をとるほど評判になった。長谷川櫂氏は著書『国民的俳句百選』の一句に入れている。句には「湖上眺望」の前書があり、海とあるのは琵琶湖のこと。〈海に出て木枯《こがらし》帰るところなし〉は山口誓子の句。この海は伊勢湾から太平洋に出る海だ。言水の句を知らなかった当欄には木枯らしの句といえばこれ。昭和の世に、言水の異名にならえば「木枯らしの誓子」だろう。どちらも木枯らしの行く先を詠んだのが面白い。「凩」という字は日本で作られた字だ。「風の中に木がある。まさに木を吹き枯らす風だ」と誓子は書いている。おととい11日午後、東京都心に「木枯らし1号」が吹いた。昨年より7日も早い。さすがは「凩」、その日からぐんと冷え込んだ。東京はじめ各地で、11日から3日連続、今季の最低気温を更新した。初霜、初雪、吹雪、積雪の便りも続いた。今年は秋がなかったような感もある。体調にご注意を。

（2013・11・13）

七五三

〈神前へ車で参る七五三〉――着飾った子を乗用車に乗せて神社に乗りつける七五三の情景

――だれでもそう解することだろう。が、それは誤りで、実はこれ、江戸時代・安永7年の川柳だという。当時、自動車のあろうはずがない。では、車とは馬車か、牛車か、荷車か。これも違う。正解は〈肩車〉。このことは『年中行事を「科学」する』（永田久著）という本で知った。当時は子供を肩車に乗せて行く父親が多かったらしい。〈十五日江戸で争う肩車〉という句もある。争うとは着飾った子を競うことか。見えを張るのはいただけないが、肩車が乗用車に変わっても、子を思う親の心はそうは変わらない。七五三の子らの健やかな成長を祈る。昔、この祝いには、髪置親、冠親、帯親など親以外の者が親を名乗ってかかわった。とかく過保護になりがちな親子関係に、親以外の目を加えることを意味したようだ。過保護、過干渉のない健やかな成長を祈る。この15日はウイークデー。で、きのうの休日に祝いをすませた家も少なくないだろう。

（1995・11・13）

小春日和

秋から冬への二十四節気は「霜降」（10月23日）、「立冬」（11月7日）、「小雪」（同22日）、「大雪」（12月7日）、「冬至」（同22日）と移る。きょうは「小雪」を迎えたが、このところ日本列島はいい陽気が続いている。朝晩は冷え込むものの、日中の日差しが暖かい。3連休を迎える人も多いが、土曜までは、うれしいことに、この「小春日和」が持ちそうだ。冬到来の日々に暖かい陽気は心もおだやかにしてくれる。〈山中湖凪《たこ》のあがれる小春かな〉（素十）――先日、訪ねた湖畔はおだやかだった。〈霜葉は二月の花よりも紅なり〉（杜牧）だった。小春日和は中緯度の国々で現れ、米国では「インディアン・サマー」、ドイツは「老婦人の夏」。そう呼ぶのは冬支度の季節、はかない暖かさ、一瞬の美しさなど諸説ある。が、晩秋から初冬の温暖な日々に変わりはない。11月22日は「いい夫婦」の日だそうだ。小春日和に「王将」の歌詞を思い浮かべる。〈愚痴も言わずに女房の小春〉。いい夫婦には小春日和のようなおだやかさが大切だ。

（2001・11・22）

師走

師走到来。師も走る月とか、年の果てる月、仕事などを為果《しは》つ月……と諸説あるが、何かとせわしないのは、為果てることを終えていないからだろうか。「もう師走か」と加齢につれて、年々月日の流れの速さを思うようになる。1歳児の1年に比べると、50歳ならその50の1、60歳なら60分の1ほどに感じるものだと聞いたことがある。速い歳月の流れを思うのは、筆者の師走が、きのう、先輩の通夜で始まったからでもあろうか。〈師走人大山門を打ち仰ぎ〉は素十の句だが、都会の寺で来し方を思ったことだった。先輩は東北の出身だった。その故郷のさらに遠い先の東北・盛岡―八戸間の新幹線が開業、最新型の車両「はやて」が走った。その名からも「時は矢のごとく飛ぶ」を思い浮かべた。〈酔李白師走の市に見たりけり〉は几董の句。師走の人込みの中、酔って歩く人を酒好きの唐の詩人・李白に見立てた句だ。亡き先輩も李白に劣らず酒を愛した。通夜の帰りの街にこの句を思い浮かべた。〈石段の下に師走の衢《ちまた》あり〉――これは茅舎の句。

（2002・12・2）

かぶらずし

「蕪《かぶら》の鮨《すし》とて鰤《ぶり》の甘塩を、蕪にはさみ、麹《こうじ》に漬けて圧《お》しならしたる、いろどりに小蝦《えび》を紅《あか》く散らしたるもの、こればかりは、紅葉先生ひとかたならず褒めたまひき」――泉鏡花は「寸情風土記」にこう書いた。金沢出身の鏡花が故郷の冬の味覚〈かぶらずし〉を師の尾崎紅葉に贈ったところ、大変喜ばれたらしい。鏡花自身にも好物だったのだろう。郷土の味をほめられて誇らしげな思いが伝わってくる。この味覚「ただし常にあるにあらず、年の暮れに霰《あられ》に漬けて早春の御馳走《ごちそう》なり」。寒気到来は漬物の季節でもある。「霰」とは白い麹をあられに見立てたもの。文人らしい。この地方特産の青首かぶらの輪切りにブリの切り身をはさみ、麹に漬け込む。もともとは家庭で漬けたものだ。〈大根ずし〉はその弟分のようなもの。こちらの相棒はブリではなくニシン。ともに藩政時代から伝わる金沢の味。若いころはさして関心を持たなかったが、年とともに味わい深く思うようになった。鏡花の思いは毎年取り寄せる老舗のしおりで知った。共感しつつ、北国の冬を思う。

(2004・12・14)

12・8

〈12月8日〉――「大雪」も過ぎ、朝の冷え込みが厳しい。が、64年前の冷気はこんなものではなかった。昭和16年（1941）のこの朝、東京の最低気温は2・2度だった。午前7時にラジオの臨時ニュース。「大本営陸海軍部12月8日午前6時発表。帝国陸海軍は、本8日未明、西太平洋において、アメリカ・イギリス軍と戦闘状態に入れり」。館野守男アナウンサーがこれを2回繰り返した。これから3年8か月に及ぶ戦争の日々が続く。今年、敗戦から60年。終戦の8月15日に比べ、開戦の12月8日は忘れられがちだ。この年4月、尋常小学校は国民学校に変わり、1年生の国語教科書「サイタ　サイタ　サクラガ　サイタ」は「アカイ　アカイ　アサヒ　アサヒ」になった。始まりのない終わりはない。反省、点検すべきはむしろ始まりにある。『「真珠湾」の日』の著者、半藤一利さんはこう書いている。「肝心なことはやはり事実にまともに向き合わねばならないということ」。本紙朝刊企画「検証・戦争責任」はその一つの試み。8日付は戦中の日記を扱った。（2005・12・8）

おせち

〈おせち〉は節供《せちく》の略。もともとは節日の儀式的食物のことだが、最も重要な節日の正月料理、とりわけ重箱に詰めたものをさすようになった。今も代表的な数の子、田作り、黒豆などは、江戸時代すでに全国共通になっていたらしい。文化年間に諸国に出された「風俗問状《といじょう》」という質問状の答えからそれが分かる。農山漁村文化協会編の聞き書きシリーズ〈ふるさとの家庭料理〉も風俗問状の流れをくむものかも知れない。その第20巻が『日本の正月料理』。全国各地の年越し料理、正月料理の数々をながめるのは楽しい。おせちの話題など、まだ早過ぎると言うなかれ。きのうの本紙朝刊くらし家庭面に「おせち売り切れ⁉」の見出しがあった。「こだわりで早まる〝正月〟」ともある。東京の百貨店の「おせち売り場」の開設は10年前に比べ1か月ほど早く、中にはもう予約完売の料理もある。おせちも家で作るものから買うものへの様相を強めているようだ。おせちは正月三が日、主婦に楽をさせるための作りおきともいう。それがさらに進んだということか。

（2006・12・7）

年賀状

年賀状を書きつつ今年逝った何人かの友、先輩、恩師を思う。今年の賀状を読み返し、新しい年には、もうこの筆跡にお目にかかれないのだと思うと胸が詰まる。その一人、H君は3月に逝った。私の手帳には15日死去、19日通夜とあるが、同じ3月の3日にH君来とある。死のわずか12日前に私を訪ねてくれていた。元気に帰って行ったから、通夜の席でも彼の急逝が信じられないほどだった。入社は1年後輩だが、同じ年に社会部でサツ（警察）回りを始めた仲間。最後の別れも忘れられない。H君は最後に私を訪ねてくれた日に土産を持ってきた。昔の少年雑誌の復刻版で、昭和20～30年代の『野球少年』の何冊かだった。サンフランシスコ・シールズ来日、志村正順アナの誌上放送、ゴールデンボーイ・長嶋選手……が載っている。昔の野球少年としては涙が出るほど懐かしい宝物だ。死後に死者の持ち物を親族や友人に分けるのが形見分けだが、H君はあの日、私に〈生前の形見分け〉をしてくれたのだと思っている。

（2010・12・24）

第2章　世相と話題

ボランティア元年

阪神大震災から半年、雨で迎えたこの朝に、あのころの厳しかった寒さとこれから迎える暑い夏を思う。激震の朝をきのうのように思い出す。一方、あれからのつらい日々をもう1年以上の長さに感じる人もいる。死者5502人という警察の調べとは別に6000余という数字もある。震災と何らかの因果関係があると認められる死を加えた数字だ。今なお1万8000に近い人が避難所生活を続けている。31万を超えたピーク時から見れば5・6%。とはいえ、決して少ない数ではない。被災地から疎開した児童生徒は一時2万6000人、先月の数字でなお9300人に上る。家屋の解体処理の進み具合は68・6%、瓦礫《がれき》などの撤去率は65・5%だ。復興計画の名〈フェニックス〉(不死鳥)のように一日も早く被災地がよみがえるように祈る。復興には数字にあらわれにくい心のケアなどへの気配りも願いたい。活発なボランティア活動の展開で今年を〈ボランティア元年〉とも言う。麻原彰晃一派にはその人間への信頼を傷つけた罪も加わる。

(1995・7・17)

夕焼けと子供

「夕焼けの似合う子供がいなくなり」——この川柳でまぶたに浮かぶ情景は原っぱであり、いつまでも遊んであきないお山の大将だ。「夕焼けの……」はそんな情景が見られなくなったのを嘆いた句だ。一方、新しいカルタの文句には「石橋を親がたたいて子が渡る」などというのもあると聞いた。これは親の過保護を風刺したものだ。「夕焼けの……」の句のような状況に至った背景の解説にもなっている。「石橋を……」の親心はわからないではないが、度が過ぎてはいけない。少ない子を大切に大切に育てるという時代の流れは止まらないのか？　厚生省の人口問題に対する意識調査によると、出生率の低下を心配する人が4割以上だ。「出産と子育てに公的支援」を7割の人が求めている。危機感の高まる中、支援策の検討もさることながら、一人ひとりの意識がどう変わるかが肝心だ。子供は古来金よりも銀よりも勝る宝なのだが、わが国の子供の数（15歳未満）は１９２０年（大正9）の第1回国勢調査以来初めて２０００万人を割った。

（１９９６・５・７）

団地の歴史

団地が光り輝いて見えた時代があった。日本住宅公団の発足は昭和30年。２ＤＫ、３ＤＫなど「DK」の表示はここに始まる。翌31年、大阪・堺市の金岡団地900戸から入居開始。家賃は2DKで4000～4800円。福岡市の曙団地、東京・三鷹の牟礼団地が続く。分譲は千葉・稲毛団地から始まった。ステンレスの流し台、水洗トイレ、玄関のシリンダー錠が文化生活のシンボルになった。中堅サラリーマンのあこがれだった。が、抽選でなかなか当たらない。十数回落選の末に筆者がようやく賃貸の団地に入居できたのは昭和40年だった。自宅のふろがうれしかった。ついきのうのようにも思うが、随分遠い昔だ。亀井建設相が「住都公団は分譲から全面撤退、賃貸も大幅縮小する」と表明した。「公団が住宅を提供する使命は終わった。あとは民間に」ということだろう。今、分譲の売れ残りが1800戸、賃貸の空き家1万169戸。団地が輝いていた時代は遠くなった。が、日本の「住」への夢を満たす道はなお遠く続く。

（1997・1・23）

ガラスの天井

「ガラスの天井」――アメリカの有力紙、ワシントン・ポストの前社主キャサリン・グラハムさんが基調講演で使った言葉だ。先日、本社主催で開かれた国際シンポジウム「リーダーシップと女性」での話。「多くの女性がガラスの天井を突破してきましたが、この天井はまだ存在します」とグラハムさん。ガラスの天井（GLASS　CEILING）とは「管理職への昇進を阻む無形で目には見えない人種的・性的偏見」と、英和辞典『リーダーズ・プラス』にある。グラハムさんの話では無論、女性に対する偏見をさす。レディーファーストの国・アメリカでも、見えないが固い天井が女性の上昇を妨げているらしい。が、「日米の女性の進出ぶりは、20～30年の差がある」「日本では経営者レベルではなく、課長くらいのレベルでガラスの天井がある」と日本の女性パネリスト。日本の天井はアメリカに比べ随分低いようだ。「天井を抜く」は日本語で「思う存分にやる」の意もある。頭がつかえるような天井なら、改修工事が必要だ。

（1997・10・3）

カラスの恩返しⅠ

カラスの恩返し？　そんなことってあるだろうか。東京・滝野川に住む74歳の主婦・Oさんから不思議なお便りを頂いた。Oさんは79歳のご主人と二人暮らし。ここ半年ほど、自宅4階のベランダに飛来するカラスのために、朝晩、水と、時にはパンくず、うどん、おかゆの残りなどもやってきた。さる5日夕、そのベランダの草花に水をやろうとして、フラワーポットに一個の白い卵が置かれているのを見つけた。そこには、夫妻以外に出入りする人はいない。卵はカラスが運んできたとしか考えられないとOさん。真っ白な色や形から見て、カラス自身の卵ではなく鶏卵に間違いなさそうだ。で、きのう、目玉焼きにして食べたという。「カラスの恩返し」とご主人は笑っているそうだが、「カラスが自分で食べるつもりだったなら悪いことをした」とOさん。検証のしようもないが、似た例や専門家の話を聞きたいそうだ。人間を襲ったり線路に置き石をしたり、とかく悪名高いカラスだが、Oさんの語り口はおとぎ話のようだった。

（1998・5・11）

カラスの恩返しⅡ

きのうの当欄、カラスと卵とOさん夫婦の話には、さっそく読者の方々から「わが家でも……」という電話のお知らせが相次いだ。生協の車が会員の家々に食品を運んで来る横浜・金沢区では、家の前にしばらく置かれた荷の中から卵が時々なくなった。だれかが失敬したのかと疑ったが、カラスの仕業だった。「生協でーす」とマイクで告げながら車がやってくると、カラスはそれを聞き分けて飛来、定位置の屋根で待機する。卵ばかりではない。厚揚げも持っていかれた。東京・目黒や足立などで、3、4階建てのビルの屋上の植木のそばにウィンナソーセージ、肉、魚、木の実やビー玉までが並んだ。カラスが卵を割って食べているのを見た……。お知らせ下さった皆さん、ありがとうございました。『カラスはどれほど賢いか』（唐沢孝一著）という本があるほどで、この鳥は相当な知恵者でいたずら者だ。卵を運んだのは貯食の習性で「カラスの恩返し」ではないようだが、そう考えたO夫妻の優しい心がほほえましく、貴いとも思った。

（1998・5・12）

高齢社会

「昔、あるところに、おじいさんと、おばあさんがいました。今、いたるところに、おじいさん？　と、おばあさん？　がいます」。昔話の書き出しを使って、高齢社会の今をうまいこと表現している。埼玉・大宮市のイラストレーター、足利映好さんが手作りの本『青い鳥』のまえがきにそう書いている。ご本人が今年65歳になったのを機に、高齢社会をどう生きるかを考えたという。今のおじいさん、おばあさんに？をつけたのは、昔に比べ今の高齢者は若いと思うからだ。そのうえで「生涯現役」を願い、「幸か不幸かはあくまでも主観による。足るを知るのが幸せだ」と言い、還暦を過ぎたら、「自分史」を書くのもいいと勧めている。足利さん自身『小日本おやじ自叙伝』という自分史を4年前にまとめている。自分を見つめ、生き方を探る。青い鳥を追うとは、幸せを求め、生きがいを見つけること。WHO（世界保健機関）によると、2025年に世界の平均寿命は73歳、日本など最高齢グループ4か国では82歳に達する。

（1998・5・13）

戦友別盃の歌Ⅰ

〈言ふなかれ、君よ、わかれを／世の常を、また生き死にを／海ばらのはるけき果てに／今や、はた何をか言はん……〉。昭和17年、詩人・大木惇夫の作。戦中、南へ向かう輸送船の甲板で、戦友と酒杯を交わして作られた。〈戦友別盃の歌〉という。詩集『海原にありて歌へる』に収められている。詩は〈見よ、空と水うつところ／黙々と雲は行き雲はゆけるを〉で終わる。兵も雲のごとく黙々と行った。詩人は別杯を自らの言葉で自らの心に刻んだ。詩人は撃沈された船から海中に飛び込み漂流の末、幸い生還した。戦中、この詩は絶賛された。が、そのために、戦後、詩人は不遇だった。娘の宮田毬栄さんが先ごろ、本紙に寄せたエッセー「かぼそい心の詩人」で亡父をしのんでいる。詩人は校歌の作詞などで戦後の一家を支えていた。宮田さんの文は静かに反響を広げた。〈別盃の歌〉をメモしていた女性、絶唱を味わいその詩人をもっと知りたいという人……。だが、惇夫の詩集は、今、まず手に入らない。あすは53回目の終戦記念日。

（1998・8・14）

戦友別盃の歌 II

詩人・大木惇夫の戦中の詩〈戦友別盃の歌〉を書いた先日の当欄に読者の方々から感想をいただいた。当時を知る高齢の方が多かったが、中には詩の全文を知りたいという青年もいた。心に染みる優れた詩は時を超えて人と人との心を結ぶ。胸を打つ詩の力をしみじみと知った。詩人が沈む輸送船から海に飛び込んで漂った仲間には作家・阿部知二、評論家・大宅壮一、漫画家・横山隆一氏らがいたと教えて下さったのは詩人と同じ部隊にいた人だった。兄も南の戦線で「空と水うつところ」の雲を見ながら、別盃の歌を口ずさんでいたのではないか――と、亡兄に思いをはせた人もいる。学徒兵にも愛唱されたらしい。若き日に詩集『海原にありて歌へる』を電車の中で暗唱し、児童に教えたという元女教師、今は手に入らないその詩集を図書館で見つけた人、今も持っている人……。この夏、甲子園で1勝した平塚学園高の校歌は大木の作詞。テレビで全国にその校歌が流れたと知らせて下さった方もいる。戦後不遇だった詩人、もって瞑《めい》すべし。

（1998・8・26）

100歳

70歳には「古稀《こき》」の別称がある。唐の詩人・杜甫の詩に「人生七十古来稀」とうたわれたことによる。が、今や100歳もそれほど稀《まれ》なことではなくなった。厚生省が毎秋〈長寿番付〉を公表するようになったのは1963年のこと。当時、日本全国で、100歳以上のお年寄りは153人に過ぎなかった。が、今年は1万158人。三十余年の間に、目を見張るような増え方だ。とりわけ94年に5000人を超えてからはハイペース、わずか4年で倍増、今年、1万人という初の大台乗せに至った。ご夫婦そろって100歳というケースも初めて出た。100歳を超えてなお絵筆をとる、俳句や和歌をたしなむ、炊事や菜園作りを続ける……元気なお年寄りが少なくないのもうれしい。高齢社会が本当に身近になったと実感する。筆者にも100歳を超えた伯母がいた。過去形になってしまったのが残念だが、今夏、105歳で逝った。100歳のときこんな歌をよんだ。「何事も天にまかせておおらかにたのしく生きんこれからのわれ」。明治の女性は強いと思った。

(1998・9・8)

きらきら短歌

〈子どもの言葉が光る街〉――この企画の願いがいい。「中学生きらきら短歌」作品展がきょうから新潟市中心街のビルNEXT21で始まった。19日まで。「今ここで生まれたような夏の香を指に染めつつきぬさやをむく」「祭りの日はじめてのゆかた着たならばちょっとおすまし背のびの私」……こんな歌が並んでいる。青と緑の地に金と銀を散らして、色紙を思わせるパネルに一首一首が張られた。市内の全中学校に呼びかけて募集した1000余首から50首を選んだ作品展。今年で3回目になった。心と言葉を大切にしたい、子どもとお母さんたちとのつながりを持ち続けたい――市内の中学を定年退職した国語の女性教師がお母さんたちと力を合わせて開いた。「このゲーム私のサーブで決まっちゃうインかフォルトかドキドキしちゃう」「なやみごと人のなやみはきけるのに笑ってごまかす自分のなやみ」――中学生のさまざまな姿がある。「雨上がりくもの巣につく水の玉雨とくもとの共同作品」。きらきら短歌は子と親と先生の共同作品展だ。

（1998・10・13）

空席 I

「ここあいてますか」「いいえ、来ます」――休日の朝、東北新幹線で旅に出たM君が始発・東京からの車中で体験した話である。自由席のその車両はもう空席がいくつもない状態だった。幸いM君は別の空席を見つけたのだが、冒頭のやりとりは、いくつかの空席で続いていた。ここまでならよくあること。空席を友人に頼んで、弁当かお茶やジュースでも買いに行っているのだろうか。M君はそう思っていた。ところが、発車した後も、くだんの空席はあいたままだった。乗客十数人が立ったまま列車は上野も過ぎ大宮へ。「おーい、ここ、ここ」「おう、そこか」。こうして空席には大宮から乗り込んで来た客がすわった。あの「来ます」とは、大宮から乗って来るということだったのである。席を取っていた方も平然とそこにすわった方も、立っている先客など目にも入らぬ風だった。「恥ずかしさのかけらも見えなかった。怒るより、あきれるやら情けないやら」とM君。「恥を知る」を死語にしたくない。ずるさにためらいもないのが怖い。

（1999・11・8）

空席Ⅱ

上には上が、いや、これは、下には下があるというべきか。先日書いた新幹線の乗車マナーについて、読者の方々からお便りやら電話やらをいただいた。当欄で紹介したのは、大宮で乗車する仲間のために「ここは来ます」と始発の東京から席をとり、立っている乗客など目に入らぬ風で平然としていた東北新幹線の客の話だった。「私にも同様な体験がある」「私の夫のケースは……」と寄せられた話は、もっとひどい。東京で乗車したのは当欄のケースと同じだが、こちらは長野新幹線だった。男は自分の前の二つの席をカバンで占拠、そこへ上司らしい2人が乗ってきたのは、上野も大宮も過ぎ、高崎だった。3人は立っていた先客をしり目に軽井沢で降りて行った。東海道新幹線での話は、さらにひどい。その女性は東京で「来ますから」と十数人に断った。「来ます」という友人が来たのは、何と京都、2人は新大阪で降りた。自由席の自由を取り違えているのだろうか。にわかには信じられないような話だ。憎まれ子、世にはばかる。

（1999・11・18）

空席Ⅲ

先の駅で乗って来る仲間の席を取っておく、新幹線のあきれた乗車マナーについて、その後も読者からのお便り、電話が続いた。「こういう車掌さんの働きもぜひ伝えてほしい」と千葉・柏市のOさん。東北新幹線・大宮での話。やはり「ここは来ます」と東京から空席を平然と占有していた人が何組もいた。そこへ「乗車券拝見」の車掌さん。同時に「始発の東京から乗って立っているお客さんのために、荷物を置いてある席は空けてください」。きちんとした対応だった。車掌さん、ありがとう。「ずうずうしくてあきれる光景に落ち着かない気持ちでいたところ、すっきりした。おかげで、いい旅になりました」とOさん。車掌さんの同様な働きは東京・葛飾のMさんからも寄せられた。それは中央線特急での話だった。車掌さんに注意されなければ知らん顔の無神経？　が情けない。発車してもなお「来ます」と断られたら「来ましたら……」と言って座るという自衛派の声もある。車掌さんや自衛派が動かずに済む当たり前の車内にしたい。

（1999・11・25）

啐啄

〈啐啄《そったく》〉――〈啐〉はふ化する時、ひなが卵の中から殻をつつくこと。〈啄〉は母鳥がそれに応じて、外から殻をつつくことだ。ひなと母鳥が力を合わせ、卵の殻を破って誕生となる。もともと啐啄とはこの行動のことだが、後に「機を得て両者が相応ずること」「逸してはならない好機」の意味に転じた。きのう、佐渡のトキ保護センターでトキのひな誕生。8日に続く今年2羽目、昨年の優優《ユウユウ》から数えて3羽目の人工ふ化の成功だ。この朗報で〈啐啄〉を思い浮かべた。人工ふ化の場合、ひなは鳴き声を上げ内から殻をつつくが、外で応じる母はいない。今回のひなはつつく力が少し弱かったようで、母代わりの獣医師が殻破りの手助けをした。成功は朗報だが、いまさらながら自然の啐啄で生まれる環境の失われたことが悲しい。ひなが殻を破ろうとするのは自立への第一歩だ。母鳥が応じて手助けをする。〈啐啄〉に子育ての原初の姿がある。人間もわが身の子育てに置き換えて考えるといい。子の自立の芽生えを親はうまく助けているか?

（2000・5・11）

日本国語大辞典

災害時の非常持ち出しに何を用意するか。空襲が激化してきた1945年（昭和20）春、東京・西落合の松井家には大小数個のリュックサックがあった。これが非常持ち出し用なのだが、中身が普通でない。この家の主人のライフワークである国語辞典作りのための山のような言葉のカードがどのリュックにも一杯詰められていた。『日本国語大辞典　第2版』（小学館）の刊行が11月から始まる。50万項目、100万用例の大辞典。初版企画から40年、3000人の専門家が協力、最新技術も駆使された。刊行を喜ぶとともに、この辞典の土台を築き、ともに歩んだ一家の歴史を思う。初版を大増補、さらに大型になったが、さかのぼればあのリュックサックのカードに行き着く。そのカードの始祖は戦前の『大日本国語辞典』（冨山房）の著者、東京文理大教授だった松井簡治氏。松井家は、簡治氏の子・驥《き》氏、孫・栄一《しげかず》氏と三代、100年を超えて、この仕事を守り継いだ。「辞書の家」の思いがうかがわれる。あのリュックが戦災を免れ、本当によかった。

（2000・9・4）

無私の善意

無私の尊い善意を見せてもらった。韓国人の日本語学校生・李秀賢さんとカメラマン・関根史郎さんに、深い敬意を表し心からおくやみを申し上げる。2人の行為の輝きと感動が国境を超えて広がっている。JR山手線新大久保駅でホームから転落した人を救おうと、線路に飛び降りた。悲劇に終わった結果が、残念でならないが、そのとっさの無私に強く心を打たれる。そこには国境も国籍もなかった。高麗大4年生の李さんは日本の大学院に入るため勉強中だった。これからの日韓に有為な韓国の青年が、無念にも鉄路に消えたが、私たちは彼を決して忘れまい。関根さんは母親と二人暮らし、動物や植物を撮り続けたカメラマン。責任感と正義感の強い人だった。余りにも結果は悲しいが、大きなものを残してくれた。2人を長く記憶するため、現場にパネルを設けようという感謝感動の声や、ご遺族へのお見舞いが本社や李さんのホームページなどに多数寄せられた。身勝手、自己中心が横行する今、世の中そんなのばかりではない、と2人は身をもって教えてくれた。

（2001・1・29）

江戸しぐさ

〈江戸しぐさ〉とは江戸の昔の人と人とのちょっとした動作。見ず知らずの人にも親しく礼儀正しく接する心得の表れを言う。傘をさしてすれ違う時は、お互い相手のいない方へ自然に傾ける。人が隣に座れば、座りやすいように詰める。足を踏まれたら、踏んだ方はもちろん、踏まれた方も「私もうかつで」と謝って落着。こんな所作が江戸しぐさだ。電車の中で大またを広げる。どちらかに寄ればもう一人楽に座れるのに、込み合っても知らん顔かタヌキ寝入り。荷物で座席を占領。そんな振る舞いとは対極にある。江戸しぐさの話は以前にも書いた。それはもっぱらマナーの問題だったが、近ごろの電車や駅では、マナーのレベルをはるかに超えた事件に展開する。重大な傷害致死を招いた事件が東京の私鉄駅ホームで2件続いて起きたばかりだが、きのうは都営大江戸線で若い男が、突然、前の座席の男性にスプレーを吹きかけて逃げた。車内の事件といえば、スリや痴漢だったが、近ごろは粗暴犯もありだ。大江戸線で江戸しぐさとはほど遠いことが起きた。

（2001・5・31）

父のイメージ

お父さんのイメージを漢字一文字で表すと？　そんなアンケートの1位は「優」と出た。1

万人を対象にした住友生命の調査結果だ。２位以下は働、大、酒、力、尊、強と続き、その次にやっと「厳」が来る。「雷」は50位までに入っていない。「厳父慈母」「地震・雷・火事・親《おや》父《じ》」の時代は遠くなったようだ。しかし「優」から「厳」に至るトップ８の父親像はそう悪くない。「酒」は別だ。50位までには柱、山、海、岩、師……頼もしい表現が少なくない。お父さんたち、イメージを裏切らないようにがんばろう。優か厳かは問わない。それぞれの持ち味だ。ただ、いつの世も、父は母とともに子を守り、生活や社会のルールを、文化を子に伝える存在だ。それを忘れないようにしよう。「お父さんを立派だと思っている子供は83％」という別の調査もある。近ごろは幼児をなぐるける、果ては木につるすなどの虐待も聞くが、そんな手合いは父とは言えない。あさって、６月の第三日曜日は「父の日」。さて、あなたのお父さんはどんなお父さんですか？

（２００１・６・15）

パラサイト・シングル

「娘に結婚の気配がまるでない」「うちの息子もご同様だ」――そんな会話をよく聞く。パラサイト・シングルなどという言葉も出現してすでに久しい。そのことは、総務省が先日まとめた国勢調査（昨秋）の確定値でよくわかる。前回（１９９５年）に比べ未婚率はぐんと上がった。25～29歳では男69・３％（前回66・９％）女54・０％（同48・０％）。男女とも半数を超えている。30～34歳になっても男42・９％（同37・３％）女26・６％（同19・７％）。前回からの上昇ぶりはこの年代の方が目立つ。親の心配をよそに、多くのご本人たちは「私の勝手でしょ」らしい。中国では高年齢の未婚男女を「大男大女」というそうだ。大男大女がパラサイト（寄生）では頂けない。これが少子化の要因になる。前回調査からの5年間で日本の人口増加率は戦後最低の1・1％。一方「世界人口白書」によれば、最貧国や発展途上国の人口爆発はすさまじい。50年後、世界の人口は93億人にも膨れ上がると予測されるが、その85％以上を現在の開発途上国が占めることになる。

（2001・11・9）

尚古堂春秋

〈流れてやまぬ時の流れをとめることは叶《かな》わぬまでも、いま少しゆるやかな流れに身をゆだねてみたいもの〉――そんな話し声が聞こえてくる骨董《こっとう》屋の店先。間口三間、11坪の「尚古堂」は店主今関悟堂の交友の場だ。〈ほんに平成とは名ばかりの世、あ、いや、それはちと欲張りというものでございましょうョ〉と語らいは続く。なぁに、ちと欲張りな、ゆったりとした時が、その店の三畳の小上がりと土間に流れている。新刊の『尚古堂春秋』（小黒昌一著・作品社）は、道具屋主人とその仲間の交遊、おおらかな日常、飄々《ひょうひょう》とした人生を描いている。『早稲田文学』に連載された連作短編集で、著者は早大文学部教授。専攻は英米文学だが、作品は道具屋に場を借りた現代の浮世床、浮世風呂のおもむきがある。主人公は、談論風発、書も能《よ》くする。裏返しの馬の字、縁起物の「左馬」なら右に出る者はいない。川柳も口をついて出る。グルメの会も催すが、もともとは終戦直後からの「うまいものかい？」だ。せわしない世に、こんな飄逸な味の読み物は有り難い。

（2002・5・17）

四里四方

〈四里四方〉——同じ気候風土の範囲でとれた食材がその土地に住む人には味も一番、体にもいい。昔の人はそう言っていた。今、世界中の食材が集まる東京で、そんなことは、とてもとてもの話だが、四里四方のことを時には考えてみるのもいい。『東京人』10月号が「東京発とれたての野菜」という小特集を組んでいる。まずは練馬や亀戸のダイコン、谷中のショウガ、金町小カブ、滝野川ニンジン、早稲田ミョウガ……。江戸・東京ゆかりの野菜細密画（都農業試験場所蔵）をながめる。次に、江戸川の小松菜、立川のウドなど、東京育ちの素材を売り物にする料理人の話。「地元に新鮮で質のよいものがあれば、それに勝るものはない」。今に生きる四里四方の話だ。続いて江戸・東京野菜の生産を続ける人々。土地、後継者、高齢化など難問を抱えつつ奮闘中だ。産地や生産者を明記する「顔の見える野菜」を大切にしたい。本社世論調査（5日付朝刊）によると、食品の安全性に不安を感じている人が87％、食品表示を信頼していない人が50％にも上っている。

（2002・9・6）

テレビ五十周年

50年前のあす、2月1日午後2時にテレビは誕生した。その日、本放送を始めたNHKテレビ最初の祝賀番組は尾上梅幸、松緑らの「道行初音旅《みちゆきはつねのたび》」。夜は当時全盛だったラジオの人気歌謡番組「今週の明星」をラジオと同時放送、笠置シヅ子や霧島昇らが出演。翌日の「テレビ寄席」には古今亭志ん生がテレビカメラに光り物は禁物と言われ、頭にドーランを塗って出た。
が、これらを見た記憶はない。草創期のテレビといえば、街頭テレビや街の食堂で見た力道山のプロレスやプロ野球を思い出す。放送開始時に、ＮＨＫの受信契約数は８６６に過ぎない。それが、あれよあれよという間に、どこの家でも茶の間の主役になった。スポーツ、ドラマ、歌謡ショーで大いに楽しませると思えば、事件事故、災害、戦場……の生々しい現場も映し出す。一瞬にして人々に情報を共有させるが、失われ行くものに拍車をかけもした。大宅壮一の〈一億総白痴化〉は有名だが、当時の本紙・ＵＳＯ放送には〈テレビ時代　論より化粧――国会議員〉という傑作もある。

（２００３・１・31）

主計町

金沢市から「主計町《かずえまち》」という町名が消えたときさびしく思った市民が多かった。その名が復活したときは、ほっとした人が多かった。そこで勤務したことのある筆者も同感だった。武将の名を起こりとする由緒ある町名で、この町の鍋料理のうまい店も思い出す。１９６２年施行の住居表示法は旧町名を合併・分断した。わかりやすくなった反面、各地で由緒ある町名が消えた。99年に、主計町を29年ぶりに復活させた金沢市は、その後も「飛梅町《とびうめちょう》」「下石引町《しもいしびきまち》」「柿木畠《かきのきばたけ》」などを復活させた。さらにこの動きを進める条例を制定するという。住民の合意と強い要請が前提で、行政や郷土史家らの審議会も設置する。失われた歴史、文化をよみがえらせるおもむきがあり古都金沢らしい。ただし町名の改廃は何も住居表示法が始まりというわけではない。藩政時代にも明治時代にも数々の改廃があった。要は由緒ある町名とわかりやすさの両立。古くても住民の好まぬ名もあろう。東京、仙台、盛岡、会津若松など各地に同様な話がある。金沢がモデルになるといい。

（2004・1・6）

樋口一葉と5千円札

樋口一葉が生きていたら、5千円札の顔になるよりは「その5千円がほしい」と言うのではなかろうか。生前、お金には縁が薄かった。10代で女戸主として一家の生計を支えた。裁縫や洗い張りの内職、雑貨屋を営んだりもした。24歳の若さで亡くなる前の、1年余の短期間に、名作を次々に書いた。「たけくらべ」「にごりえ」「大つごもり」……。病に伏し「せいぜい、おいしいものを」と医者に言われてかゆと大根煮を食べた。貧乏、借金、粗食のエピソードは数々ある。『文人悪食《ぶんじんあくじき》』（嵐山光三郎）によると——。ご馳走《ちそう》として鰻《うなぎ》飯を振る舞ったりもしたが、その客が帰ると、追いかけるように手紙で借金を申し込んだ。借金の腕前は石川啄木といい勝負。「にごりえ」の主人公、お力がドブ板の氷ですべり、米をドブに落とした悲哀は一葉自身の少女体験の投影かも知れない。その明治の女流作家、一葉の新5千円札ができ上がり、公表された。11月をめどに流通が始まる。一葉の顔は何を訴えるか。少なくもドブに捨てるような使い方は戒めるといい。

（2004・6・18）

壊れる日本人

『壊れる日本人』――柳田邦男さんの近著。ゲーム、パソコン、ケータイ、ネットなど便利であまりにも身近になった機器の負の側面を分析している。〈ケータイ・ネット依存症〉への警告の書だ。幼児や少年少女がこれらの機器にどっぷり漬かって育つとどうなる。タイトルの〈壊れる〉が鋭い。夜型生活、自己中心的、パニックに陥りやすい、粗暴、しつけの欠落……そんな傾向がすでに子供たちにあらわれている。仮想現実(バーチャルリアリティー)の世界と現実の区別がつかなくなるなどが怖い。無論こうした傾向は親の育て方全体にかかわりがあるが、ネット依存などは自己中心の性格をつくりやすい……と柳田さんは警告している。自分を「ご主人様」と呼ばせた少女監禁男を思い浮かべる。青森・五所川原市の資産家の一人息子という彼は「声優」や「モデル」と偽ったり、「ハーレム」を夢想するなど、ゲームやネットの影響が濃いようだ。母の死など家庭の事情が引き金らしいが、機器の虜《とりこ》になったようでもある。〈壊れる〉ことの危険、悲惨を思う。

(2005・5・1)

匿名社会

親が子に「学校の成績を見せろ」と言ったら、「それは個人情報保護法に違反するよ」と拒否された。一昨夜、ラジオのお笑い番組でそんな話を聞いた。笑ってばかりはいられない。個人情報保護法は4月の全面施行から半年、お笑いのネタにされるほど、さまざまなひずみが広がり、社会をおかしな方向に動かしつつある。長寿番付の高位に載った匿名の110歳の女性が実は40年以上も行方不明の人だった。安易で無責任な役所の匿名処理の結果の例だ。役人の天下り先を公表しなかったり、懲戒免職者の実名を伏せたり。学校で名簿作りにためらいが出たり、卒業アルバムに住所や電話番号がなかったり……。個人情報の流出、悪用を防ぐ法の本来の趣旨とはかけ離れた数々が出てきた。情報保護に名を借りた〈臭いものにふた〉の悪乗り、〈羹《あつもの》に懲りて膾《なます》を吹く〉ような用心の過剰反応が不気味な〈匿名社会〉を広げて行く。透明人間の横行する社会でいいのか。本紙は〈異議あり　匿名社会〉のキャンペーンを続けている。法のもたらす副作用を見据えよう。

（2005・10・13）

宵のうち

清水へ祇園をよぎる桜月夜こよひ逢ふ人みなうつくしき　与謝野晶子――〈宵〉とか〈今宵《こよい》〉という語を聞くと、この歌を思う。気象庁が天気予報の用語を一部変えるという。〈宵のうち〉という表現は使わず、〈夜のはじめごろ〉に直す。と聞いて冒頭の一首を思い浮かべた。出会う人がみな美しい今宵――宵そのものも美しく思われる。天気予報の〈宵のうち〉は午後6時から同9時ごろまでの時間帯をさすのだが、「もっと遅い時間と考える人がいて、誤解を招く可能性がある」（天気相談所）ので、〈夜のはじめごろ〉に変えるそうだ。天気予報は正確が大切だろうが、この言い換えは味気ない。情緒がない。誤解を避けるなら〈宵のうち〉は午後6時から同9時と時々説明したらいい。予報用語には今月から最高気温35度以上の日を新たに〈猛暑日〉と呼ぶなどの変更があるが、〈宵のうち〉などを変えるのは半年後がめどだという。ならば、再検討を願いたい。〈今宵出船かお名残惜しや〉〈花咲き花散る宵も〉〈宵闇迫れば〉……ヒット曲に多かった〈宵〉を思う。

(2007・4・3)

後期高齢者

〈後期高齢者といふ新語出づ長生きするは罪のごとくに〉――今月3日の本紙「読売歌壇」の一首(清水房雄選)。日野市の三浦正さんの作歌で投稿に作者80歳と注記があった。選評に「そうした高齢でなくては不可能な発想。嘗《かつ》ては高齢めでたしとされたが、その高齢者の大増加した現在は意味が違って来た。皮肉な自省とも言える下句」とある。いかにもお役所言葉のにおいがふんぷんの新語だ。人生の先輩たちへの尊敬や温かな配慮がいささかも感じられない。歌には選評の言う皮肉な自省もあろうが、新語に対する静かな怒りを感じる。そんな折に、『老年学に学ぶ』(山本思外里著・角川学芸ブックス)を読んだ。「人間の潜在能力は年をとっても再生や成長が可能で、晩年はとりわけ創造的な時期」とある。「老年期は人生の実りの収穫の時期」なのだ。「病み衰えて、社会の厄介者になるという老いの神話を打ち砕き、〈素晴らしい人生の秋〉である老年期を愉《たの》しもう」ともある。三浦さん、変な新語など気にせずに、人生の実りの秋を愉しみましょう。

(2008・3・14)

ワーキングプア

はたらけど　はたらけど猶《なほ》わが生活《くらし》楽にならざり　ぢっと手を見る――石川啄木の歌。明治43年7月、苦しい生活の続く感慨を詠んだ。何もかも行末の事みゆるごとき　このかなしみは拭《ぬぐ》ひあへずも――貧乏から脱出する見通しはなく、先も知れているという吐息のような歌も詠んでいる。こころよく　我にはたらく仕事あれ　それを仕遂げて死なむと思ふ――そうは思っても、思うにまかせない。今と明治とでは貧困の様相は違っても、〈はたらけど　はたらけど……〉の思いには変わらぬ共感があろう。今、〈ワーキングプア〉の語に啄木の歌のような詩情はないが、平成の〈はたらけど　はたらけど〉を代表する。労働者派遣法とその規制緩和がこの層を生み出した一因との見方が強い。規制緩和で急成長した日雇い派遣最大手「グッドウィル」が退場に追い込まれた経過を見よ。不安定な雇用形態、低賃金、数々の違法……グッドウィルとは善意、親切の意ではなかったのか。行き過ぎた緩和を正すのが遅すぎる。

（2008・7・3）

東京タワー50歳

〈昭和33年〉（1958）――東京タワーはこの年のきのう、12月23日に開業した。日本が高度経済成長へ向かう時代のシンボルだが、この年にはほかにも記憶に残ることが多々あった。あれから50年、この半世紀の流れをつくった起点の年のあれこれを思う。タワー開業と同じ12月には1万円札が初めて世に出た。図柄は聖徳太子の肖像。昭和59年に福沢諭吉の肖像に変わるまで続く。この年の4月、巨人・長嶋茂雄選手がデビュー。開幕戦で国鉄・金田投手に4打席4三振を喫したが、この年の本塁打王、打点王、新人王になった。2月には若乃花が横綱に昇進、栃若時代始まる。年6場所制もこの年からだ。8月、日清食品が初のインスタントラーメン「チキンラーメン」を発売。東京・伊勢丹でバレンタイン用チョコを初めて発売、テレビ映画「月光仮面」開始、フラフープ流行、軽自動車スバル発売、売春防止法の施行もこの年のこと。改めて333メートルの東京タワーを見上げ、その50歳におめでとうを申し上げる。

（2008・12・24）

レシピの分量

たのしみは妻子《めこ》むつまじくうちつどひ頭ならべて物をくふ時　橘曙覧《たちばなあけみ》——狭いながらも楽しいわが家、この歌はそんな団欒《だんらん》を思わせる。少年の日、わが家は父母と自分と弟妹の5人家族だった。長じて自分がつくった家の構成は4人家族、今は息子も娘も独立したからまた夫婦2人に戻った。NHKはテレビ番組「きょうの料理」で紹介している料理の「材料の目安」をこれまでの4人分から2人分に減らすと発表した。3月30日放送分から実施する。目安の変更は44年ぶり。この番組は1957年11月にスタートしている。当初、レシピの分量は5人分が目安だったが、65年に4人分になった。今回の変更はそれ以来になる。1世帯の平均人数が2005年に2・6人に減り、視聴者も2人分を望むようになってきたためだ。思えばわが家の構成とも連動している。曙覧の歌は遠い昔。少子化はさびしいが2人分は夫婦の単位と思えばいい。子供をつくり、目安の分量も1・5倍、2倍とかけ算で増やせば、楽しみも増える。

（2009・2・20）

無縁社会

戸籍上「東京都内最高齢」は天保3年（1832）生まれで消除されないまま177歳になる男性。坂本龍馬の姉「乙女姉やん」と同じ年の生まれになるとは驚いた。が、その上を行く200歳、192歳など江戸後期から明治の生まれだが、戸籍上は「生存」している行方不明の高齢者が全国各地で次々に判明、2度びっくりだ。戸籍は年金、選挙権などにかかわる住民基本台帳とは異なるので「行政に支障はない」とお役所。だが、こんな珍事態は正す方がいい。住民基本台帳だって「消えた高齢者」が波紋を広げている。〈長寿社会〉は誇るべきだが、課題は多い。〈無縁社会〉の現実を改めて考えさせられる。無縁社会とは、こなれた表現ではないが、だれもが理解する。それは家庭や地域社会で人間の絆《きずな》が弱くなっていると意識しているからだろう。お役所仕事の無神経もさることながら、消えた高齢者を生む原因を思う。家出、行方不明、ホームレス、孤独死……不幸な家庭はさまざまに不幸である。そんな名言を実感する。

（2010・9・10）

ゲゲゲの女房

88歳の水木しげるさんは、22人の今年度文化勲章受章者と文化功労者の中で最年長。テレビで「ゲゲゲの女房」がヒットしたのに続き、いい米寿の年になった。おめでとうを申し上げる。「女房」ともどもインタビューを受けている図が微笑《ほほえ》ましかった。「おとうちゃんが一生懸命描き続けてきたから」この日がある。文字通り〈腕一本〉でやってきた文化功労者。水木さんが作った〈幸福の七ヵ条〉というものがある。幸せになるための知恵を世に広めるのが目的だ。第一条は「成功や栄誉や勝ち負けを目的にことを行ってはいけない」。第二条は「しないではいられないことをし続けなさい」。以下は略すが、いかにも好きな漫画一筋できた歩みがうかがわれる。戦争で左腕を失った。多くの仲間が亡くなった。「大きな賞をもらった時には必ず戦友が（夢に）出てくるんだよ」という。最も愛着の深い作品は〈総員玉砕せよ!〉。勇ましい話ではない。誰にも看取《みと》られず、誰にも語ることなく死んでいった若者の話だ。

（2010・10・27）

タイガーマスク

漫画「タイガーマスク」が少年漫画雑誌に連載されたり、テレビアニメで放映され人気を呼んだのは1968~71年のことだった。ざっと40年前後の昔だ。今、全国に広がろうとしているランドセルなどを児童福祉施設に贈る善意の人たちの年配は、おおむねそれから推定できるだろう。タイガーマスクの主人公・伊達直人は施設で育った孤児だった。覆面のプロレスラーとなってファイトマネーを自分を育ててくれた孤児の家「ちびっこハウス」に贈ったあたりが泣かせる。40年後、それをまねた善行が広がった。原作者・梶原一騎さん、「もって瞑《めい》すべし」だろう。昨年のクリスマスに、群馬県中央児童相談所（前橋市）に贈られたランドセル10個が始まりだった。北海道から九州、沖縄まで施設に続く伊達直人からの贈り物。「みなし児《ご》のバラード」という「タイガーマスク」の主題歌が全国によみがえったようだ。ランドセルもうれしかろうが、子どもたちには自分を思ってくれる温かい心が何よりの贈り物だろう。

（2011・1・11）

東京スカイツリー

金環日食の興奮がさめやらぬ22日、東京スカイツリーが開業した。世界一高い634メートルの電波塔だ。空を見上げる日が続く。とかくうつむき加減の昨今〈上を向いて歩こう……〉はいい。昨年3月の東日本大震災当日は最高点近くの工事中だったが、作業を続けたタフなツリーだ。〈上を向いて〉の象徴になるといい。パリのエッフェル塔は1889年、高さ約300メートルで建設。余りの斬新さに建設には保険会社も尻込みしたほどだった。モーパッサンらから「パリの名誉を汚す怪物」などと攻撃されたが、やがてパリの象徴となり今に残る。東京タワーは1958年に建てられた。高さ333メートル。6年後に東京オリンピックを迎える。映画「ALWAYS　三丁目の夕日」三部作がこの時代を描いた。「どんなに時代が変わっても、夢があるから、前を向ける」と訴えた。634メートルのツリーが高さだけでなく、時代のさきがけとなった塔やタワーの力をしのぐように祈る。一昨年登ってそれを知った。

（2012・5・22）

学徒出陣　70年

〈大東亜戦争宣せられてより、是に二星霜……学徒出陣の勅令公布せらる。……生等もとより生還を期せず〉。1943年（昭和18）10月21日、東京・明治神宮外苑競技場（現・国立競技場）で「出陣学徒壮行会」が行われた。銃を肩に2万余の学生が雨中を行進、ここから学業半ばに出陣した。その日から70年、きのう21日、国立競技場内の追悼記念碑の前に元学徒や当時、観覧席で見守った女子学生らが集い追悼会が行われた。90歳を超えてこの日を迎えた人は「仲間の無念を伝えるために生かされている」思いだという。〈生等……〉は学徒を代表して東京帝国大学文学部江橋慎四郎さんが述べた答辞の一節。後に昭和の名文の一つに数えられた。氏も生き残りの1人。東大名誉教授で、初代鹿屋体育大学長。水泳部OBで戦後、神宮プールなどで着順通告を長く務めた。「1チャーク、第5のコース、古橋クン、日本大学」と名調子だった。次の東京五輪で国立競技場は建て替えられるが、追悼記念碑の保存は強く望まれている。

（2013・10・22）

スマホ歩き

かつて大学進学で地方から上京した若者は東京では電車の中で読書している人の多いことに驚いたものだ。今、当時の文庫本にかわって乗客の多くが手にしているのはスマートフォンが圧倒的に多い。人々は座席にすわるなり条件反射のようにスマホを取り出す。読書に関する本紙の全国世論調査によるとスマホを使う時間が長くなるほど読書時間が減ったと答える人の割合が高くなる。9月に実施した調査の直近1か月間に1冊も本を読まなかった人は全体の53％。これで5年連続で半数を超えた。読書好きには信じられない寂しい数字だ。スマホの効用も多々あろうが、読書時間に影響するようなのめりこみはいただけない。〈ながら歩きは危険です〉――これは地下鉄のホームで見たポスター。携帯電話やゲーム機器を使いながら歩くのは危ない。人にぶつかったり、線路に転落したり、トラブルや事故のもとになる。読書週間の折、とりわけ子供たちの読書時間は確保してやりたい。スマホなどに取り込まれないように。

（2013・10・30）

和食、文化遺産に

母がまな板をたたく包丁の音を思い出す。湯気の立つ味噌《みそ》汁のにおいと白いご飯に漬けもの。

決して高価ではないが、季節の魚と野菜。そのちゃぶ台を一家で囲んだ少年のころが懐かしい。

〈和食　日本人の伝統的な食文化〉が国連教育科学文化機関（ユネスコ）の無形文化遺産になった。これが何も贅《ぜい》を尽くした日本料理などに限った話ではないのがいい。地域ごとの多様性、正月など年中行事と密接に関連して発展、家族や地域の絆を強めてきたことなどが評価された。いささか大仰に言えば、日本人それぞれのおふくろの味も含め日本の食の質が世界に認められたと胸を張りたい。林望さんの『旬菜膳語』は四季を追って日本の食材を語った名著。氏は「ああ、なんという長い歴史と無限の美味に飽かぬ国に生まれたのであろう」と述懐している。が、今の日本を「魚を食わない子どもたち、飯を食べない娘たち……わが国の食文化はやせ細って来ている」と憂えてもいる。遺産登録を機に和食を見直し大切にしよう。

（2013・12・6）

ごちそうさん

NHKの連続テレビ小説「ごちそうさん」はあすが最終回。昨年秋、前の作品「あまちゃん」が終わったときの〈あまロス〉を思う。寂しさ、喪失感を言った言葉。筆者は今回も同じような思いになりそうだ。ヒロインめ以子は「食べたい」から「食べさせたい」に成長、しまいは進駐軍の将校にも食べさせて米国人も日本人もおいしい顔は同じと知る。家族の食事をつくるめ以子の姿はわが少年時代、戦中戦後の食事つくりに苦労した母を思わせた。〈あまロス〉にならえば〈ごちロス〉になろうか。だが、筆者の場合はそれ以前もいわゆる朝ドラの終わりにはいつも似た〈ロス〉の感じを持っていた。というのは、あの朝の時間帯はこのコラム「よみうり寸評」を毎朝、書き始める時間。かたわらでつけっ放しのテレビの朝ドラは長く生活の一部で、コラム書きという孤独なマラソンの伴走者のように思っていた。「ごちそうさん」とお別れのこの際、歴代朝ドラにありがとうを言い、次の「花子とアン」の成功を祈ろう。

（2014・3・28）

第3章

事件・事故・裁判

麻原彰晃起訴

「他人を不幸にするような信教の自由は許されない」——坂本堤弁護士のこの言葉の強さを改めて思う。麻原彰晃容疑者の起訴は、悪は悪と見据えた人の目の確かさの証明でもある。〈信教の自由〉という名のベールも恐れず、挑んだ戦果でもある。が、その人の一家はどこにいる？　この起訴をしっかり見届けてもらいたい人がいない。坂本弁護士一家は教団の幹部らと激論のあと、失跡したままだ。拉致《らち》されたままの仮谷清志さんもいない。難しい地下鉄サリン事件を起訴に持ち込んだ当局の労を多とする。が、松本サリン事件始め仮谷さん拉致、坂本弁護士事件、銃器密造、信者失跡、警察庁長官狙撃、村井氏刺殺……。数々の事件がなお解決を待っている。閉鎖的教団の性格やマインドコントロールの実態、それらもろもろを生んだ社会の背景……も大いに探らなければなるまい。が、出発点は坂本弁護士のように悪を悪と見る明快な目だ。でないと、身ぐるみはがれる布施や常軌をはずれたイニシエーションとやらの詐欺性も見抜けない。

（1995・6・7）

麻原彰晃初公判

初公判に麻原彰晃被告は教祖の服装、紫色のクルタとやらの着用を希望したという。宗教裁判を気取るつもりだったのだろうか。が、被告の名は正しくは松本智津夫で麻原ではない。麻原彰晃こと松本智津夫の裁判だ。麻原を名乗る松本が犯した罪状の起訴は17件に上る。その非道は宗教者の行いとは遠い。二つのサリン事件はじめ生命を失い、心身を損傷した被害者は膨大な数に上る。その無念を思う。また、起訴された事件とは別に多数の被害者がほかにも存在する。オウムという教団のマインドコントロールに操られた人々、それによって家庭をずたずたにされた人々……。いまだにその状態から脱しきれない人たちが少なからずいるようだ。

「個人の人格を破壊し、それを新しい人格に置き換えてしまうような影響力のシステム」――マインドコントロールにはこんな解説がある。信教の自由に名を借りた信教の勝手を裁く麻原裁判がやっと初公判を迎えた。厳戒態勢が敷かれ、異例ずくめで、検察の冒頭陳述はあす。2日がかりの初公判ともいえる。

（1996・4・24）

私腹国家

〈福祉国家　私腹国家の間違いだろう？　――国民〉。これは本紙のＵＳＯ放送。〈厚生省今年のニュース丸抱え〉。これは「よみうり時事川柳」に寄せられた句だ。エイズ、O《オー》157、そして締めくくりが汚職とは、厚生省のこの一年は何という一年だったろう。岡光序治前次官の逮捕を聞いて「悲しく、つらく、無念です」と山口剛彦次官。前次官は厚生省再生の切り札といわれていた。が、実は福祉を食い物にしていた食わせ者だったらしい。汚職の容疑者に転落、同省再生の道は一層険しくなった。岡光容疑者の姿はこんなふうに見える。右手に補助金、左手に許認可権。「ゴールドプラン」（高齢者保健福祉推進十か年戦略）の旗印を背に自分のゴールドプランに励んでいた。今、霞が関の官僚諸氏は改めて自らの官僚像を描いてみるといい。岡光容疑者のような姿になっていないか。とりわけ補助金、許認可権を持つ左右の手にご注意を。「政治家は選挙で落ちれば代わるが、官僚は代わらない」――贈賄側はそう考えて甘いワナを仕掛けてきた。

（1996・12・5）

個人ぐるみ？

「残念ながら個人ぐるみでございます」――あれはウソの皮だったらしい。野村證券の酒巻英雄元社長が、商法、証券取引法違反の疑いで、逮捕された。役員らの逮捕だけでも〈会社ぐるみ〉はあらわだったが、事件当時の社長本人が逮捕されては〈個人ぐるみ〉というおかしな弁明が一層白々しく思われる。国会の場で酒巻元社長は「そういう方だろうな、会いたくはないな」と思いながら問題の総会屋と会ったことを認めていた。そのうえで事件への関与は否定した。頭隠して尻《しり》隠さずのような答弁に聞こえたが、やはりそんなことだったのか。総会屋への利益提供について酒巻元社長は事前に報告をうけていた。その疑いが濃くなっての逮捕だ。「役員から（総会屋に）会って下さいと言われれば、社長は逃げるわけにはいかない」という答弁もあった。が、「逃げる」のではなく、断固「会うことを断る」のが社長ではないのか。会ったのは会う理由があったからだと思う。リーダーに断固たる姿勢がないと、総会屋との腐れ縁は断てない。（1997・5・30）

神戸・小学生殺害

子供たちの遊ぶ姿や元気な声が日曜日の公園から消えた。子供を一人では外へも出せない。地域の人たちによるパトロールが続く。神戸市須磨区にそんな事態をもたらした小学生殺害事件は目立った展開のないまま新しい週を迎えた。その残虐な犯行に、怒りは高まるばかり、悲しみは限りなく深い。犯人の残した紙片には「さあゲームの始まりです」「警察諸君、僕を止めてみたまえ」とあった。無論、一刻も早い犯人逮捕が第一だが、万が一にも次の犯行を許してはならない。常軌をはずれた犯人の言葉の数々は聞くもおぞましい。が、警察をあざけるような内容には、厳重な警戒を要す。都市化した地域の目に死角は多く、点検を要す。「積年の大怨」と「学校殺死」はどういう脈絡なのか。十分な分析と調べが必要だ。「人の死が見たくてしょうがない」「殺しが愉快でたまらない」とは、背筋が寒くなる。警察の総力をあげての奮起を望む。防犯のため、地域の目の死角再点検は神戸・須磨区だけの問題ではないことも忘れまい。（1997・6・2）

呪縛

〈呪縛《じゅばく》〉とは、まじないをかけて動けないようにすること、心理的に人の心の自由を失わせることだ。第一勧銀がとんでもない巨額融資で総会屋に利益を提供したのは呪縛にかかったからだという。〈呪縛〉と言ったのは現頭取だが、そんなあいまいな説明では納得がいかない。第一勧銀ほどの大銀行が総会屋のおまじないでいいようにされた？　銀行本体の融資275億円に加え、系列ノンバンクを使った迂回《うかい》融資が延べ200億円にも上る。担保がなかったり、迂回融資には債務保証をしたり、いたれりつくせりだ。いつからどんなおまじないをかけられたのか。検察が徹底解明を進める。第一銀行の祖・渋沢栄一は〈右手にソロバン、左手に論語〉と評されたと聞く。銀行員に孔子の振る舞いまでは期待しないが、渋沢翁の〈義利両全〉はどこへやらだ。自治体がこの銀行への預金を引き揚げたり宝くじの委託を見直す動きも出てきた。姿勢が悪いとソロバンもおかしくなる。金融・証券の腐食は低金利時代の一般預金者に不快この上ない。

（1997・6・6）

不味と無拠

「ふあじ」は「不味」で、うまみのないこと。「ムキョ」は「無拠」でよんどころないこと。

不味は旧勧銀が、無拠は旧第一銀行がそれぞれ使っていた古い銀行用語だという。「ふあじの貸し出し」「ムキョの融資」などと聞いても、お互いにわからない。第一勧銀は合併当初、用語の統一にも苦労したと『大合併　小説第一勧業銀行』（高杉良）にある。総会屋への貸し出しは「ふあじ」どころか不正だが、「ムキョ」だった？　「電気を消すようなわけにはいかない」と次期頭取に内定の杉田力之常務。「ムキョ」の不正がこんなに長く続いたのに、まだ事態の認識が甘いように聞こえる。最高指揮官ならば「ただちに電気のスイッチを切れ」と号令した方がいい。トップがそういう厳しい姿勢をとらなかったから、今の事態を招いた。代々の担当役員が「ムキョ」の融資を引き継いだ。前任の上司に異議を唱えるのは難しい。担当になったことを不運と嘆く者もいる。無用の電気はただちに消した方がいい。それをするのがリーダーだ。

（1997・6・16）

中学生の顔写真

神戸市の淳君殺害事件で逮捕された14歳の中学三年生は、どんな少年なのか。なぜ、あんなひどいことを……。それを知りたい。できるだけそれを的確に伝えたい。ジャーナリストならだれもがそう思うだろう。が、容疑者は14歳、少年法で保護される対象だ。慎重なうえにも慎重な扱いが欠かせない。きょう発売の写真週刊誌にこの中学生の顔写真を掲載したものがある。きのう売られた所も一部あるが、大手書店、キヨスク、コンビニなどでは販売中止の動きも出た。「事件は社会全体に挑戦するという極めて特異なもので少年法の枠を超えている」と同誌編集部は判断したようだが、顔写真の掲載はやり過ぎ、勇み足のそしりを免れまい。少年についての〈罪と罰〉には古くから論議のあるところだ。無論、保護ばかりを優先させればいいというものではない。少年犯罪が低年齢層に広がってきてもいる。論議を深めるといい。それぞれの家庭でも〈わが家の少年法・アメとムチ〉を再点検するといい。でも、あせるとバランスを欠く。

（1997・7・2）

業界ぐるみ

日興證券への家宅捜索で、事件は証券大手4社のすべてに広がった。会社ぐるみどころか、業界ぐるみの様相と言われても仕方がない。日本版ビッグバン（金融制度の大改革）を控えて、証券界のこのていたらく、先行きが心配だ。ビッグバンは「フリー」「フェア」「グローバル」な市場を目指す。が、およそフェアとはほど遠いことが続々と明るみに出た。ビッグバンとはもともと宇宙の始まりの大爆発のことをいう。それが転用され金融制度の大改革をさす経済用語になった。その「金融ビッグバン」の前に、証券業界は「事件のビッグバン」を迎えた。あるいは事件の大爆発で金融のビッグバンが始まったと考えた方がいいかも知れない。宇宙の始まりの大爆発のように事態を真剣に考えよう。まずは腐ったウミを出し切ることだ。そのうえでなければ自由で公正で透明で国際的な市場を目指すなどはおこがましい。91年の証券不祥事の教訓が生きていない。事件の大爆発をびっくり箱程度に甘くみたら、金融ビッグバンには立ち向かえない。

（1997・9・26）

亡国の罪

東京地方検察庁に「特別捜査部」の前身「隠退蔵事件捜査部」が設けられたのは1947年（昭和22）11月10日だった。この10日で誕生50年を迎える。草創期の昭和電工事件、造船疑獄からロッキード事件など政官界の汚職、企業犯罪など数々の大型事件を手がけて半世紀の歳月が流れた。造船疑獄の特捜部長・山本清二郎、ロッキード事件の総指揮官・布施健、元祖特捜の鬼・河井信太郎、「巨悪を眠らせるな」の伊藤栄樹、近くはやはり特捜の鬼・吉永祐介……。鬼の○○、エンマの××と呼ばれ、巨悪や魑魅魍魎《ちみもうりょう》に恐れられた人たち。そして彼らと共に権力犯罪を追い続けてきた多数の検事と検察事務官の面々が目に浮かぶ。「取り調べは人格と人格が対峙《たいじ》する真剣勝負」と熊崎勝彦現部長。かつて河井検事も「誠を相手の腹中におく」と言った。「被害者と共に泣く」は伊藤検事の原点だった。いま特捜部が追う金融・証券界の不正は河井検事の言った「亡国の罪」に近い。出頭を拒み証拠を隠す被疑者などは恐れを知らな過ぎる。

（1997・11・7）

MOFとMOF担

「MOF（大蔵省）っていうところは、どこまで差し出がましくできてるんだ」「首根っこまで押さえられているからしようがない」「はしのあげおろしまで指図されている」「MOFの一挙手一投足にMOF担（銀行・証券の大蔵省担当）は過剰に反応、過敏に神経を使う。よくぞここまで飼いならされたもの。MOF担とはよく言ったものだ」「MOFのキャリアは誇り高いから、接待はゴルフであれ、宴席であれ超一流が求められる」——以上はそんなMOFとMOF担の世界を描いた高杉良氏の小説にある。そのMOFとMOF担の現実の関係に検察のメスが入った。収賄容疑で逮捕された2人はノンキャリアだが、金融検査部の幹部。接待漬けで検査情報を漏らした疑いがある。さらに接待を要求するなど言語道断。検査は形がい化した。結果、相次ぐ膨大な金融のゆがみが見逃された。官庁の中の官庁と称された大蔵省の誇りは、いまいずこ？　責任の自覚に欠け、「誇り高き」はいつか「おごり高ぶり」と化したように見える。

（1998・1・27）

法三章

〈法は三章のみ〉——紀元前、秦を倒した漢の高祖・劉邦は「殺人、傷害、盗み」だけを処罰して、この3か条以外は秦の定めた厳しく複雑な法を全廃した。転じて、法がきわめて簡略なことをいう。法を簡素にした漢の政策は「官」の干渉を少なくして、「民」の活力を引き出そうというもので、歓迎され、功を奏した。まさか、当世の法が三章のみとはいくまいが、本来ならなくてすむはずの法律を作らなければならないというのは情けない。目に余る接待漬けを防ぐという「公務員倫理法」の話だ。度重なる不祥事で「倫理規程」がすでに設けられているが、それが守られない。自らの倫理を法で縛らなければならない現実は、「官」の大きな恥と知るべし。高級官僚が子供でもあるまいにとも思う。情けない。話変わって、中1男子生徒の女教師刺殺事件。これは法三章の基本さえ、身につけていない結果だ。「いけないことをしてはいけない」と、幼時からきっちり教えていこう。くだくだしい校則などは法三章にとても及ばない。

（1998・1・30）

毒物カレー事件

あの暑い夏祭りの夜からほぼ4か月半、冷え冷えとした師走になって、「毒物カレー事件」は、ようやく容疑者逮捕の段階を迎えた。亡くなった4人と中毒を起こした63人の方々に改めておくやみとお見舞いを申し上げる。「あんた何でおらんの」――高1の鳥居幸《みゆき》さんを失った母の思いは痛切だ。小4の林大貴《ひろたか》君はカレーが大好きだった。自治会長の谷中孝寿さん、金物店経営の田中孝昭さんは多くの中毒患者を先に搬送させた後に入院した責任感の強いリーダーだった。この人たちをこんなことにした犯罪者は、今、何を思っているのか。その不条理を憎む。犯罪はすべて不条理だが、不特定多数を巻き込む犯罪は極め付きの不条理だ。食事の際、人は極めて無防備になる。それが好物であればなおのことで、カレーは国民的大衆食だ。この犯罪はそんなカレーの人気までも傷つけた。カレー好きの子供たちが夏休みに入る需要期に、今年は家庭用即席カレーの売り上げが落ちたという。数々の模倣犯も招いた重大事件の徹底解明を待つ。

（1998・12・9）

東海村ＪＣＯ臨界事故

被ばくした作業員には青い光が見えたという。が、放射能の漏れは、住民の目には見えず、音も聞こえない。それが不安を広げる。「臨界事故」は核分裂の連鎖反応が続いて起きる。あってはならない連鎖だが、ひとたび起きた場合には、迅速的確な情報、対応がないと、住民の不安も連鎖反応する。きのう午前、茨城・東海村で発生した放射能漏れに、県がやっと屋内退避要請を出したのは午後10時半。現場から半径10キロ以内の周辺住民31万人が不安な一夜を過ごした。「状況がわからない状態では落ち着くことが肝心」と専門家はいうが、これはなかなか難しい。専門家も果たして冷静に対応したのだろうか。事故は原子力発電所、再処理工場などではなく、核燃料加工会社で起きた。標準の作業手順に反した初歩的ミスの疑いが濃いが、ミスがあっても事故を防ぐ策も手薄だった。人間はミスをする。それを前提にしたフェイルセーフのシステムが、安全第一であるべき施設にないとは怖い。社長の土下座など見たくもない。

（1999・10・1）

新潟の監禁10年

小学4年生で姿を消した少女が9年2か月ぶりに保護された事件は、失われた歳月を思うと、無事を喜んでばかりはいられない。新潟県三条市で下校途中、9歳で行方不明になった少女は、柏崎市で見つかったとき19歳になっていた。まだ若いとはいえ、成長にかけがえのない歳月を思い、胸が痛む。監禁容疑の男は、この事件の前年にも柏崎市内で、小学4年の別の少女を連れ去ろうとして逮捕された前歴があった。が、男はずっと捜査線上には浮かんで来なかった。「少女に対する犯罪は累犯性が高い」と岩井弘融・東洋大名誉教授。同じことを繰り返すことの多い犯罪。捜査陣には耳の痛い言葉だ。もし……と思うと、残念でならない。広域捜査の必要が叫ばれたのは、もうはるか昔の話だ。しかも三条と柏崎の間は50キロで、同じ新潟県内、同じ県警の管内。広域捜査など持ち出すまでもないケースだ。署と署のつながりの悪さが問われる。また、容疑者と同居していた母親は何をしていたのか？　とんでもない、長い人さらいだった。

（2000・1・31）

日比谷線惨事

地下鉄を「メトロ」ともいうのは、1863年ロンドンに生まれた世界最初の地下鉄の名が「メトロポリタン」だったからだ。正しくは、メトロポリタン・レールウエー（首都の鉄道）だが、その後、ヨーロッパ諸都市の地下鉄が同じ名の略称メトロを用いたため、いつしかメトロは「地下」の意で広まった。建物が密集する大都市ならではの鉄道だ。都市の広がりにつれ、郊外と結ぶ地上の鉄道と相互乗り入れも増えた。日比谷線の惨事は地上で起きた地下鉄事故である。地下鉄は地下を走る特殊事情から地震や浸水、火災、停電など防災対策には地上の鉄道以上に力を入れてきたはずだ。が、日本の地下鉄史上最悪の事故が何と地上で起きるとは。現場は地下と地上の接点でカーブの難所だが、脱線車両が対向線へ飛び出すのを防止する護輪軌条はなかった。しかしそれが設置基準違反だったわけでもない。引き込み線のポイントで脱線を広げたのも不幸だった。何が思わぬアキレス腱《けん》だったのか。それがわからないと不安はおさまらない。

（2000・3・9）

桶川事件

埼玉県警上尾署は告訴に対し、何もしなかったばかりか、逆にやってはいけないことをやった。犯罪の手助けをしたようなものだ。発端のストーカー行為と名誉棄損にきちんと対応していたらと思うと、一命を落とした女子大生が哀れでならない。警察に訴えて、助けを求めたのに、恐れていた結果を招いた。「嫁入り前だし……」「告訴はなかったことに」「警察は忙しいんですよ」――何という対応だろう。告訴で仕事が増える負担を避けるためだったとはあきれ果てる。「民事不介入」を口実にしてはならない。警察はそのことを数々の民事にからんだ暴力団の事件でとうに学んだはずだが、まだ、ともすると、仕事をしない口実にするようだ。しかも今回の桶川の事件は被害者が必死の思いで刑事告訴した事件だった。その告訴をつぶしたのは怠慢ではすまない。懲戒免職や書類送検で取り返しはつかない。恥知らずのストーカーの横行は目に余る。各地で防止条例も生まれている。警察が対応を誤ると、憂うべき事態が一層深刻になる。

（2000・4・7）

臭いものにふた

〈臭いものにふたをする〉――きのう、神奈川県警の元本部長らが有罪判決を受けたのは、やってはならないそれをやったからだ。身内の警官の覚醒剤使用をもみ消したのは、根から絶つべき臭いものにふたをして済ませたお粗末。これでは〈臭いもの、身知らず〉で自分の放つ臭気も気にならなくなる。それが何よりも怖い。警察の不祥事が多発して、一番心配だったのは捜査への直接の影響だ。警察が臭いものに鈍感になったらどうなる？　それはもう警察といえない。警察の原点は悪を憎むこと、被害者とともに泣くことだ。悪に鈍感になり、被害者への共感が薄ければ、せっかく被害者が助けを求めても、出足が鈍り、犯罪を助長させる。栃木のリンチ事件、桶川のストーカー殺人、新潟の長期監禁……やるべきことをやらないと重大な結果を招く。まして、逆にやってはならないことをやるなど論外だ。警察の再生に課題は多いが、第一に悪を憎む原点に立ち返り悪を逃がさぬ成果を上げること。プロの腕で答えを出してほしい。

（2000・5・30）

バスジャック少年

「16（歳）以上は控え目に!!　起訴されちゃうからね!!」「18（歳）以上はもう大人!!　死刑

になっちゃうよ!!」――西鉄バスジャック少年のメモだ。事件を起こしたり起こそうとする少年の多くは、この少年に限らず少年法の規定をよく知っている。つかまった場合に、自分がどう扱われるか、少年たちは十分承知しているらしい。17歳のバスジャック少年は広島家裁に送致された。弁護団は少年の詳しい精神鑑定を求める。検察側は刑事責任を問えると判断しており、家裁からの逆送致を待つ。逆送されれば、成人と同じように裁判が行われる。が、もし最後まで家裁の審判にゆだねられれば、犯罪少年と被害者の人権のアンバランスが、きっとまた問題になるだろう。現行少年法では事実認定さえ手に余る複雑、凶悪な事件が増えた。その事実認定を確かなものにしようというごく限られた改正案さえ国会解散で廃案になった。「16以上は……」とバスジャック少年が書いたメモは、少年法改正のもたつきをあざ笑っているようにも見える。

（2000・6・6）

リコール隠し

「H」は秘匿、あるいは保留の印だ。三菱自動車工業はこのマークで区別した表と裏の二重処理で「クレーム隠し」「リコール隠し」を長く続けてきた。この会社が三菱重工業の一部門から独立したのは1970年、リコール制度の発足が1969年。リコール隠しはそのころから始まったというからウソの歴史は30年にもなる。リコールでブランドに傷がつくことを恐れ、企業イメージを守るため深みにはまったようだ。こんな心得違いをされては、欠陥車から人命を守るリコール制度が泣く。正直で速やかな届け出がユーザーの信頼につながる道なのに。リコール隠しの小細工がかえってブランドの傷を深めた。「H」マークは恥知らずの変なシンボルということだ。思えば、JCOの臨界事故、雪印乳業のお粗末、三菱自動車のリコール隠し……、あってはならないことの根は同じではないのか。もの作りの「志」の劣化を恐れる。リコール隠しは厳しく批判された他社の先例もあるのに、このていたらく。ひとのふり見て、わがふり直せ。

（2000・8・23）

罪と罰

いたいけな小学1、2年生8人の生命が突然奪われた不条理にいきどおりをおさえることができない。大阪教育大付属池田小学校の取り返しのつかない事件に何を考えなければならないか。子供たちを守ってやることのできなかったわれわれの社会の〈罪と罰〉のあり方を見つめなければならない。「心神喪失者の行為は、罰しない。心神耗弱者の行為は、その刑を減軽する」と刑法にある。この法の定めを頭では理解しても、その運用の現実に心から納得している被害者はどれだけいるだろうか。不備は補い正さなければならない。弁護人は早くも「責任能力が疑わしい」と争う姿勢でいるが、刑事責任を問えないほどの精神状態とは何か。軽々に判断はできまい。犯罪者の人権が強調される反面、被害者がないがしろにされてはならない。弁護人のいない声なき被害者の思いを検察官は十二分に反映させなければならない。小泉首相が法の不備を正す意向を表明した。ただちに「拙速を戒める」などの声も起こるが、見直し発言を「すぐに戒める」ような拙速も戒めたい。

（2001・6・11）

羊頭狗肉

〈羊頭を掲げて狗肉《くにく》を売る〉は中国の古典の言葉だが、さらに古い元の語は〈狗肉〉が〈馬《ば》脯《ほ》〉（馬の干し肉）だったという。他に〈牛首を門に掲げて馬肉を売る〉という言葉もある。この〈牛首〉を〈牛骨〉としたのもある。カンバンに羊や牛を掲げても、実際の商品は犬や馬とさまざま。いずれにせよ「カンバンに偽りあり」の意味に変わりはない。そんな中国の故事成語の世界が今の日本に広がっている。ひそかに「雪印だけではあるまい」と危ぶんでいたことが続々と明るみに出てきた。輸入牛を国産牛に偽装した事件を発端に食肉の偽装事件は牛から豚、鶏へと拡大した。白豚を高価な黒豚と偽ったり、タイや中国産の鶏肉を鹿児島産の若鶏に偽装したり。鶏のケースは生産者の元締・「全農」の子会社の話。産地表示の偽装ばかりか、安心・安全が売り物の「無薬鶏」に抗生物質使用の鶏を混ぜていた。〈羊頭を掲げて……〉の語は、その後に〈盗跖《とうせき》、孔子語を行う〉と続く。盗跖は大泥棒の名。泥棒が孔子さまのような言葉を語っても、とても安心はできない。

（２００２・３・７）

体感治安

〈体感治安〉——かつては余り聞かなかった言葉だが、説明されなくても意味はよく分かる。

國松孝次・元警察庁長官がソウルの警視総監から聞いて使い始めた言葉だという。空気と安全はただだと思っていた日本でも治安の不安を強く体で感じるようになったから、その言葉が違和感なく分かる。さまざまな犯罪統計はゆゆしい事態を示しているが、そんなデータを聞かずとも体感するからだ。盗んだ重機を使ったATM（現金自動預け払い機）荒らし。こんなかつてない荒業の横行は日本の治安に対する挑戦のようにも見える。昨年全国で57件（前年9件）、被害額も大きいこの大型盗犯がつかまらないでは、体感治安悪化の目盛りを数字以上に上げる。警察はなめられてはいけない。〈途中狙い〉――これも新しい警察用語らしいが、ATMの客に声をかけ注意をそらし、そのすきに相棒が金を奪ったり、暗証番号を盗み見たうえでカードを奪ったり、油断できない。外国人犯罪も急増している。侵入盗、路上強盗、街頭の暴行……悪化する治安に歯止めを切望する。（2003・1・10）

史上最も残虐非道な男

〈死刑〉を〈極刑〉という。これ以上重い刑はないからだ。が、被害者の中にはそれでもなお足りないという思いの人々がいる。〈犯罪史上最も残虐非道かつ極悪卑劣な犯行〉（論告）であれば極刑でも足りない思いもわいて来よう。オウム真理教の麻原彰晃こと松本智津夫被告の問われた罪は、地下鉄、松本両サリン事件はじめ坂本堤弁護士一家殺害など17件にも上る。1件だけでも死刑に相当する罪が並んでいる。犯罪の大きさが裁判の長期化につながる面がある。裁判の進め方に改革が求められる。不当に犯罪者を利するようではむなしい。史上最も凶悪な犯罪者と断じられた男は、法廷のマナーも史上最悪に見えた。それが被害者や遺族の感情を逆なでした。死刑を求刑した論告には〈宗教性などみじんもない〉ともあった。「他人を不幸にするような信教の自由は許されない」と言った坂本堤弁護士を思う。麻原のそれは信教の自由どころか信教の勝手、いや妄想の勝手と言うべきか。名を変えたにしても、教団がなお存続しているのは天下の奇観ではないか。

（2003・4・25）

賤業

〈職業に貴賤《きせん》はないと思うけど、生き方には貴賤がありますねェ〉――横行するヤミ金融の度外れた振る舞いなど、恥知らずの面々に聞かせたい言葉だ。永六輔さんの著『職人』（岩波新書）に出てくる。モノをつくる職人さんだからこそ言える知恵に満ちた言葉集の一つだ。職業で人をさげすむなどは恥ずべきことだから〈賤業〉という言葉は死語となった。が、職業に貴賤なしをいいことに、あるいは曲解してか？　とんでもない仕事を業とする者が少なくない。冒頭の言葉を借りれば、卑しい生き方が業に表れると言うべきか。大阪・八尾のJR関西線で心中したとみられる夫婦ら3人はヤミ金融業者の取り立てに追い詰められていた。法の上限をはるかに超えた高金利、「殺すぞ」と脅すわ、近所にまで電話をかけまくるわの執拗《しつよう》さ。ヤミ金融の出資法違反事件が急増している。違法な高金利は年数千、十数万％にも及ぶ。そのうえ取り立てにからむ暴行、脅迫……。そんな業者に多重債務者の名簿を売る業者も山といる。〈賤業〉は死語でも実体は生きている。

（2003・6・18）

死刑

死刑を容認する人の割合の増減はいわゆる〈体感治安〉の状況に比例するバロメーターだろう。死刑制度を容認する人が過去最高の81・4％に達した。内閣府の世論調査（昨年12月）の結果で5年前の前回比7・5ポイント増、8割を超えたのは初めて。「どんな場合でも死刑は廃止すべきだ」は6・0％で前回比2・8ポイント減。前回比でも容認の増は目立つが、15年前と比べると、さらに歴然とする。1989年、当時の総理府調査だと、容認は66・5％で7割に満たなかった。一方、死刑廃止派は15・7％に上っていた。さて、その日本にもかつて死刑という刑罰のない時代があった。と言うと、驚く人が少なくない。聖武天皇が一時的に死刑廃止の詔書を下した。次に嵯峨天皇が818年（弘仁9）に律を改正し、300年以上も死刑という刑罰はわが国から消えた。が、保元の乱で斬刑《ざんけい》が復活。以後死刑が廃止されたことはない。死刑は、文明社会の〈最後の野蛮〉とも評されるが、いつ〈最後〉になれる？　社会自体に野蛮の横行が目に余ってはとてもおぼつかない。

（2005・2・21）

恐怖の無軌道・JR福知山線

〈無軌道〉――ものの例えではない。現実に軌道を外れた暴走の恐怖に身の毛もよだつ。兵庫県尼崎市のＪＲ福知山線で起きた脱線事故は強烈な衝撃だ。戦後の鉄道事故ビッグ３をあげれば、八高線脱線事故（死者１８７人、１９４７年）常磐線三河島事故（同１６０人、62年）横須賀線鶴見事故（同１６１人、63年）。これらに次ぐ有数の大惨事となった。時代は国鉄からＪＲに移って久しい。技術革新も往時とは比較にならないほど進んだ。が、肝心の安全第一が空念仏になっていないか。原因は徹底究明を待たねばならないが数々の疑いが浮かんでいる。第一に〈速度違反〉――制限を順守していればこんな脱線はないだろう。〈焦り〉――オーバーランした前の停車駅での遅れを取り戻そうと焦ったか。〈ＡＴＳ〉――自動列車停止装置の名が泣く古いタイプだった。〈置き石〉――捜査を待つ。〈急ブレーキ〉――これが車体を浮かせた説もある。日本よ、そんなに急いでどこへ行く？　また一つ悪例発生か。ダイヤ優先、安全軽視なら行く先は無残だ。

（２００５・４・26）

会社の風土

オーバーランの虚偽報告について「一事が万事とまでは言わないが」と書いたのはＪＲ西日本に対して甘過ぎた。大惨事で続出した同社の対応や職員の数々の振る舞いにそう思う。どれもこれも安全軽視の背景、体質を示している。一事が万事と書いても一向に差し支えなかった。当日、同社天王寺車掌区では職員43人がボウリング大会を開いていた。啞然《あぜん》、暗然、慄然《りつぜん》とする。区長も参加し、事故を全く知らなかったわけでもない。プレー後には懇親会もした。福知山線には乗務しない車掌区とはいえ認識が甘い。脱線した電車に乗り合わせながら現場を離れ出勤した運転士2人と同様、まるで他人事《ひとごと》ではないか。現場では近くの人々、まさに他人である多くの人々も救助活動に進んで参加していたというのに。一つの大事故の背景には300件のヒヤリハットがあるというが、大事故が起きたのにヒヤリもハットも感じていないように見える。認識の甘さは情報の共有に問題がある。「会社の風土」という言葉をトップが述べた。会社の風土の見直し、再建は容易でない。

（2005・5・6）

鬼の母親

母親の手にかけられた幼い娘・彩香さんが不憫でならない。母親、畠山鈴香被告のでたらめにはあきれと憤りが募るばかりだ。警察の初動捜査の手抜かりが情けない。要猛省だ。「たら、れば」は繰り言だが、彩香さんを水死として処理した初動捜査の甘さは明白。母子が橋上にいた目撃証言を思うだけでも残念だ。次の被害者、米山豪憲君の遺族はたまらない思いだろう。でたらめな母親・鈴香被告の二転三転する供述の中で、一貫して変わらなかったのは、長女・彩香さんの死について「事故死でない」と言ったことだった。「人の手がかかっている」とは自分の手だった。事故死でないと確言できるわけだ。次第に供述は変化し「彩香は橋から滑り落ちた」と述べたあたりで、次の「突き落とし」は想像できた。一人娘を「邪魔だった」とか「うとましかった」とか自己中心も甚だしい。あげく、育児放棄も極みまで行ってしまった。彩香さんと豪憲君が二人仲良くシャボン玉を飛ばして遊ぶ映像を事件発生以来、何度も見た。4月まで時を戻せと叫びたくなる。

（2006・7・18）

市職員の飲酒暴走

「生まれて来てくれてありがとう」――4歳、3歳、1歳の愛児たちそれぞれの小さなひつぎに語りかけた両親の胸中を思う。福岡市・海の中道大橋で暴走したのは同市職員だった。市が飲酒運転厳禁を全職員に通知した2日後の無軌道運転だった。はしご酒の飲酒運転、わき見、スピードの出し過ぎ、ひき逃げ、交通違反の悪という悪を重ねた。〈飲んだら乗るな　乗るなら飲むな〉――この単純明快な戒めが守られない。その禁を犯したら、どんな惨事を招くかの想像力がまるで欠けている。無謀運転に対し危険運転致死傷罪が新設されたのは2001年。罰則強化の契機は1999年、東京世田谷の東名高速で女児2人が死亡した事故。乗用車が飲酒運転の大型トラックに追突され炎上した。あれが猛火に包まれるむごい事故なら、今度は一瞬のうちに海中に追い落とされた水責め。追突男の大罪が第一だが、欄干のもろさも悔やまれる。歩道のありなしで反対車線側の欄干とは強度が違った。歩道を越え「想定外の力が加わった」と市港湾局は言うが、悔やまれる。

（2006・8・29）

空中楼閣

〈空中楼閣〉――根拠のない架空の物事。空中に築いた楼閣のように想像で抽象的に構築した物事をいう。ありえない楼閣、あってはならない楼閣、そんな空中楼閣を現実の一級建築士が手がけてしまった。姉歯秀次被告のやったことは、そんな例えもできるほど前代未聞の話。常識では信じられない。その男に懲役5年、罰金１８０万円の判決。裁判長にはその男から「大変なことをしでかしたという感じが伝わってこなかった」「それについて、いらだちを覚えたことは偽らざる事実です」。裁判長の感懐で事件に底無しの怖さを思う。耐震強度偽装事件は「わが国建築業界史上最大級の不祥事」だ。量刑は、検察の求刑どおりではあるが、もともと法が想定もしていない犯罪なので、重い刑が用意されていない。一生に一度の思いでマンションを買った被害者にしてみれば、軽過ぎて腹立たしいだろう。責任転嫁の偽証は卑劣。建築士の士が泣く。プロの魂は今いずこ。インチキを見抜けない業界も行政もお粗末。日本人とその社会の劣化の象徴のようにも見えた。（２００６・12・27）

交番勤務のお手本

〈交番〉は日本の警察がつくった世界に誇るすぐれものだ。警視庁板橋署常盤台交番の巡査部長宮本邦彦さんは交番勤務の警官の鑑《かがみ》のような人と思う。東京都板橋区の東武東上線ときわ台駅で線路に入った女性を助けようとして電車にはねられたあの人のこと。きのうのご逝去を悼み、心からご冥福《めいふく》を祈る。職務に一命をささげた53歳に合掌する。「おまわりさん、一日も早く良くなって」と回復を祈る花束や千羽鶴が続々と常盤台交番に届いていた。その祈りのむなしかったのが残念。悔しく痛ましい。交番は警察の最前線にある。いつも市民との接点になっている。見張り、パトロール、事件・事故にすぐ駆けつける警察官は市民の「よろず相談所」の窓口でもある。「不審者から守ってもらった」「真冬の夜、酔客を懸命に介抱していた」……宮本さんの日夜は交番勤務のお手本のようだったと近所の人々が語っている。身を挺《てい》した救助活動が最後の仕事になった。無責任の横行する世にあって、宮本さんの職務一筋の行為に、忘れられた人間の気高さを思う。

（2007・2・13）

行政対象暴力

〈行政対象暴力〉――およそ筋違いで逆恨みのような脅しと不当要求を行政に向けて、無理が通らないと銃に訴える。凶弾がその最悪の結末を招いた。長崎市長を銃撃した暴力団の男は30回以上も市役所に押しかけたり電話でからんだり、執拗だった。工事中の市道の穴に車輪を落とした自損事故で車の修理代や代車料を求めるなど理不尽極まる。こんなことで襲われては命がいくつあっても足りない。「暴力団が許せないのは、暴力団が恐怖で人を支配し、人々に屈従の人生を強いることです」（映画「ミンボーの女」の主役・井上まひる弁護士）。暴力団対策法元年といわれた1992年当時は〈民事介入暴力《ミンボー》〉が注目された。あれから15年の今、〈行政対象暴力〉が各地で横行しているようだ。「暴力団が恐怖で行政を支配し、行政に屈従を強いる」ような事態は断じて許せない。栃木県鹿沼市の職員が廃棄物処理にからんで不当要求を断り、拉致、殺害されたこともある。標的にされたら、警察に通報、職員個人で扱わず、組織として対応することだ。

（2007・4・19）

イージス艦と父子船

真っ二つに切断された「清徳丸」の船体が無残で痛々しい。吉清《きちせい》治夫、哲大さんの父子船だ。その父子が帰ってこない。父のジャンパーだけが見つかった。時間がたてばたつほど、当然、捜索は難しくなる。海上自衛隊のイージス艦「あたご」自身はこの衝突の直後、無残な父子船に対して、どんな救助、捜索活動をしたのか。見張り、回避行動のお粗末を思い、事後の通報、連絡の遅れを思うと、即刻の救助活動がどうだったかにも疑問符がつく。「あたご」の乗員が漁船の灯火を視認したのが「2分前」から「12分前」に、「緑の灯火だけ」だったのが「赤も」に変わった。12分前に視認しながらイージス艦はずっと自動操舵《そうだ》のままだった。時間とともに当直連絡員間の連携の悪さなど監視体制のお粗末が一層あらわになってきた。20年前の潜水艦「なだしお」衝突事故の教訓が全く生きていない。沖縄の米海兵隊の不祥事に「たるんでいる」「どうなっているんだろう」などと政府首脳の発言があったが、これでは他人事ではなくなった。父子船の悲劇に胸が痛む。

（2008・2・21）

元祖オタクの死刑

〈おびただしき煙は吐けどわが過去は焼きては呉《く》れぬゴミ焼却炉〉——吉展ちゃん事件の死刑

囚・小原保は刑の執行を待つ獄中でこう詠んだ。〈詫《わ》びとしてこの外あらず冥福《めいふく》を炎の如《ごと》く声に祈るなり〉というのもある。いずれも消えない罪の重さを深く思う心がうかがわれる。きのう宮崎勤死刑囚の刑の執行を聞き、同じ死刑囚だった男の2首を思い浮かべた。吉展ちゃん事件は1963年、幼女4人を連続して誘拐、殺害した宮崎事件は88〜89年に起きた。この間25年、昭和から平成へ。宮崎死刑囚は歌はおろか最後まで心の内を見せなかった。遺族への謝罪や反省も口にしない。「絞首刑は残虐」と発言した。彼の犯行こそ残虐そのものではないか。あれから事件が変わったという見方もある。その後、神戸の連続児童殺傷から先日の秋葉原事件まで宮崎事件に類似する数々の犯行が続いた。家庭の崩壊、学校や社会で人間関係が築けず、ネットなど仮想世界に逃げ込んで犯行に走る。元祖オタクは危険千万な系譜を残した。

（2008・6・18）

せいだ病

〈せいだ病〉――自分の不遇や不平不満を「○○のせいだ」と何かに責任転嫁する性向のこと。小泉毅という容疑者はトラブルの多いクレーマーだ。クレーム対応の専門家によると、「自己顕示欲と劣等感が強く、せいだ病に取り付かれている人物」。この説明はうなずける。「保健所に家族（ペット）を殺された仇《あだ》討ち」というクレームを元厚生次官にぶつけた見当違いが怖い。34年も前のペットの件をずっと根に持って生きてきたというよりは、自分の不遇、不満のルーツを探し、それに求めたのではないか。元厚生次官ならだれでもよかったようだ。狙われた2

人に共通のキャリア「年金」に迷わされたが、そんな推理は買いかぶり？　で、もっと単純らしい。ともに容疑者のアパートから近く、住宅地の一戸建てで、狙いやすかったらしい。歴代次官の名や住所のメモと地図も押収した。容疑者は国立大を留年、中退し、転職をくりかえした。不遇を「自分のせいだ」と知らない〈せいだ病〉の思いこみはまことに怖い。

（2008・11・25）

アイドル歌手の転落

〈覚せい剤やめますか、それとも、人間やめますか〉――こんな強烈なコピーで当局が撲滅を呼びかけてからでも、20年に近い。覚醒剤は人間をボロボロにする。妄想、幻覚が凶悪事件を招きもする。やめて何年かたっても、フラッシュバックという現象が出ることもある。その恐ろしさがまだまだ分かっていない。その分からない人間が多いのが怖い。芸能人やその子たちに大麻、覚醒剤、合成麻薬……が絶えない。業界に警戒心が薄く、反省に欠け、復帰にも甘いから繰り返すのではないか。アイドル歌手から清純派女優、海外でも人気の高い酒井法子が覚せい剤取締法違反の容疑者に転落した。表の顔と裏の行為の落差、光と影をしっかり知ろう。〈幸せから不幸せまではただ一歩、不幸せから幸せまでは遠い距離〉という。うっかり覚醒剤に近づけば、あっという間に取り込まれ転落することを知ろう。白い粉の取引は暴力団、芸能界から住宅街の主婦相手にまで広がってきた。悪魔を身近にしてはならない。

（2009・8・10）

裁判員裁判

全国で1、2例目の裁判員裁判が東京、さいたま地裁で判決を終えた。初体験の裁判員を務めた方々にご苦労さまと申し上げよう。「これだけ考えたのは人生の中でなかった」「眠れなくなるほど考えた」「判決の前の夜、被害者や遺族のことなど、世の中の不条理を考え、泣けた」「大変だった」「ほっとした」「疲れた」……本当にご苦労さま。と同時に、ありがとうとも申し上げる。これから数を重ねる裁判員裁判のわずか2例が終わったばかりだが、注目を集めた。多くの人が事件について考えた。「とても自分には務まらない」というよりは「自分にもできるかな」と思ったのではなかったか。「裁判員の責任感が伝わってきた。さまざまな立場の人々が他人の人生や犯罪をみつめ、誠実に向き合うことは、社会を共有しているという実感を生むだろう」。東京地裁で傍聴した作家・夏樹静子さんの感想だ。今後、新しい裁判に数々の工夫や見直しは欠かせまい。が、夏樹さんのいうような影響が世に広がるといい。

(2009・8・13)

大阪地検の証拠改ざん

〈悪いやつを徹底的に退治するためには、検察は、どこまでも善玉でなければならない。それには、まずフェアな態度を貫く必要がある〉（伊藤栄樹元検事総長）。大阪地検特捜部・前田恒彦検事の容疑は、あろうことか「証拠隠滅」だ。検察官が捜査の証拠物を改ざんしたという前代未聞、言語道断の行為だ。およそフェアや善玉とは、はるかに遠い。秋の霜、夏の激しい日差しにも似て、〈秋霜烈日〉といわれる検察官のバッジが泣いている。巨悪に挑み「鬼の○○」「閻魔《えんま》の××」などと呼ばれた先輩検事が目をむいて怒っている。〈人に聞くより物を見よ〉は一線捜査検事の心得の第一だが、前田検事はこの検察読本のイロハのイをないがしろにした。証拠物を見るどころか改ざんした。人に聞くこともおろそか。筋書きの始まりである国会議員の口利きの裏付けも議員の聴取もない。脱線をチェックできなかった上司や組織は何をした？　特捜の劣化が信じがたいほどで悲しい。フェアな善玉へ信頼回復の道は険しい。

（2010・9・22）

逃亡17年

東日本大震災は17年も逃げ続けたオウム真理教の特別手配犯のしたたかな心をも揺さぶったのだろうか。「大震災で不条理なことを多く見て、自分の立場を改めて考えた」と平田信容疑者。多くの人が亡くなったのに、罪深い自分が生きていることを不条理と言うのが本当なら殊勝なことだ。大みそかの深夜に東京・丸の内署に出頭した。「2011年のうちに区切りをつけたかった」という。17年も逃亡の末だ。遅すぎると言いたいが、それが本人なりの決断らしい。平田容疑者が出頭の際、最初に名乗り出た警視庁本部の正面玄関前で警戒中の機動隊員が取り合わず「丸の内署か交番へ行くように」と指示した経過があった。オウムの特別手配犯3人はどこの交番にも顔写真の掲示がある。通報など市民への協力の呼びかけだ。その手配犯本人が「特別手配の平田です」と出頭した。というのに、肝心の警察が門前払いとはいただけない。無責任で???の対応。事件の風化が警察から始まっているとしたら、それは怖い。

（2012・1・4）

祇園の暴走

四条大橋を渡り、南座を過ぎ八坂神社へと向かう四条通。京都でも屈指の繁華街・祇園の一角。京へ旅すれば多くの人が通る道筋だ。その四条通と交差する大和大路通を12日、南から北へ軽ワゴン車が猛スピードで疾走した。赤信号も無視して突っ込んだ交差点を中心に18人をはね、7人が死亡、11人が重軽傷を負った。花見の観光客でにぎわう折も折、春爛漫《らんまん》が一瞬のうちに暗転した。思いもかけない暴走に遭遇した18人中13人が千葉、埼玉、愛知、大阪、兵庫など京都以外の人だった。暴走した呉服店員・藤崎晋吾容疑者も電柱に激突、死亡。容疑者はてんかんの診断を受け通院していた。事故との因果関係は捜査の結果を待つ。が、容疑者は医師から運転を禁じられていた。家族もそれを心配していたが、勤務先は知らなかった。容疑者は3月に運転免許証を更新したが持病を申告していない。被害者にしてみれば「なぜ運転を続けたのか」と耐えられない思いだろう。同種の惨事をくり返さないために、徹底検証を望む。

（2012・4・13）

亀岡の暴走

あまりにもニュースに鈍感すぎる。同じ京都では、つい先日、繁華街・祇園で、とんでもない暴走事故があったばかりではないか。知らなかったとは言わせない。今度も京都で亀岡市の話だ。18歳の無免許少年が23日、集団登校中の児童ら10人の列に居眠り運転の軽自動車で激しく突っ込んだ。痛ましくも市立安詳《あんしょう》小2年小谷《おだに》真緒さん（7）と別の女児の登校に付き添っていた母親松村幸姫《ゆきひ》さん（26）が死亡、2人が重体、6人が重軽傷を負った。松村さんは妊娠7か月、おなかの赤ちゃんも助からなかった。祇園の容疑者はてんかんであることを届けずに免許を更新していたが、亀岡の少年は全くの無免許だ。しかも2年前に無免許でミニバイクを運転、検挙された前歴もある。自分の前歴に無反省、祇園の大事故からも何も学んでいない。「一晩中、亀岡市内や京都市内などを走っていた」。居眠り運転にもなる。悪質極まる無免許だ。同乗の少年2人も無免許。車が凶器であることに全く無頓着。その無頓着の無謀な無免許が許せない。

（2012・4・24）

高速ツアーバス

「休憩中、運転席でうつぶせになっていた」「カーナビをさかんに気にしていた」など乗客は心配だった。予定の上信越道を通らず、なぜか遠回りの関越道を走った。あげくツアーバスは防音壁に激突、車体は壁に切り裂かれるようになり、乗客7人が死亡した。29日未明、群馬県の関越自動車道で起きた高速バスの惨事は居眠り運転が明白だ。5年前の大阪・吹田市のスキーバス事故など、同様な例も思う。重大な過ちだが、運転手を責めるだけでは防げない。その誘因の分析が肝要で、対策が問題だろう。高速ツアーバスは参入規制の緩和で大幅に増えた。価格競争のしわ寄せが安全に響く心配がある。運転交代、乗務前の仮眠などは果たして万全か。今回の運行も1人1日670キロの国交省指針の範囲内とはいうが、居眠りの現実を見据えるといい。夜間運行なら運転手2人の方がいい。多くの運転手が居眠りのヒヤリハットを経験している。利用者も安値とともに交代運転手など安全面のチェックにも目を持とう。

（2012・5・1）

走る爆弾娘

「オウム真理教の施設が毒ガス攻撃を受けていると、京都大学法学部を出た人物がテレビで大まじめに語る姿はなかなかの見ものだ」。地下鉄サリン事件の捜査着手からまだ間もないころ、オウム真理教に属する弁護士先生がしきりにテレビで捜査は宗教弾圧だと反発していたのを思い出す。それを「見ものだ」と冒頭の文で皮肉ったのは当時の米『ニューズウィーク』誌。「教団は医師、弁護士、技術者など高学歴の人々を取り込み、現実離れした教義を信じ込ませるのに成功した」と続く。3日夜、逮捕されたオウム事件特別手配の菊地直子容疑者も当時、同様に「ヘリコプターが毒ガスを噴霧して教団の施設を攻撃した」と話していた。高校時代から陸上競技の選手。そんな少女の入信も不可解だ。東京、大阪の国際マラソンにも出場し、教団のアピール役も果たした〈走る爆弾娘〉。17年もの逃亡生活の果て、人が住むとも思えないような建物で何を考えていたのか。まだマインドコントロールは解けていないのだろうか。

（2012・6・4）

杞憂

天が崩れ落ちることはないか。昔、中国・杞《き》の人がそんな心配をしたという故事から、いらぬ心配、取り越し苦労を〈杞憂《きゆう》〉という。天なら杞憂だが、天井はそうはいかない。とりわけ高速道路のトンネルの天井は極めて心配なことが、不幸にも中央自動車道の笹子トンネルで証明された。犠牲者は天井が落ちてくるなど杞憂として、全く気にせず通行していたに違いない。気にしたらとても運転、通行はできない。が、管理者なら杞の人のように日ごろ大いに心配して保守点検に努めなければならないはずだ。それなのに大惨事が起きてしまった。トンネル上部から金属棒で吊《つ》られていたコンクリートの天井板（1枚1トン余）が130メートルにわたり270枚も崩落した。中日本高速道路は9月に点検したばかりだが異常は認めなかったという。開通から35年、経年劣化を思えば、従来通りの点検では不十分だったと考えられる。それを杞憂のように思った抜かり、点検方法に過信はないか。それを改め経年劣化の総点検を望む。

（2012・12・3）

第4章　政治と政治家

遠くなった三角大福

きょう、第17回参院選公示。うっとうしい梅雨前線が列島に停滞している。局地的豪雨のおそれもはらむ雨中の選挙戦スタートだ。きのう、福田赳夫元首相逝く。氏にはひょうひょうとした中に国士の風格があった。今回の選挙標語に〈五十年の節目に恥じない人選ぶ〉とある。いま候補者に国士ありや？　福田氏の死去翌日の公示でもある。〈三角大福〉と呼ばれた人はすべて世を去った。角福、大福、福中など、激しかった抗争の時代もいまや遠い。時代は流れた。人はいつも無いものねだりをするものなのか。当時はあんな〈怨念《おんねん》の抗争〉はもうたくさんと思ったものだ。いま村山連立政権は〈奇妙な安定〉と評され、政局は凪《なぎ》にあるという。それがもどかしくもなる。怨念の抗争はいまだって無用だが、選挙に争点が見えず、政党の針路や違いが見えず、有権者の政党離れが続く、そんな政治の漂流も困る。争点は見えにくいが、村山連立政権の信任、不信任、各政党への評価を問う選挙だ。〈怖いのは棄権、金権、無関心〉でもある。

（1995・7・6）

凡人、軍人、変人の戦い

「冷めたピザ」だとか「だれがなっても……」だとか、自民党総裁選の三候補についての酷評がアメリカからやたらに聞こえてくる。斉藤邦彦駐米大使がこれに反発して「日本をたたくのが流行のようになっている。的外れなものも多いし、不快だ」と発言した。大使の立場として当然の反発だろう。景気回復の進まない日本に対するいらだちからだろうが、就任前に悪口ばかりでは確かに建設的でない。国内にも「凡人、軍人、変人の戦い」（田中真紀子議員）と激しい評がある。が、代わりに「偉人、賢人、聖人」など、どこにいるだろう？　だれでも「火事場のばか力」を出すことだってあろう（失礼、悪口の流行に感染したらしい）。あす自民党総裁選の投票。いわゆる「六・一・三の戦い」が決着する。大切なのは各候補の当落でも、自民党の浮沈でもない。日本の浮沈こそが肝心。当選者は何よりも日本の経済を回復へと引っ張ることだ。果断な政策遂行が欠かせない。数々の悪口に「見損なうな」と言えるかどうかを注視しよう。

（1998・7・23）

小渕新内閣

本心は「私の出る幕ではない」だった。でも、「（この人事が）できなければ、内閣の存在意義があり得ない」と説得されて折れた。宮沢喜一元首相が新内閣の蔵相に決まった。その経過は、いかにも宮沢さんらしい。また、高齢の元首相を目玉にせざるを得ない小渕新内閣の苦境を物語ってもいる。その行く手に祈りを込めたような人事である。宮沢さんを「平成の高橋是清」にという祈りだ。元首相が蔵相になるのは昭和初年の高橋是清以来のこと。その先人・高橋蔵相が腕を振るった昭和恐慌の時代状況もまた、確かに、今回に似ている。ともに経済の専門家で、若き日にアメリカに渡り、見聞を広めてもいる。が、先人には放蕩《ほうとう》の時期もあったと伝えられている。首相を経験した後、蔵相就任の要請にも「一議に及ばず」引き受けたともいう。「だるま」の愛称で大衆に人気もあった。「全力投球します」とあくまでも優等生的な宮沢さん。「平成のだるま」になるように、望みたいのは「総裁のご意向に従います」ではなく決断と実行だ。

（1998・7・30）

大臣と官僚

大臣就任の要請を受け総理執務室を出ると、待ち構えていた人物に「このたびは、おめでとうございます」とあいさつされた。担当する省の官房長だった。この「おめでとう」には違和感があったと、菅直人・民主党代表が述懐している。部下になる役所の者なら、ここは「よろしくお願いします」ではないのかと思った。続いて、経歴書つきで秘書官になるべき人物が紹介され、「ご参考までに」と記者会見のあいさつ文も手渡された。菅氏自身つい数分前に知ったばかりなのに、官僚は手際がいい。氏は近著『大臣』（岩波新書）で自身の厚生大臣体験を通して大臣論を書いた。大臣と官僚の関係がよく分かる。「おめでとう」の話の小見出しは「最初の罠」。ここから官僚のペースにはまってしまうことが多いのだろう。新任の大臣がひとり意気込んで役所に乗り込んで行っても、考えている政策を実行するのは容易ではなさそうだ。小渕新首相は「政治主導」を強調している。新閣僚諸氏の指導力が問われる。お手並みを拝見しよう。

（1998・7・31）

非凡なる凡人

「恵三です」「小渕です」「首相の小渕です」。こんな風に首相から電話を受けたら、だれだって驚くが、悪い気はしないだろう。前首相・小渕さんの死を悼む。しみじみ「非凡なる凡人」であったと思う。「これほど多くの人に温かい親しみを感じさせた首相はなかったと思います」と師の竹下元首相。プッシュホンならぬブッチホンがその人の輪を広げた。「ハイパー庶民」と評した人もいる。「人柄の小渕」には定評がある。まめな気配りは付け焼き刃ではできない。千鶴子夫人には結婚前の世界漫遊中、9か月に300通を超えるラブレターを送ったという逸話もある。「冷めたピザ」「ボキャ貧」「真空総理」「鈍牛」の評にも涼しい顔。酷評を逆手に取り、自らを戯画化して人気につなげるしたたかさもあった。沖縄でサミット開催の決断や国旗・国歌法など数々の法律を成立させたのは凡人の業でない。もし、なお生あらば、非凡なる凡人の政治はどう展開したのだろうか。まめな行動が激務に拍車をかけた。志半ばに倒れた無念を思う。

（2000・5・15）

自由と規律

小渕前首相は「教育改革国民会議」の事務局スタッフに1冊の本を贈っていた。お通夜のきのう生前のそのことを思い出した。英文学者・池田潔氏の著書『自由と規律』（岩波新書）で1949年初版のロングセラー。留学の体験にもとづいて英国のパブリック・スクールの学校生活を紹介した名作である。パブリック・スクールでは「校則には絶対服従を要求される。これは自由の前提である規律に外ならない。自由と放縦を区別するのは、規律があるかないかによる」。パブリック・スクールでは「社会に出て大らかな自由を享有する以前に、まず規律を身につける訓練を与えられる」とある。昭和20年代に小渕さんはこれを読んで感動した。「教育のあり方を考える原点にしてほしい」とスタッフに伝えたという。教育改革国民会議の発足に当たって「首相自身の理念はどこに？」などの批判もあった。が、自由と規律の確立こそ小渕さんの願いだったと思う。そっと1冊の本に託したのが小渕流か。生きてもっと鮮明に語ってほしかった。

（2000・5・16）

つなぎ内閣

「つなぎ」だからといって、軽く見てはいけない。野球ではゲームをつくるもこわすも、つなぎの腕次第。大リーグではセットアッパーと呼び重視される。第2次森内閣には「つなぎ内閣」の評がある。新閣僚には在庫一掃の人事などの評もある。来年1月に省庁再編を控えているからだ。そんな世評を吹き飛ばす奮闘を期待する。何と言われようと、重大な局面での登板だ。肩と腕と度胸の見せどころだ。何もしないうちから評価も期待度も低いなら、むしろやりやすい。思い切ってやるといい。複数の女性閣僚は6年ぶり。扇千景・新建設相の華やかなドレスはさすがだが、それよりも「自民党にはスネに傷持つ人しかいないの」と言ったたんかの歯切れがもっといい。川口順子・新環境庁長官は「女性か男性かではなく、私は私」と言った。そのとおりと思う。女性を念頭に任命した側よりも考えはしっかりしているとお見受けする。雷鳴、稲妻に大雨。新内閣の発足に大シケの船出を連想した。船頭には軽口をたたいているひまはない。

（2000・7・5）

坂の下の沼

「坂の上の雲」と対比して「坂の下の沼」という言葉がある。論客・天谷直弘さん（元電通総研社長）が生前、論文に使った。いうまでもなく司馬遼太郎さんの「……雲」は明治の日本が追い求めた。勃興期の姿の象徴である。「……沼」は昭和の敗戦に至る転落の先に待ち受けていた。通産省OBの天谷氏には官僚の面をかぶった歴史家の評があった。戦後日本の復興と高度成長が「……雲」の時代の再来なら、その後、今日に至る低迷は再びの「……沼」への道なのか？　天谷さんは、この二つの時代の再来を「隔世遺伝」に例えた。氏は「……沼の時代の再現を杞憂だと考えるより、それを防ぐ細心の注意を払う方がよい」と警告していた。氏の死後7年、「……沼」の様相は一層強まっている。が、それを防ぐ細心の注意の方はおぼつかない。森内閣の支持率が8・6％（本社世論調査）に急落した。10％を割れば、これはもう大変な危険水域にある。歴史の示すところだ。一内閣が沼に落ちるだけならかまわないが、今、対応を誤るなら、「……沼」の深みが杞憂でなくなる。

（2001・2・27）

風

「国民の風が党員を動かし、党員が国会議員を動かす。今までとは逆の風が吹いた」と自民党総裁選の元厚相・小泉純一郎候補。全国の予備選でいわゆる「風」が吹くとは予想されていたが、これほど圧倒的とは、当の小泉候補の予想も上回る強風だったようだ。例えば佐賀県、5人の自民党国会議員のうち4人が橋本派だが、ここでも小泉氏が勝った。小泉氏が橋本氏をダブルスコアで破った県、橋本氏が小泉氏の6分の1も得票できなかった県……、「山が動いた」とはこのことだろう。群れ（派閥）を離れたマベリック（所有者の焼き印のない牛）が風に乗って駆けた。他の三候補は「予備選と本選の結果が違ってもおかしくはない」と言っていたが、予備選の風は本選も動かす勢いで、もはや無視できない。本紙「ほがらか天国」への投稿に「座右の銘　小泉純一郎―三度目の正直　橋本竜太郎―失敗は成功のもと」というのがあった。どうやら小泉氏の三度目の正直が実るはこびだ。「変人」を「変革者」に、さらには「宰相」に、大きく変身させる風が吹いた。

（2001・4・23）

宰相たる者

「総理大臣になりますとね、それはもう本当に気分がひきしまると言うか、これは自分の体であって自分のものではないというような感じがします」。これは福田赳夫元首相の言。「いやしくも宰相たる者、大命を拝したら鼻で三斗の酢を飲むの苦を味わわなければ宰相たるの資格はない」。これはかつての元老・西園寺公望元首相の言葉。いずれも、阿川弘之さんのエッセー「宰相私論」にある。きのう、第20代自民党総裁に選ばれた小泉純一郎氏は「重圧感がぐぐっと増してきた」と言った。あすは首相指名のはこび。重圧は一層増すだろう。重い責任感を抱くことは「宰相たるの資格」の第一歩。新総裁は党を元気づけるクスリのようでもある。が、効用が持続し、健康な党になるかどうかはこれからだ。新総裁の変革は党三役人事から始動した。党運営の厳しさは覚悟の上だろうが、最大派閥の橋本派に三役がいないのは、田中―竹下時代にさかのぼっても、三木政権以来のこと。群れを離れた牛がいくつもの群れをどう導くか。あすは組閣の日を迎える。

（2001・4・25）

小泉流の組閣

小泉流の組閣が世間の目を大いに集めた。多くの人がそっぽを向いていた「政治」に関心を呼び戻した。派閥の枠を超えた「一本釣り」で従来の派閥均衡・順送りを変えてみせた。党五役でさえ「驚天動地ですなあ」だった。「創造的破壊だ」と中曽根元首相。「50年近い政治生活で、こういう一種フリーな雰囲気は初めて。思う通りにやられたらいい」と宮沢前財務相。はなやかな女性閣僚5人は史上最多。民間人や「適齢期」前の若手の起用で清新も印象づけた。

「適材適所」をうたい「小泉内閣は改革断行内閣。抵抗する勢力には恐れず立ち向かう」と新首相。「人事がこんなにつらいものだとは思わなかった。抵抗が強かった」が、「まあ、びしっと」やれたのは、予備選で起こした風の手ごたえからだろう。が、風は気まぐれ。風は信ずべし、信ずべからずといったところがある。風を求めるあまり、政策がポピュリズム(大衆迎合)に堕す危うさは恐れなければならない。未知数の「改革断行内閣」が、人々の目を奪う打ち上げ花火に終わらないように。

(2001・4・27)

米百俵

越後・長岡藩の「米百俵」のエピソードは明治3年のこと。家中の1700軒、8500人で百俵をわけたら、1軒当たり2升そこそこ、1人当たりなら4合ほどにしかならない。1日か2日で食いつぶすよりはと、大参事・小林虎三郎は米百俵をもとでに「国漢学校」後の阪之上小学校、長岡中学をつくった。海軍の山本五十六、解剖学の医博・小金井良精や東大総長・小野塚喜平次、司法大臣・小原直らがここから輩出した。国家百年の大計は人にありということだ。山本有三は、昭和18年に「米百俵」を戯曲化したが、その前年にラジオで「隠れたる先覚者小林虎三郎」という講演をしている。この講演は「米を、船を、飛行機をつくれ」という戦時体制に対し「人をつくれ」の小林虎三郎を対置した抵抗の発言だと『われに万古の心あり』（松本健一著）にある。小泉首相は所信表明演説で、「米百俵」の精神を訴えた。演説は簡潔でよかった。「今の痛みに耐えて明日を良くしよう」。小泉純一郎は小林虎三郎の説得力を持ち得るか。新世紀の「米百俵」に注目する。

（2001・5・8）

外務省異様

〈温にして厲《はげ》し。威あって猛《たけ》からず。恭にして安し〉――温和だが厳しい。威厳があるが威圧感はない。礼儀正しいが堅苦しくはない。リーダーはこの論語の言葉のようでありたいと思うが、それはなかなか難しい。小泉改革断行内閣の目玉といわれる田中真紀子外相の「フリーズ」（人事凍結）など、方針と言動が省内に衝撃と困惑を広げているようだ。英国公使に発令された前ロシア課長は7日に日本を出発したが、滞在わずか数時間で、乗ってきた同じ全日空機でトンボ返りした。これらのことを伝えた記事の見出しに「外務省異様」とあった。「私を多大な恐怖感をもって見つめ、息をひそめているのでしょう」と言って外務省に乗り込んだ外相だが「威あって猛からず」で願いたい。その外相が外務省幹部にどう喝されたという。幹部の抵抗ぶりを「政治家になんか（人事を）やらせないというすごいものを感じた」と外相。機密費流用で大みそをつけた外務省を正すという外相に喝采も大だが、省内がばらばらでは外交はできない。「恭にして安く」を願う。

（2001・5・10）

歴代3位の長期政権

佐藤栄作2798日、吉田茂2616日——戦後の日本で2000日を超えた長期政権はこの2人の内閣で別格。3位には中曽根康弘1806日が続く。きょう5日、その3位に小泉内閣が肩を並べた。あすからは単独3位。ほかに在任1000日を超えたのは池田勇人1575日、岸信介1241日でここまでがビッグ6。名だたる派閥の領袖《りょうしゅう》たちのランキングに割って入った小泉首相の異色ぶりは『自民党を壊した男』『外交を喧嘩にした男』（読売新聞政治部）の2冊の題名がそれを物語る。異色が、逆にそのまま長期政権の秘密でもあるようだ。

「自民党をぶっ壊す」と絶叫して登場、「改革」を連呼した。派閥の力は急激に低下、政治は大きく変貌《へんぼう》した。昨年の衆院解散─刺客作戦─自民圧勝は大きなサプライズだった。党内に競う者なく、野党民主党は結党8年で9回目の代表選を迎えるていたらく。改革の評価は先のこととして、旧秩序の壊し屋が長期政権を担った。「ぶれず、迷わずの愚直」と「リスクを恐れぬ大胆」が〈一人横綱〉の〈運〉も招いた。

（2006・4・5）

8・15の参拝

61年前の青空とは違いきょう終戦記念日の東京は朝から雨模様。小泉首相にとっては在任中最後の8月15日、就任以来6回目の靖国参拝だが、終戦の日の参拝は初めてのことだ。首相は「終戦記念日に靖国に参拝する」を自民党総裁選の公約に掲げて当選した。が、これまでの5回、靖国参拝は果たしてきたが、8月15日の参拝は一度も行っていない。最初は「熟慮に熟慮を重ね」8月13日だった。以後は春季例大祭や1月、元旦、秋季例大祭など毎年、時や衣服を変えて参拝。きょうはこれまで避けてきた8・15の公約実現には最後の機会だった。「いつ行っても批判される。いつ行っても同じ」が最近の首相の心境。ならばと最後の機会に公約を果たす。いかにも頑固な小泉流で公約へのこだわりでもあろうか。〈こだわる〉——もともとは、気にしなくてもいいことに気持ちがとらわれる、小事に拘泥するなど悪い意味に使われたが、近ごろは、物事の質にこだわるなど、いい意味に使われることも多い。さて、首相のこだわりを、あなたはどう受け止めますか。（2006・8・15）

戦後生まれ初の首相

伊藤博文44歳、近衛文麿45歳、黒田清隆47歳、山県有朋51歳——日本の歴代首相で52歳の安倍晋三氏より若くして首相の座に就いたのはこの4人だけだ。戦後生まれで初の首相、戦後最年少の首相となる自民党の安倍新総裁は日本の歴代首相では5番目の若さということだ。が、伊藤博文始め4人とも安倍氏より若くしてというイメージは全くない。当然だ。4人ともすべて戦前、明治の首相。人生50年時代だったことを思えば、人生80年時代の当世、安倍氏の最年少に何も「戦後」とことわりをつけることもないくらいだ。まずは清新に期待する。が、同時にそれは経験不足の危うさにもつながる。その自覚も望む。〈美しい国へ〉の安倍が〈日本の底力〉の麻生、〈絆《きずな》〉の谷垣になぜ圧勝か？　〈夏の雪崩〉現象の理由も十分認識しよう。〈日本最高の権力闘争〉――自民党総裁選もまるで様変わりしたからだ。派閥の力は衰弱し、もっぱら内よりも外での人気、選挙で勝てる〈顔〉の勝負。無論、国民の支持なくして政治は成立しないが、劇場政治の危うさも知ろう。

（2006・9・21）

失言する機械

〈大臣は失言ばかりする機械〉と時事川柳。そういえば『戦後総理の放言・失言』という本まであるのを思い出した。特に池田勇人氏のものが大胆無比？だったのを思い浮かべる。「所得の少ない人は麦を多く食う、所得の多い人は米を食うというような、経済の原則にそったほうへ持っていきたい」と発言した。蔵相当時の1950年のことだった。これが「貧乏人は麦を食え」と伝えられ流行語になった。池田氏には「5人や10人の中小企業の業者が倒産してもやむを得ない」という放言もある。池田氏は閣僚として4回も不信任案を出され、通産相の時に戦後の閣僚不信任案の可決第1号の記録をつくった。あれから半世紀余、内容は随分変わってきたが、今も政治家の放言失言は尽きない。〈女性は子供を産む機械〉発言の柳沢厚労相は時事川柳に〈失言ばかりする機械〉と返されたが、これにならえば野党は〈審議拒否をする機械〉か？　だが、求める厚労相の辞任は果たせず、審議に復帰。失言は情けない。そのための紛糾もむなしい。一層の政治離れをおそれる。

（2007・2・7）

反省しろよ慎太郎

『太陽の季節』で芥川賞を受賞した記念撮影で石原慎太郎氏はいすに浅く斜めに座り、大きく両足を開いていた。隣に直木賞の新田次郎、邱永漢両氏がひざをそろえ、きちんとかしこまって座っている。若者らしいが、傲慢《ごうまん》、不作法な姿にも見える。その写真を見て、石原氏の母は「私はちゃんとしつけて育てたつもりでいたのに、恥ずかしい」と言った。石原氏自身も「あの写真を眺める限り、私の作品(太陽の季節)がこうむった毀誉褒貶《きよほうへん》のいわれがわかるような気がする」と書いている(『わが人生の時の人々』)。今度の東京都知事選で石原氏は〈都政私物化〉の批判を受けた。氏の言う〈執拗なバッシング〉で、氏の若き日の毀誉褒貶を思った。「慎太郎ではなく不慎太郎だ」と芥川賞選考委員の佐藤春夫氏。芥川賞は毀誉褒貶の中、際どい賛否での受賞だったが、今回の選挙は大差の圧勝で3選。〈都政私物化〉という攻撃に手を焼きながらも、大勝は「都民の良識」と石原氏。「反省しろよ慎太郎。だけどやっぱり慎太郎」のうたい文句通りの選挙になった。

(2007・4・9)

福田背水の陣内閣

〈オーケストラの指揮者、連合艦隊司令長官、プロ野球の監督〉——この三つ、男なら一度はやってみたい職といわれたものだ。が、指揮者ならコンサートの開演後に、司令長官なら開戦後に、監督ならペナントレースの最中に、突然、その職を引き受けろと言われたら……。福田康夫氏の首相就任はそんな状況に似ている。自ら組閣した内閣を〈背水の陣内閣〉と呼ぶ。外務・高村、防衛・石破、官房長官・町村などを軸に、再任13、横滑り2、交代は必要最小限という布陣である。手堅い組閣というべきであろう。国会開会中に、前任者から急ぎバトンを受けた状況で陣立てを大幅に変えるのは危うい。攻め立てる野党は「新味がない」「昔の名前で出ています内閣」「安倍おさがり内閣」などと悪口しきりだ。が、これ以上、国会を空転させるわけにはいかないし、避けられない政策を実行し、野党の攻撃をしのぐには、新味やサプライズよりもベテラン、仕事師を選ぶのは当然。で、背水の陣が敷かれた。劇場型の派手さはないが、安全・安心・安定を目指す船出だ。

（2007・9・26）

バカヤロー解散？

〈抜き打ち解散〉が1952年（昭和27）で、いわゆる〈バカヤロー解散〉はその翌年のこと。吉田茂首相による二つの解散は今にその名を残している。〈抜き打ち〉は文字通り突然。〈バカヤロー〉も首相の暴言が引き金でハプニングの要素が強かった。それから半世紀余の13日、孫の麻生首相が衆院解散を予告した。「来週解散、8月18日公示―同30日投開票」という。同じ解散でも祖父と孫とでは様相が随分違う。衆院議員の任期は9月10日だから「ほとんど任期満了解散」だ。昨年9月「選挙の顔」として自民党総裁に選ばれ、首相の座についてからずっと

「いつ解散か」を問われ続けてきた。世界的経済危機に見舞われた事情もあるが、自らの迷走もあって支持率低落のままここまで来た。東京都議選で大敗、「追い込まれ解散」「自爆テロ解散」「七転び八起き解散」の評もある。祖父のようなワンマンにはなれない孫だが、腹の中では、麻生おろしの面々に「バカヤロー」と言っている解散なのかも知れない。

（2009・7・14）

政権交代　民主圧勝

1日遅れて接近した台風11号に先立って激しい大風だった。いや風ではない、地殻変動だともいう。十分予測されていたことではあったが、民主圧勝、自民惨敗をいざ目の当たりにすると、〈オセロゲーム〉のような急転だ。実に劇的で改めて目を見張る。ひとたび風が巻き起こると、全選挙区に影響が及ぶ地滑り的現象、これが小選挙区制の特質だ。自民惨敗には〈落城〉のおもむきがある。結党以来初めての第2党への転落。大物議員の相次ぐ落選は〈四面楚歌《しめんそか》〉の雰囲気だった。〈盛者必衰・諸行無常〉も思う。「自民党に対する積年の不満」と麻生首相は大敗を分析した。総選挙で野党第1党が単独過半数を得ての政権交代は現憲法下では初めてのこと。鳩山由紀夫民主党代表は自民党を離党して16年、〈政権交代〉〈2大政党定着〉の悲願を成就させたが、倒したのは祖父一郎氏が作った自民党だ。感慨も深いだろう。だが、「民主が勝った」というよりは「自公が負けた」選挙。民主党はすべてがこれからだ。

（2009・8・31）

小鳩体制

「政策を実行する役割ではありません。相変わらず選挙を担当することになりました」と小沢一郎氏。表情は満面の笑みだった。鳩山由紀夫首相に小沢幹事長となる民主党の新体制は〈小鳩体制〉などと呼ばれてもいる。が、幹事長の剛腕を思えば、そんなやさしいイメージではない。時事川柳には「党よりも大きく見える幹事長」などという句もあった。新聞の見出しには「剛腕　期待と警戒」「参院選に力必要」「政権の運命左右」……。「国会と党のことは幹事長にまかせるからしっかりやってくれという結論です」と小沢氏。「一任ではない。最終的には私が決める」と鳩山氏。当然の言だが、新体制に小沢色が濃くなる可能性もまた、多くの見方だ。〈鳩山・一郎内閣〉などという表現も目にした。鳩山新内閣の主要閣僚人事も固まったようだが、新政権の船出は「期待より不満投じた日本人」と川柳が揶揄《やゆ》した選挙の結果で難問山積だ。16年前、細川政権当時のような政府・与党間のギクシャクは繰り返せない。（2009・9・8）

3党連立

〈鼎〉は、かなえと読む。古代中国で煮炊きに使った器。3本の足で立つ金属の鍋のことをいう。炊事用から神にささげるいけにえを煮る祭器にも用いられた。転じて〈王位〉や高い権威のしるしの意となる。〈鼎の軽重を問う〉とは、統治者の実力や物事の価値の有無を問うことだ。民主、社民、国民新の3党が連立内閣を樹立することで合意した。3党ということで3本の足の〈鼎〉を連想したがもう一つしっくりこない。足の長さ、いや衆院選の獲得議席数が民主308、社民7、国民新3と違いすぎるからか。社民・福島、国民新・亀井の両党首の入閣が決まったが、短い2本の足が独自の主張に固執すれば、連立政権は鼎の軽重を問われることにもなろう。社民の場合は外交・安保政策、国民新は郵政見直しなどでどう振る舞うか。存在感を示すのに力が入りすぎると混乱も懸念される。〈鼎の沸くがごとし〉とは、鼎の中の湯がわきかえるように混乱すること。この鼎、軽重よりバランスに要注意かも知れない。

（2009・9・11）

江戸城明け渡し

衆議院控室の引っ越し作業を〈江戸城明け渡し〉になぞらえたのはいささか大仰だが、民主党の面々が気負う思いはよくわかる。西郷と勝ほどの大物はどこにいると皮肉りたくもなるが、きょうは〈政権交代〉の日だ。〈歴史的な〉といってもいい。期待と不安の相半ばする新政権、しっかりその自覚を持ってほしい。自民党が下野するのは2度目だが、16年前のあのときはわずか11か月足らずで政権与党に復帰した。今度の政権交代は江戸幕府の長期には遠いにしても、長かった自民中心の政治からの変革だ。民主党は官僚依存の政治からの脱却を標榜《ひょうぼう》、「事務次官会議」も廃止する。内閣制度発足の翌年、1886年以来のことで123年の歴史を終える。

自民党初代総裁・鳩山一郎氏の孫・由紀夫氏には感慨も深いだろう。首相のバトンを引き継いだのは吉田茂元首相の孫・麻生太郎氏から。祖父同士と同様に首相の座を引き継ぐとはこれも因縁。江戸城明け渡しになぞらえるなら、維新に負けない偉業も期待できるか？

（2009・9・16）

事業仕分け

「ここは、議論する場ではありません。聞かれたことに答えて下さい」「世界一でなければいけないんですか。2位ではダメなんですか」。〈事業仕分け〉の前半のやりとりで、記憶に残った仕分け人側の発言だ。一方、説明する側では「（矢継ぎ早の質問で）こちらの発言を遮られるのは、心外でございます」が残っている。前半の印象は、〈狙いはいいが、やり方が少々荒っぽい〉というところ。税金の無駄遣いに大胆に切り込んだことには喝采の向きも多いが、力み過ぎて不快な場面も見えた。〈必殺仕分け人〉などと呼ばれて、いささか心構えの高揚が過ぎた面もありそうだ。人民裁判のつるし上げを連想した人もいる。「国民から見て新鮮で面白い。何で自民党の時にしなかったか」と自民党の谷川参院幹事長が悔しがったほどの試みだ。やり方で×印の減点は避けた方がいい。スパコンなど科学技術に関する〈世界一論議〉も短時間でバッサリに疑問が残る。きょうから後半に入った事業仕分け、行方を見守ろう。

（2009・11・24）

トラスト・ミー？

〈友愛政治〉とは〈八方美人〉と見つけたり。このまま先送りが進むなら〈優柔不断〉と見つけたりだ。沖縄の米軍普天間飛行場移設問題について、鳩山首相の言動を見ていると、そんな印象を受ける。オバマ米大統領には「トラスト・ミー（私を信じて）」と言い、社民党の福島瑞穂党首には「発言を重く受け止める」。名護市のキャンプ・シュワブ沿岸部への移設という日米合意の現行計画で年内決着を求めている米国。「もしも名護で決着なら重大決意をする」と連立離脱を示唆した社民党。首相はどちらにもいい顔をしている。今、移設先は名護のほかにないのだが、年内決着は断念、新たな移設先の検討を指示した。何を考えているやら戦略が見えない。日米同盟よりも連立維持を優先したと言われても仕方ない。来年1月には名護市長選がある。先送りすれば問題は難しくなるばかりだ。拙速で禍根を残したくないと言うが優柔不断の禍根が心配だ。「トラスト・ミー」がソフトクリームのように溶けはしないか。

（2009・12・4）

鳩山家四代の禍根

「何だかわけがわからない。これを変幻自在といえば褒めすぎになる」——江藤淳氏の生前の小文「鳩山家四代の禍根」にある。1996年、旧民主党結党のころ、鳩山由紀夫氏の言動について書いた。「その場の状況によって、言うことが菅寄りになったり、邦夫寄りになったり」で、新党が「他人船」と「兄弟船」の間で揺れているという話。それから13年、米軍普天間飛行場移設問題で、首相の話は、やはり「何だかわけがわからない」。米側の不信が募り日米同盟は危機の様相を招いている。来年の日米安保条約改定五十周年に向けて同盟深化のための日米協議は米側が延期を通告してきた。普天間移設問題の日米閣僚級作業部会も中断となった。「トラスト・ミー」と言われても、社民党との「連立船」優先では、米側も「何だかわけがわからない」。首相はかつて「常時駐留なき安保」の提唱もした。コペンハーゲンのCOP15の際、オバマ大統領に説明するとも言ったが、米側が消極的で会談も難しそうだ。

（2009・12・10）

小沢大訪中団

〈熱烈歓迎〉――140人余の民主党国会議員が小沢幹事長に随行、ゾロゾロ訪中した。議員以外も含めると640人の大訪中団だ。日中友好は結構にしても、異例の規模に何か違和感が残る。たまたまのタイミングにしても、一方では、沖縄の米軍普天間飛行場の移設問題で日米関係がギクシャクしている折でもある。国会の会期延長は最小限にして北京詣でかと皮肉る向きもある。「民主党政権は米国を離れ、中国に接近か」と警戒する米政府関係者もいる。「こんなに大勢の国会議員が一緒に国を留守にしていいのか」の見方もある。熱烈歓迎の中国側も大サービスだ。北京の人民大会堂で胡錦濤国家主席が同行議員団の一人ひとりと握手してツーショットの写真撮影に応じた。「政権交代は実現したが、解放の戦いは終わっていない。来夏に最終決戦がある。私は人民解放軍の野戦軍の最高総司令官として解放戦に徹していく」と小沢幹事長。最終戦のあとは一党独裁？　満面の笑みで、権勢誇示の訪中にも見えた。

（2009・12・11）

首相の元秘書起訴

意見聞くときゃ頭が下がる　意見頭の上通る――鳩山首相の釈明記者会見は、深々と頭を下げていたが、そんなふうに見えた。「秘書の罪は政治家の責任。私なら議員バッジをはずす」――野党時代に自民党議員を追及した鋭い言葉が今、ブーメランのようにめぐって「私なら」のご本人に飛んできた。それも頭を下げてやり過ごそうとしている。元秘書が起訴された政治資金の虚偽記入は総額約4億円。母からは月に1500万円、2002年以降、12億6000万円もの巨額の贈与を受けていた。が、その何もかも「秘書が」「母が」で「私は何も知らなかった」。修正申告で贈与税約6億円を納める。「知らなかった」は信じ難いが、検察へは上申書だけ。普通はそれですまないだろう。「税は政治、政治は税」と言っていた首相が納税の規律を乱した。言葉が生命の政治家の言葉が軽い。信なくして政治はなかろうに。月1500万円の丼勘定は豪儀だが、身近なそれを知らなかった人物が国家を経営する。不安だ。

（2009・12・25）

4億円の紙袋

「先生から現金4億円の入った複数の紙袋を手渡された」。それが札束でどれほどの量かは、恥ずかしながら想像がつかない。が、この巨額を紙袋でと聞き、普通でないと思うのは貧乏人のひが目だろうか。民主党の小沢一郎幹事長の資金管理団体「陸山会」の土地購入を巡る話だ。2004年当時、小沢氏の私設秘書だった石川知裕衆院議員の話で、先生は無論、小沢氏のこと。この4億円の収入が政治資金収支報告書に記載されていない。で、東京地検特捜部の事情聴取が小沢幹事長にまで展開する動きにある。昨年、やはり陸山会の政治資金規正法違反事件で公設第1秘書が起訴された際「合点がいかない」と検察に強い抵抗の姿勢を見せた小沢氏。今度はどうする。「政治資金はすべて公開している」と胸を張ってきた手前、4億円もの巨額な不記載は「単純ミス」ですむことではない。検察の聴取だけでなく、広く国民に説明しなければなるまい。幹事長の権勢は隆盛の一途だが、好事魔多し。カネのKは鬼門のKだ。

（2010・1・8）

名護市の奇跡

「普天間飛行場を受け入れる自治体など全国どこを探してもない。名護市が受け入れることは奇跡だと思ってほしい」と島袋吉和氏。きのうの沖縄・名護市長選で敗れた現職市長の氏は昨年こう話していた。移設容認派の氏が敗れ、移設反対派の新人・稲嶺進氏が勝利したことで、名護市の〈奇跡的状態〉は消え去った。さて、鳩山首相は普天間の移設先を5月までに決めると公言している。海外だ、県外だと、沖縄をその気にさせて「全国どこを探してもない」ような受け入れ先をわずか4か月でどう見つける？　ただ一つ現行の日米合意通りに受け入れてくれていた名護市住民の意思が〈NO〉に変わった今、鳩山首相は奇跡を上回る手品を見せてくれるのか。米国には「トラスト・ミー」、沖縄にも、連立相手の社民党、国民新党にも、いい顔を見せ、あげくの果てにどこへも行けない〈漂流〉の様相が濃い。となると、普天間飛行場（宜野湾市）は動けない。八方美人の優柔不断が八方ふさがりを招きそうなのが怖い。

（2010・1・25）

ご都合主義

〈公平公正な検察当局の捜査〉――ごく当たり前の言葉だが、この人の口から聞くと、おやおやと思う。民主党の小沢一郎幹事長のこと。〈不公正な国家権力の行使〉と言い、激しく闘う姿勢を見せたのは誰だったか。自分が不起訴になったとたん、同じ検察が〈不公正〉から〈公平公正〉に変わるのだから恐れ入る。〈ご都合主義〉と言うほかはない。「検察の捜査に勝るものはないでしょ」とまで言った。それで不起訴だからもう説明責任など済んだ話にするらしい。嫌疑不十分の不起訴を潔白で押し通す。その理屈で、「どこででも話しますが」と言いながら政治倫理審査会にも国会の証人喚問にも応じる気配はまるでない。自分の元秘書で衆院議員の石川知裕被告ら側近3人が公平公正な検察に起訴されたことなどどこ吹く風。刑事責任と政治・道義的責任の別にわきまえもなくトカゲのしっぽ切りはもう通らない。「説明に納得できない」は本紙世論調査で86％。ご都合主義の強弁を臆面《おくめん》もなくいつまで続けるのか。

（2010・2・16）

Loopy

〈increasingly loopy〉（ますますいかれた）――先日、米ワシントン・ポスト紙の人気コラムが鳩山首相を酷評した際に使った言葉だ。〈loopy〉は〈気が変な〉などとも訳され、一国の首相にいささか非礼とも言えるが、〈increasingly〉の〈ますます〉は下の語を少し変えれば、全くおかしくはない。下の語を〈言を左右にする〉にすれば、ずばり的を射て否定のしようもない。きのう、首相の元公設第1秘書の判決にからんでも〈またまた〉あきれる前言撤回があった。元秘書の刑は禁固2年、執行猶予3年。控訴はせず確定する。確か公判が終わったら、母からの巨額な資金の使途など、すべてを説明するはずだった。ところが、いざ終わってみると「資料を出す必要はない」に唖然《あぜん》とする。そもそもこの裁判は「秘書の罪は議員の責任。バッジをはずすべきだ」と他人には迫りながら自分は別という首相の大食言の根源でもある。これでは〈loopy〉でも仕方がないか。

（2010・4・23）

一蓮托生

〈一蓮托生《いちれんたくしょう》〉――極楽浄土で同じ蓮《はす》の花の上に生まれること。転じて、ものごと・結果のよしあしに関係なく、行動、運命を共にすること。民主党の鳩山首相と小沢幹事長がそろって辞任する。〈政治とカネ〉に同じ傷を持ち、党の代表、幹事長を交互に務めるなど、持ちつ持たれつ一蓮托生の関係などと言われてきた。どちらが持ちかけたか、刺し違えなのかなど、密室の話になぞも残るが、とにかく一蓮托生の辞任となった。信を失っての辞任は当然だが、何よりも参院選の不安に迫られたためが明白で情けない。間を置かず〈代表選〉を設定したが、単に〈表紙〉を替えればいいというものではない。「首相たる者、影響力をその後、行使し過ぎてはいけない」。首相はそう言うが、幹事長の方はどうか。「もう残務の仕事をするだけ」とは言うが、隠然たる影響力を保持し、〈闇将軍〉になる心配が小さくない。辞めたからといって〈政治とカネ〉について、2人ともまだ果たしていない説明責任を免れるわけではない。

（2010・6・3）

奇兵隊内閣

〈奇兵隊〉――幕末、長州の志士、高杉晋作がつくった。藩の正規部隊に対する〈奇〉で非正規部隊。あらゆる階級から募る。志あれば、足軽、町人、百姓、すべてよしの階級無差別の軍隊。司馬遼太郎の『世に棲む日日』に「この奇兵隊の創設から、明治維新は出発するといっていい」とある。晋作と同じ長州出身の菅直人首相はきのう発足した新内閣を自ら〈奇兵隊内閣〉と呼んだ。草の根から生まれた政治家を自任する菅氏が組織した内閣。お殿様の息子や孫のような世襲議員の首相とは違うぞという自負でなぞらえたのだろう。高杉晋作の機敏さは〈動ケバ雷電ノゴトク、発スレバ風雨ノ如《ゴト》シ〉といわれた。新首相も「高杉晋作は逃げる時も速いし、攻める時も速い」とその果断を評した。機敏、果断は見習うべし。ただし「逃げる時も速い」では済まないことがある。小鳩体制の二つの大きな負の遺産、〈普天間〉と〈政治とカネ〉に目はつぶれない。「辞任で一定のけじめがついた」ではなく、確かな処理が肝要だ。

（２０１０・６・９）

法相は気楽な稼業

〈好事魔多し〉。大臣就任祝いの場でとくとくとしゃべったことが〈口は禍《わざわい》のもと〉になった。柳田稔法相の軽率な発言のこと。「個別の事案についてはお答えを差し控えます」「法と証拠に基づいて適切にやっております」――「法相はいい。この二つを覚えていればいいのだから。わからなかったら、これを言う」「ちょっと茶化したかな」と釈明したが、後の祭り。辞任への展開も仕方ない。辞任か罷免がなければ、野党は参院に問責、衆院に不信任決議案を出す構えだった。昨日まで法相は続投と言っていたが、その際、法務省の刑事局長に、もっと踏み込んだ答弁を検討するよう指示したと述べた。これもおかしな発言だ。政治主導はどうした？役所の振り付けどおりの大臣と告白したようなもので資質を疑う。言動、資質に疑いを持たれては、大臣の職務などやってはいけない。裁判官は〈公正〉であると同時に〈公正らしさ〉まで求められる。法相はそれに準じる立場だが、まるでその大臣らしさがなかった。

（2010・11・22）

百術は一誠にしかず

〈百術は一誠にしかず〉――いい言葉だ。小沢一郎氏の座右の銘で、その通り誠心誠意やっていくという。きのう、強制起訴を受けての記者会見でこの話をした。失礼ながら、いささか腑《ふ》に落ちかねた。これまでもそう思ってやってきたのだろうか。百術をこらしてきたような印象の方が強い。〈誠〉は「真事」で本当の事、いつわりのない本物をいう。万古不変が誠の要素だ。もう一つ「真言」、本当の言葉の意味もあり、ウソをつかないのが誠の第一歩だ。さて小沢氏は〈政治とカネ〉について座右の銘に恥じるところはないのだろうか。「何一つ私自身やましいところはない」という。検察の不起訴処分を理由に真っ白のように無実を主張してきた。が、その不起訴が「嫌疑なし」ではなく「嫌疑不十分」であることは触れもしない。陸山会の4億円の原資の説明は二転三転したが、何が〈真事・真言〉なのだろう。「国民の生活が第一」と言うが、その国民の大多数が求める〈政治とカネ〉の説明責任はいつ果たす？

（2011・2・1）

背信政権

2009年10月から翌年12月まで9部にわたり本紙に連載された「民主イズム」が大幅加筆のうえ『背信政権』と改題、中央公論新社から10日、刊行される。民主党政権の発足から東日本大震災までの日々を読売新聞政治部、社会部の合同取材班が追った。新しいタイトルが示すように政権交代の大きな期待に反する政権迷走のドキュメントだ。「政治を変えるというのは、わくわくする喜び」「とことん国民のための政治を作る。そのためには脱・官僚依存の政治を」と鳩山由紀夫前首相がこう言って民主党政権はスタートした。が、ここまでは鳩山・小沢・菅のトップリーダー3人がトロイカといわれながら、それぞれに迷走しては支持率を大きく落とした。鳩山氏は普天間の大迷走と自身の月1500万円の「子ども手当」問題。小沢氏は「政治とカネ」を今もひきずり、菅氏は今や危機管理で首相の資質を問われている。政治のリーダーシップが強く求められる今、政権はこの国難をどう打開していくのか。見つめよう。

(2011・5・2)

菅不信任案否決

いかに〈政治は妥協の産物〉といっても、これはひどい。二人の男の約束がこんなあいまいな話で成立するのは今の政界ならではだ。菅内閣不信任決議案が大差であっさり否決された経緯のこと。民主党内の造反であわや不信任案成立かとも見られた緊迫が一転したのは、菅・鳩山会談で、一種の手打ちがあったからだ。ある時期をメドに菅首相が辞任する。その表明と引き換えに造反はやめる。これで不信任決議案の採決は〈大山鳴動ネズミ一匹〉に終わった。が、約束の奇っ怪さはその日のうちに露呈するお粗末。辞任の時期のメドの認識がお互いに違ったままの合意だった。脇の甘い鳩山氏と、その場しのぎの菅氏、いかにもこの二人らしい合意だ。辞任時期を鳩山氏は第2次補正予算のメドのつく6月中とし、菅氏は原発の冷温停止の来年1月がメドで大差がある。まるで〈藪《やぶ》の中〉状態をわざと作ったような妙な合意。不信任は一時しのぎで乗り切っても世間の目は厳しい。ペテンのように見られては末路が知れる。

（2011・6・3）

ドジョウ新政権

「最初は忘れっぽい鳩山氏、その後は敵対的かつ優柔不断な菅氏の指導のもとで、民主党は人々を大きく失望させた」と英『エコノミスト』誌（9月3〜9日号）。「一つの問題はいかなる国家の運営にも必要な官僚そのものに対し、未熟な政党が宣戦布告したことだ。野田氏は今すぐ彼らと和解しなければならない」と続く。野田首相は官邸で6日、各府省の次官に「政治家だけで世の中を良くしていくことはできません。ぜひ心を合わせ、力を合わせて日本のために働こうではありませんか」と呼びかけた。官僚との融和、関係修復は当然至極。無論、英誌を読んだからではあるまいが、誤った「政治主導」で失敗した鳩山、菅両政権を反省したのはいい。未熟な政治主導は官僚の士気を低下させ、政策決定の混乱を招く。野田首相は「選挙を意識するとどうしてもポピュリズム（大衆迎合）に陥る。つらいことは先送りの傾向が出る」とも述べた。さてドジョウ新政権、どこまで泥臭くおもねらずなすべきことをなし遂げるか。

（2011・9・7）

闘う政治家

〈わたしは政治家を見る時、こんな見方をしている。それは「闘う政治家」と「闘わない政治家」である〉。安倍晋三氏は6年前、自民党総裁、そして首相の座に就く直前、2006年の夏に出した著書『美しい国へ』でこう書いた。〈わたしはつねに「闘う政治家」でありたいと願っている。それは闇雲に闘うことではない。「スピーク・フォー・ジャパン（日本のために語れ）」という国民の声に耳を澄ますことなのである〉と続く。その1年後、体調を崩し、任を辞した安倍氏が再び自民党総裁に選ばれた。この重いポストに2度就いた人物は初めて。それも1956年以来、56年ぶりに決選投票での逆転勝利だった。56年前、石橋湛山氏に逆転されて敗れた岸信介氏は安倍氏の祖父。今度は孫が勝利というのも因縁めく。5年前「闘う」ことに挫折した日々を安倍氏はどう反省するか。何が日本のためかを語れ！　3年前の政権交代は自民のお粗末で起きた。今度もただ民主の失点で自民にまたお鉢が回ると考えては甘い。

（2012・9・27）

大逆転選挙　自民圧勝、民主惨敗

議席数の急降下、急上昇を例えればジェットコースター、政界地図の色分けならオセロゲーム。これぞ浮沈の激しい小選挙区制の選挙だ。それにしても民主党の惨敗ぶりは目をおおうものがある。前回、政権交代選挙で民主党が獲得した衆議院の議席は３０８、自民党は１１９だったのに比べ今回、民主党は57に転落、自民党は２９４。まさに大逆転選挙。東京18区で菅前首相が落選、辛うじて比例で復活したのは象徴的だ。選挙戦の辻《つじ》立ちで菅氏が支持を呼びかけても聴衆はまばらですげなかった。自民党圧勝というよりは民主党政権3年3か月の評価が地に落ちた結果だ。藤村官房長官、田中真紀子文科相はじめ財務、総務など閣僚8人の落選は前代未聞。第3極の「維新」は躍進したが、「未来」は惨敗。嘉田由紀子代表が卒原発を唱えても、その顔に隠れた中身は元民主党の小沢一郎氏一派と見透かされたからだ。圧勝の自民党にも笑顔は少ない。失敗すれば次の選挙でまたジェットコースターが動く恐れを知るからだ。

（２０１２・12・17）

安倍首相再登板

〈勝って兜《かぶと》の緒を締めよ〉――自民党の安倍総裁は石破幹事長の続投を決めた。兜の緒を締め直すのは来夏の参院選をにらんでのこと。2人とも大勝に気を緩めない発言が多い。参院選が決勝と位置づけているからだ。それに勝って初めて安定した態勢が整う。首相の再登板は大宰相・吉田茂以来で戦後2人目。安倍氏の前回は極めて不本意な辞任で終わった。〈お友達内閣〉と揶揄されたような過ちはもう繰り返せない。失言、不始末で何人も閣僚が辞めた悪夢もある。米国の初代大統領、G・ワシントンは政府の要職候補に親しい友人と政敵の2人が挙がった時、有能な政敵の方を採用したという。安倍氏は新内閣を〈危機突破内閣〉とした。氏は政治家を〈闘う政治家〉と〈闘わない政治家〉とに分類する。氏自身、前者でありたいと願っていると著書にある。危機突破には前者の起用が必須だ。安倍氏の闘うとは、やみくもに闘うことではない。「スピーク・フォー・ジャパン」という国民の声に耳を澄ますことだという。

（2012・12・18）

日本を取り戻す

〈危機突破内閣〉は〈二度と失敗はしないぞ内閣〉だろう。安倍晋三新首相のそんな思いが見える。自民党のキャッチフレーズ〈日本を取り戻す〉で言えば、〈民主党政権で失われた日本を取り戻す〉と同時に〈第1次安倍内閣の失点を取り戻す内閣〉だ。経験と反省を生かすなら首相の再登板もいいかもしれない。戦後唯一の先例、吉田茂氏の再登板以来64年ぶり。第1次吉田内閣は1年だが、1年5か月後に再登板した第2次〜第5次は6年2か月の長期政権だ。麻生、第2次安倍内閣の顔ぶれには〈お友達内閣〉と揶揄された轍《てつ》を踏まない覚悟が見える。

谷垣氏の総裁経験者に加えて総裁選を争った石原、林両氏も入閣。この安定感、バランスと同時に政策通の若手登用で清新さもアピールした。初入閣は10人。女性2人の入閣は党四役の2人に続く。この顔ぶれで危機を突破する。何よりも景気回復が旗印。産経紙にはかつてのテレビドラマ「ケーキ屋ケンちゃん」をもじり「景気屋シンちゃん内閣」の名も出ている。

（2012・12・27）

ねじれ解消

〈ねじれ解消〉と〈アベノミクス〉を旗印に押し立て自民党が参院選に圧勝した。1人区で自民党は29勝2敗、民主党は19戦全敗。圧勝と惨敗の明暗を象徴する。「3年3か月の政権運営の中で国民の失望を招き、その不信感がまだぬぐわれていないことが大きな原因」と敗軍の将、民主党の海江田代表。その通りだ。「アベノミクスは期待過剰だ」など批判するばかりで、自らの党には期待のかけらさえ集められないような惨敗。迷走、失政のつけはそれほど大きい。衆院選で第3党となった日本維新の会は橋下共同代表の「慰安婦発言」で急速に失速、その他の野党も共産党、みんなの党が善戦した程度。社民党は比例で1議席、小沢一郎代表の生活の党、みどりの風はゼロ。〈祇園精舎の鐘の声〉に諸行無常の響きを聞く思いの人も多かろう。かくて〈ねじれ解消〉は実現。となると、参院は、衆院のカーボンコピーと揶揄された昔に逆戻り、存在価値が問われるかもしれぬ。盛者必衰を肝に銘じ手堅い政権運営が必要だ。

（2013・7・22）

第5章　世界は動く

ベトナムの娘

世界の人々に強烈な印象を残した数々の写真がある。〈ベトナムの娘〉もそんな作品の一つだ。1972年6月のサイゴン近郊。ナパーム弾に追われて、やせた小さな女の子が裸で、両手を広げ泣き叫びながら逃げている。周りにはやはり逃げる子らと銃を持った兵士たち。後方で森が燃えている。この写真は世界の多くの新聞が掲載、ピュリッツァー賞を受賞した。近刊の『戦後50年決定的瞬間の真実』には、この〈ベトナムの娘〉など歴史的な写真17枚が収められている。著者のグイド・クノップ氏は戦後生まれのドイツ人。氏は数々の写真を追って、被写体となった「超有名な無名人」の個人史を聞き取り、撮影秘話などを記録した。あの少女、ファン・ティ・キム・フックは当時9歳。今はキューバを経てカナダに移り、1児の母だという。あの写真の日から23年、サイゴン陥落から20年がたった。きのう、クリントン米大統領が米越国交正常化を宣言。背に傷痕のなお消えない〈ベトナムの娘〉はそれをどう聞いただろうか。

（1995・7・13）

ペルー大使公邸占拠

日系人が海外でその国の頂点に立つというのはきわめて異例だ。ペルーのフジモリ大統領のケースはすばらしいが、反面この国の危うさの反映でもあろう。日系人を大統領に選び、すでに2期目に入っているこの国で、日本人を標的にした事件が何度くりかえされてきたことか。不条理で腹立たしいが、そのきわめつきが起きた。リマの日本大使公邸をゲリラが占拠した。組織の名は〈トゥパク・アマル革命運動〉という。昔のインディオ反乱の指導者の名に由来する。ペルーがまだスペインの植民地であった十八世紀、トゥパク・アマルは原住民の鉱山での強制労働など地方行政官の圧政に対して反乱を企てた首謀者だ。ペルーはインカ帝国の中心にあったが、スペインの征服以後は南米のスペイン植民地の中心となった。フジモリ大統領も昔の悪代官に見立てられては大迷惑に違いない。大使公邸を占拠したゲリラは日本のＯＤＡ（政府開発援助）をかつての植民地支配と混同しているのだろうか。暴挙には「目をさませ」というほかはない。

（１９９６・12・19）

不倒翁 I

身長は約1メートル50。身体は小さいが、文字通り〈巨星〉だった。92歳の不倒翁（起き上がり小法師）鄧小平氏の死を悼む。激動の中国史を生きた。三たび失脚、三たび復活した。これを〈三下三上〉という。不死鳥のようだった。その柔軟性にはゴムマリの評もある。改めて氏の不屈の生涯に感嘆する。〈白猫であれ、黒猫であれ、ねずみをとるのがよい猫だ〉（資本主義的であれ、社会主義的であれ、生産の拡大に役立つものがよい方法だ）。この名言が氏の信念を示す。実務家の氏は〈人生の屈伸哲学〉を体現してみせた。不遇にある時、身を屈するのは次に伸びるため、前進への準備だった。尺取り虫の哲学である。62歳から72歳の10年間、文化大革命で身をかがめた後、よみがえって最高指導者に。中国の改革開放路線の総設計師とうたわれ、〈鄧小平時代〉を築く。その不倒翁、四たびは立たず。高齢と病には勝てなかった。「車いすに乗ってでも」とまで言って夢見た今年7月の香港返還の日を待たずに昨夜、巨星落つ。

（1997・2・20）

不倒翁Ⅱ

「遺骨は大海に散骨する」――鄧小平氏の生前の希望をしたためた書簡が、遺族の連名で、江沢民総書記と党中央あてに送られた。「遺体による告別式はしない」「追悼会は火葬の後」「角膜は寄贈、遺体は献体する」「自宅には祭壇を設けない」などともある。簡素こそ最も威厳ある追悼という遺志のようだ。個人崇拝のような色彩をできるだけ避けようということか。『鄧小平文選』にも「国の運命を1人か2人の個人的声望に置くのは不健全で非常に危険なこと」とある。が、中国は〈人治の国〉といわれてきた。トップの一言がすべてを決める。その最高権力者を〈一言堂主〉という。毛沢東、鄧小平は、まぎれもなく、強力な一言堂主だった。12億の乗客を乗せたワンマンバスの運転手に例えた人もいる。鄧氏の改革・開放路線は、もう後戻りはできないだろうと見られている。が、それは氏のカリスマ性あればこそ進めた道でもあった。その死で〈帝王型統治〉は終わったという。果たして〈人治〉から〈法治〉への道は定かであるか？

（1997・2・21）

ペルー・テロ制圧

〈チャビン・デ・ウアンタル作戦〉――ペルーのフジモリ大統領はきのうの日本大使公邸突入作戦をこう名付けた。古代アンデス文明の遺跡の名に由来する。遺跡の地下には複雑なトンネルが走り、紀元前から栄えたその文明は勇猛な人々のものであったという。大使公邸の地下へ掘り進められたトンネルは作戦の象徴だった。作戦は犯人グループと人質たちの日常の動静をしっかりとつかみ、的確なタイミングで突入するため周到に準備されていた。それが大統領の決断を支えた。「一瞬たりともためらわなかった」と大統領。しかしその一瞬にいたる前には〈127日〉の長い日々があった。その重みを改めて思う。忍耐とねばり強い交渉の日々だった。「72人のすべてが団結、自尊心、勇気、忍耐をもって4か月を闘ってきた」と青木大使。それが何よりも事件解決への土台だった。その日々の積み重ねがあったからこそ、作戦の成功があったと思う。〈周到な準備と決断〉を導いた〈団結と自尊心と勇気と忍耐〉に感動は尽きない。

（1997・4・24）

香港「回帰了」

「回帰了」——現地紙の朝刊に大見出しが躍った。英国から見れば「返還」、中国側から言えば「回収」だが、いずれにせよ、香港は中国に「回帰」した。一世紀半を超えて長かった英国の香港統治が幕を閉じた。きょうからは中国の香港だ。同じこの日を迎えても、人それぞれ、立場、立場によって、さまざまな感慨があろう。きのうの香港の雨にしても「去り行く者の涙雨」と見た人がいれば、一方には「百年の恥辱をすすぐ雨」と見る人がいる。「火を鎮め調和させる雨で吉兆」と見る人もいる。「香港は東洋と西洋が共存し、協力できることを世界に示した。その枠組みを提供したことに英国は誇りを感じる」と英国のチャールズ皇太子。「香港の同胞が真の主人になった。香港の発展は新たな時代を迎えた」と中国の江沢民国家主席。「英国の行政責任は終わりを迎えるが、英国は香港にさよならとはいわない」はエリザベス英女王。「香港は金の卵を産むニワトリ。中国が殺すはずがない」とは香港の風水占い師・梁天竜さんの言葉だ。

（1997・7・1）

ダイアナ元妃昇天

英国のダイアナ元皇太子妃の不慮の死は余りにも痛ましい。別居―離婚の末、旅先のパリでの交通事故死は悲し過ぎる。36歳の昇天は若く早過ぎる。全世界に衝撃の訃報《ふほう》だった。事故は「パパラッツィ」と呼ばれる追っかけカメラマンたちとのカーチェイスの末に起きた。過熱報道の果ての悲劇というのが実に痛ましい。英国の王室は神秘性と親近感、荘重と平凡というように相反する二つの要素が人気のもとといわれてきた。が、近年はそのバランスが崩れたのだろうか。不倫、別居、離婚など、荘重、神秘的ならざることばかりが続いた。それを過熱報道が増幅させた。水着やレオタード姿の盗み撮りやそっくりさんの偽ビデオ……。追っかけのカーチェイスもその延長線上にあった。大破した乗用車の惨状に涙する。こんなかたちでのピリオドはひどい。美貌《びぼう》の人、パリに死す。「夜、家に帰って明かりを消すとき、今日もできるだけのことはした、と思うのです」と言っていたダイアナさんが家の明かりも消さずに突然、逝った。

（1997・9・1）

独裁者ポル・ポト

「最もなぞに包まれた独裁者」といわれる。カンボジアの大虐殺で悪名高いポル・ポト元首相のことだ。本名はサロト・サル。ポル・ポトは革命のために用いた名だが、彼はその名を権力の座についた後で名乗った。クメール人の名としてはごく普通で特に意味はないという。スターリン（鋼鉄）やホ・チ・ミン（物事に明るい人）らが地下活動中に、正体を隠し、信奉者を鼓舞するため名を変えたのとは違った。これから統治する国民に対して身元を隠したことになる。彼の名について米人歴史学者、D・P・チャンドラーは著書『ポル・ポト伝』で以上のように書いた。「表面に出ないのが得意の行動。異常なまでに秘密を好む人物」とも書いた。が、彼の人生のなぞよりも、重大で不可解なのは、あの大虐殺だ。彼の暗黒政権下、200万人もの死者は家族のだれかが犠牲になった勘定で暴虐は凄惨《せいさん》を極めた。その不条理、不可解の真相を何も語らぬまま、なぞの元独裁者が死んだ。遺体が公開されても、死因に?がつくのもなぞの人物らしい。

（1998・4・17）

ロシアは今日も荒れ模様

またまたまた、ロシアのエリツィン大統領がやってみせた。首相の首のすげかえは、去年3月から1年余の間だけで3度目だ。切られた首相はチェルノムイルジン氏、キリエンコ氏、そして今度はプリマコフ氏。解任のたびに、ロシア語の名通訳・米原万里さんのエッセー集のタイトルが頭に浮かぶ。去年に続いて、こちらもまたまた紹介すれば、『ロシアは今日も荒れ模様』で、本の帯には〈驚天動地が日常茶飯事〉とある。エリツィン政権の不安定はすでに久しい。もう慣れっこの感もあるが、さて今回は? 首相に失政の責任を押しつけ、次々に馬を乗り換えてピンチをしのいできた大統領だが、今回は馬に振り落とされそうでもあった。政情を安定させていた馬、いやプリマコフ首相の権勢がこれ以上強くなることを恐れたための解任。「焦り」「権力への妄執」「最後のあがき」などとも評されている。エリツィン氏が書く歴史のページに余白は少ない。ロシアの大変が世界の大変にならないように祈る。大変が日常茶飯事ではかなわない。

（1999・5・13）

空の星取り

金正日作ならびに演出そして主演の外交ショー「南北首脳会談」の映像が世界に流れた。南北の2人の金さんが手を握りあった。朝鮮半島のことわざに〈空の星取り〉というのがある。非常に困難、不可能なことの例えだ。南北分断から55年、初の首脳会談はこれまで、空の星を取るほど難しいことだった。それがうそのように、とにかく始まった。「始まったことは、半分成就したこと」と、これは金大中韓国大統領。南北7000万人の和解と平和への始まりを喜ぼう。無論、一気に進展とはいくまい。半世紀にわたって積もった恨みの解消には、一歩一歩の歩み寄りが大切だ。少しずつでも確かに進めてもらいたい。その道が開けたことは大きい。もう一つかの国のことわざを借りれば〈石臼《いしうす》も底の抜ける日あり〉。永久の不変はないということだ。が、この〈石臼も……〉は、どんな名人でも失敗があるという意味にも使われる。歴史的な変化の始まりが失敗に終わらないようにと祈る。とりわけ南北の離散家族がそれを切に祈っている。

（2000・6・14）

空前のテロ9・11

2機目の突入も、二つの超高層ビルの崩壊も、テレビの映像を通じてリアルタイムで全世界の人々が注視した。空前のテロが文字通り世界を震かんさせた。「攻撃を受けたのは自由そのものだ」とブッシュ米大統領。空前のテロに屈してはならない。空前を絶後にするため、自由世界はあげて無法者の集団を追い詰めるだろう。ニューヨーク・マンハッタンの世界貿易センターとワシントンのペンタゴン・米国防総省はアメリカの繁栄と力の象徴だ。それが同時多発テロにさらされた。ハイジャックした民間航空機でアメリカの中枢部に突入自爆した。その狂信的な暴挙、卑劣な冷酷と無残に、背筋が寒くなった。冷戦終結後、唯一の超大国となったアメリカに正面から武力では太刀打ちできない。勢いテロにおもむく。世界貿易センターは１９９３年にも地下駐車場で爆弾テロに見舞われている。96年にはサウジアラビア、98年にはケニア、タンザニアで、米軍住宅や米大使館が爆破された。今回のテロはまだ正体不明だが、透けてみえる影もある。多数の被害者に合掌。

（２００１・９・12）

未知の戦争へ

「生きていようと、死んでいようと、ウサマ・ビンラーディンは必ずつかまえる。タリバンは私の言葉を真剣に聞くべきだ」。ブッシュ米大統領の語気は鋭い。大統領に加えてチェイニー副大統領、パウエル国務長官、この３人の顔は湾岸戦争を思い出させる。大統領こそ親から子へ代替わりしたが、チェイニー氏は当時の国防長官、パウエル氏は統合参謀本部議長だった。が、今度は湾岸戦争とは全く違う。米国は「未知の戦争」へ乗り出そうとしている。相手はテロ組織。戦いに国際的な協力、包囲網の構築がより欠かせない。数々の国の協力取り付けに奔走しているパウエル国務長官には「コリン・パウエルのルール」という自戒の13か条がある（自伝『マイ・アメリカン・ジャーニー』）。「まず怒れそしてその怒りを乗り越えよ」「良い決断をしたら、それをくじくような事実にもくじけてはいけない」……。全面安、急落の株価にも、米国のリーダーたちはくじけないだろう。日本は怒っているか。協力がまた「トゥーレイト、トゥーリトル」ではなるまい。（2001・9・18）

パウエルのルール

先日、触れた「コリン・パウエルのルール」について、何人かの読者のお尋ねがあったので、続きを書く。パウエル米国務長官は以前、執務室の机上の板ガラスの下に、自分の動機づけになる言葉を書いた紙片を入れていた。数あるうちから選んだ13の言葉が雑誌に紹介された。これが起こりで、自伝の『マイ・アメリカン・ジャーニー』の末尾にも添えている。先日、紹介した以外のルールは、「何事も思っているほどは悪くない。朝になれば状況はよくなっている」「自分の地位とエゴを同化させてはいけない」「やればできるはずだ！」「選択には細心の注意を払え」「だれかのかわりに選択することはできない。だれかに自分の選択をさせるべきではない」「小さいことをチェックせよ」「手柄を一人占めにするな」「つねに冷静に、かつ親切であれ」「ビジョンを持ち自分により多くを求めよ」「恐怖心にかられて悲観論に耳を傾けてはいけない」「楽観的であれば、力は何倍にもなる」（訳は角川文庫）。何かを決断する時の参考になる。（2001・9・25）

ユーロの橋

〈橋がなければ渡られぬ〉――なかだちがなければ物事はうまく運ばない。〈橋をかける〉は文字通り、橋を取りつけることのほか、渡りをつける、関係をつけるの意味がある。欧州の単一通貨〈ユーロ〉の紙幣のデザインに〈橋〉が用いられたのは、国境で隔てられた国と国、人と人、物と物の交流がうまくいくようにとの願いが込められている。そのユーロの現金の流通が、元日からEU（欧州連合）15か国のうち12か国で始まった。「期待以上に順調」と欧州中央銀行のドイセンベルク総裁。圏内3億人もの人々がマルクやフランやリラをユーロに変える壮大な試みだ。4週間から2か月の二重通貨期間を続ける国々など12の国にはそれぞれお国ぶりもある。釣り銭が不足したり、地下鉄の切符販売機の切り替えが間に合わなかったり、偽札が出るなど小さな混乱もあったが、まずは順調。ユーロが期待の橋になるように祈る。ユーロの記号をエラーのEに見立て「新たな過ちの夜明け」（英大衆紙）などと皮肉るのは早計だろう。欧州の新しい歴史が始まった。

（2002・1・4）

ブッシュの戦争

「われわれに対する悪意の声を聞きたいなら単独行動主義という言葉を聞けばいい。これこそ悪意だ。だって、私は全員が同意するまで行動を起こしてはならないというたぐいの会議にずっと出ているんだよ」「武力行使についてわれわれはすべての方面の合意を求めるつもりはない」「リーダーは、他者の意見を聞く能力に加えて、行動力をも兼ね備えていなければならない」。ブッシュ米大統領の言葉だ。いずれもB・ウッドワード著『ブッシュの戦争』にある。その言葉どおりにイラクに対し最後通告を発した。「48時間以内にフセイン大統領とその息子が亡命しなければ……」その最後通告をイラクは拒否した。フセイン大統領の軍服姿は徹底抗戦の構え。フセイン大統領は自らをバビロニアの偉大な王ネブカドネザルや十字軍と戦ったサラディンにもなぞらえる。自らの船に火を放って退路を断ち「後ろは海、前は敵。勇気と決意以外に助かる道はない」と叫んだイスラムの武将に例えられたこともある。亡命拒否はイラクの「最後の過ち」と米側は言う。（2003・3・19）

タバグダッド

〈タバグダッド〉――アラビア語にこういう動詞がある。バグダッドに由来する言葉で、意味は〈踏ん反り返る、いばり散らす〉。と聞いて、バグダッドの主、サダム・フセイン大統領を連想した。尊大な態度がぴったり。死亡説を打ち消し健在を誇示する狙いのTV演説で、その尊大ぶりも健在だった。イラクには〈強さ、勇気、尊大さ〉など戦いの英雄を貴ぶことと、〈義務と忍耐〉を至上のものとするという二つの価値体系があるとも聞く。演説は尊大な大統領が兵士とイラク国民に義務と忍耐を呼びかけるものだった。「侵略に耐え、敵を撃退せよ。

勝利は近い。邪悪な敵ののどをかき切れ。敵はイラク国民をみくびっており今や、砂漠のわなにはまっている」。フセイン演説はいつもこれだ。湾岸戦争当時を思い出す。タオルを投げた降伏状態の停戦でも「勝った、勝った」というようなひとりよがり、大仰で攻撃的、トリックがあり、神の名を借りる。少しも変わっていない。こうしてバグダッドの独裁者は兵と国民を駆り立てる。忍耐を強いられる不幸を思う。

（2003・3・25）

賽の河原

〈天の下のすべての事には季節があり、すべての業《わざ》には時がある。生まるるに時があり、死ぬるに時がある。……戦うに時があり、和睦《わぼく》するのに時がある〉。かつて、イスラエルのラビン首相が演説で引いた聖書の一節だ。1993年、ワシントンで、和睦の時が来たと信じて演説したのだが2年後に自国の過激学生の凶弾に倒れた。今、イスラエルとパレスチナはどの季節、どの時に当たるのか。和睦の時というのは、到来がほんの見かけに過ぎず、戦いの時が果てしなく続くのだろうか。さる4日、中東の新和平案「ロードマップ」（行程表）に合意ができたばかりというのに、早くも暴力と流血の連鎖がエスカレート、和平に暗雲が濃い。8日、パレスチナ過激派の銃乱射でイスラエル兵5人が死亡。10日、イスラエル軍がハマス幹部の車にミサイル攻撃。11日、自爆テロのバス爆破で17人が死亡。和平の石積みを〈賽《さい》の河原〉に重ね合わせて思うのは悲しい。賽の河原で、死んだ子たちは父母を恋い、小石を積んで塔を作るが、作るたびに鬼がやって来て崩す。

（2003・6・12）

ワン　フォー　オール

〈ワン　フォー　オール、オール　フォー　ワン〉（皆のための一人、一人のための皆）――奥克彦参事官が早大出身のラガーマンだったと聞いて、この言葉を思い浮かべた。この精神が、イラクで日夜、東奔西走する氏を支えていたに違いない。井ノ上正盛書記官も同じ思いだったと思う。2人はイラクの最前線で日本の目であり、耳、口であった。日本の顔であったとも言える。2人が志半ばで非命に倒れたことに、心から哀悼の意を表し、これまでの貢献に深甚な敬意をもって黙禱《もくとう》する。2人の〈ワン　フォー　オール　フォー　ワン〉の精神に疑いはないが、政府、外務省、ひいては日本国民は、彼らに〈オール　フォー　ワン〉の十分なバックアップをしてきただろうか。奥参事官は8月イラクの国連本部爆破の際、「これを見て（我々が）引くことができますか」と岡本首相補佐官に言ったという。参事官は今また、自らの生命をかけて同じメッセージを送ってきた。たじろがず、テロに屈せずは当然として、首相はじめリーダーは、もっと多くの言葉で答えねばなるまい。

（2003・12・1）

盛者必衰　穴蔵のフセイン

バグダッドの陥落、政権崩壊から8か月余になる。巨大な銅像が引き倒された後も、行方の知れなかった生身のフセイン元大統領がついに拘束された。潜伏していたのはやはり地縁・血縁の中心で出生地のイラク中部、ティクリート郊外。大統領宮殿には及びもよらない農家の地下室、というよりは、みすぼらしい屋外の穴蔵から引きずり出された。こんな所を転々としていたのか。急襲され、あわてて、その穴蔵に身を潜めたのだろう。吉良上野介の炭小屋を思わせる。ぼさぼさに伸び放題の髪とひげは麻原彰晃のようだ。2人とは全く比較にならぬ絶大な権勢を振るった元大統領だが、末路の屈辱は似る。〈盛者必衰。おごれる人も久しからず〉と『平家物語』にある。これは洋の東西を問わない。フセイン独裁は長かったが、〈猛《たけ》き者もついには滅びぬ〉という定めを思う。これでテロが終わりはしないだろうが、テロに屈しない大きな成果だ。イラク復興へ前進の契機になるといい。復興、民生の安定につながるといい。それが治安を回復させ、テロを孤立させる。

（2003・12・15）

中東の不死鳥　アラファト死す

〈鷹《たか》のつらきびしく老いて哀れなり〉――きょうの本紙朝刊「四季」欄の村上鬼城の句にPLOのアラファト議長を連想した。パレスチナ民族解放闘争を率いて〈中東の不死鳥〉とうたわれた氏も晩年は軟禁状態で不死鳥のイメージとは遠かった。鳥に例えるなら、もう一つ〈梟《きょう》雄《ゆう》〉という言葉も浮かぶ。梟はフクロウだ。荒々しく勇猛な首領のこと。民族の象徴、抵抗の指導者、テロの頭目――見る人によって例える鳥も変わる。ともにノーベル平和賞を受けたイスラエルのラビン首相（当時）は〈タカの羽を持つハト〉〈タカの中ではハト、ハトの中ではタカ〉ともいわれた。そういう人物でないと、味方をまとめ、敵と和平は結べない。ラビン首相とアラファト議長の平和賞にはその期待が込められていた。両者によるオスロ合意は和平への歴史的転換と評された。が、ラビン氏は自国の過激青年の凶弾に倒れ、すでに9年。今、アラファト氏もパレスチナのテロを抑えきれぬままに、世を去った。2人に続く「タカの中のハト、ハトの中のタカ」の姿が見えない。（2004・11・12）

オレンジ革命　辺境ウクライナ

ウクライナの国旗は青と黄色の二色旗だ。青は青空を黄色は豊かに実る小麦の色を象徴する。かつては〈ソ連の穀倉〉といわれた。そのウクライナが今、大統領選挙をめぐる混乱でもめている。ロシア寄りの東とEU・米国寄りの西と二つに割れたかたちは一昔以上も前の東西冷戦当時を思い出させる。ウクライナの国名はロシア語では〈辺境〉を意味するという。ソ連の穀倉のイメージは辺境の名と重ならない。が、この国の西側はかつてポーランドの支配下にあった。それを思ってロシア側から見れば辺境、国境、フロンティアもうなずける。ロシア寄りの東側は重工業地帯でロシアとの関係が深い。ロシア系住民も多い。現政権は親露派。こうした東西対立が大統領選挙で激しく噴出した。不正選挙に野党は猛反発。「オレンジ革命」といわれる。最高裁はやり直し選挙を命じたが、再選挙への道はどう展開するか。かつてロシアは長兄、ウクライナは次兄、ベラルーシを加えてスラブの三兄弟などといわれた。が、毛利元就の故事「三本の矢」のようにはいかない。（2004・12・6）

愛国無罪Ⅰ

「アジアの人々の強い反発で、日本政府は深く反省するはずだ」――中国の温家宝首相がこう言った。反日デモや投石騒ぎにお墨付きを与えたも同然。〈愛国無罪〉――愛国を掲げていれば許される。そんな思い込みが増長する。現に今週末にも北京、上海、瀋陽、桂林など各地でデモをと呼びかけるインターネットの書き込みが愛国サイトで相次いだ。警察庁や防衛庁のインターネットのホームページ（HP）に障害が起きた。中国系HPが日本の省庁に対するサイバー攻撃を呼びかけている。これに応じた疑いが濃い。9日のデモを人民日報が伝えたのは13日が初めて。それもインド訪問中の温首相の発言を通じてのことだった。遅く一方的な見方しか伝えていない。12日、香港各紙は公害に抗議した浙江省の農民暴動を報じたが、中国メディアは報道していない。情報管理には今更驚かないが、何かのたびに靖国問題、愛国無罪の不条理はもう広げないでほしい。愛国無罪には――電信柱が高いのも郵便ポストが赤いのも、みんなだれかが悪いのよ――そんな感がある。

（2005・4・14）

愛国無罪Ⅱ

〈牛は自分の角が曲がっているのを知らないし馬は自分の顔が長いのを知らない〉――中国の

ことわざで、自分の欠点にはなかなか気づかないということ。日中外相会談でも中国政府の態度は変わらなかった。反日デモと乱暴狼藉《ろうぜき》が週末ごとに広がっても「根本の責任は日本にある」をくり返すばかり。相手に対しては何度でも謝罪を求めるが自分の非は認めない。〈大人《たいじん》の風格〉は中国が尊重する伝統と思っていたが、およそほど遠い態度だ。反日デモと暴力行為を事実上容認するなどは法治国家であることも疑わしい。世界の目を知った方がいい。何かというと〈歴史認識〉を持ち出すが、同じことを反問したい。日本の教科書問題や首相の靖国参拝への非難は局所拡大ではないのか。戦後60年、平和国家として歩んだ日本の歳月には目をつぶり、60年前の反省ばかりを求め続けるのは大人の態度ではあるまい。そのうえ投石など破壊活動の責任まで日本に転嫁では話にならない。外相会談でもはぐらかされたが、〈愛国無罪〉の明白な非は問い続けなければならない。

（2005・4・18）

闘士の章　ボリス・エリツィン

ボリス・エリツィン氏のボリスは〈闘士〉の意だ。理屈より感情で国民を引っ張って行くリーダーだった。激情家でゴルバチョフ嫌いは徹底していた。米原万里さんによると、〈坊主憎けりゃ袈裟《けさ》まで憎い〉で、ゴルバチョフ氏が好んだミルクティーまで嫌った。演台へそれが運ばれたとき、「それはゴルバチョフのところへ持っていけ」と言った。1991年の12月25日に、クレムリンのソ連邦旗が降ろされた。並んで翻っていたロシア共和国の三色旗だけが残った。ソ連崩壊。このときゴルバチョフ、エリツィンの関係は綱引きからリレーのバトンタッチに変わった。そのとき〈歴史は気まぐれな女神で最愛のものにすら一つ以上の章は書かせてはくれない。ゴルバチョフは彼の章を書き終えた〉と評された。世界では絶賛された章だったが、国内では不評で、エリツィン氏が次章を書き継いだ。そのエリツィン氏にしても、やがて、同様に一つ以上の章は書けないことを知る。〈ロシアは謎のそのまた謎の謎〉。闘士エリツィン逝き、プーチン氏の章はどう展開する？

（２００７・４・25）

行動する危険、しない危険

〈行動には危険も予想されるが、何もしないことによる危険の方がはるかに大きい〉――ブレア英首相の辞任表明を聞いて、この言葉を思い起こした。２００１年の9・11の後、米国の行動を支持する同首相の演説だった。こうしてアル・カーイダとアフガンのタリバン政権に対する攻撃が始まった。あのとき、多くの国々と人々が賛同していた。が、それから1年5か月後、イラクへの攻撃開始には米英が強硬だったのに対し、仏独露は査察継続を主張して慎重だった。この違いは何だったたか。このときには、冒頭のようなブレア発言こそなかったが、米英の考えはあの発言の延長線上にあり、仏独露との違いは〈行動する危険と、しないことによる危険〉についての判断の違いだったろう。ブレア首相の在任10年の語録の中から冒頭の発言を思い出すのは、あれがブレア人気が下降する分水嶺《ぶんすいれい》へ向かう始まりだったように思うからだ。対タリバンでは感動さえ呼んだ発言だったが、イラク戦争では足をとられた。〈行動する危険と、しないことによる危険〉の判断の難しさを思う。

（２００７・５・14）

ヤンゴンの銃弾

〈流れ弾〉――そう言われても〈流れ弾なんかでない。報道を妨げる狙い撃ちではないのか〉そんな疑いがおさえきれない。ミャンマー軍事政権の武力弾圧、銃撃に遭ったカメラマンの悲運のことだ。銃弾は心臓を貫通し即死状態だったと伝えられる。そんな流れ弾もあるのか。納得がいかない。長井健司記者はビデオカメラでデモと弾圧の状況を撮影中に銃弾を受けた。ミャンマーの最大都市ヤンゴンで反政府デモ封じ込めを図る武力弾圧が一段と強まった。僧侶1500人以上を拘束し、市民に銃を向け死傷者多数の状況が続いている。ミャンマーの軍事独裁は1988年以来すでに19年にわたる。国名をビルマからミャンマーに首都だったラングーンの名をヤンゴンに変えたのは89年だ。ビルマが何か懐かしく、ミャンマーには馴染《なじ》みにくい思いもある。軍事政権はミャンマーになってから3度、十数年も、アウン・サン・スー・チーさんの自宅軟禁を続けている。苦しい国民に追い打ちをかける軍政の非情。この国のことわざなら〈水に溺《おぼ》れた人を竹竿《たけざお》で突く〉だ。

（2007・9・28）

ロシア権力の推移

〈織田がこね羽柴がつきし天下餅《もち》ただやすやすと食らふ徳川〉――徳川家康が天下を取るまで

の時の流れ、織田信長、豊臣秀吉の役割を狂歌はこう詠んだ。洋の東西、時の古今は違うのだが、ソ連の崩壊から今日までのロシアの推移、ゴルバチョフ、エリツィン、プーチンの役回りには、何かこの狂歌を連想させるものがある。エリツィン氏の後継で権力を握ったプーチン大統領は来年5月の任期切れ後も影響力をふるう基盤を固めた。2日行われたロシア下院選は大統領を筆頭候補とした与党「統一ロシア」の圧勝。同党は定数の3分の2を上回る議席を獲得し、親プーチンの他党を加えると与党勢力が9割も占める翼賛色の強い議会の誕生。先進民主主義国では考えられない。異様な圧勝だ。「安定した今の状態の変化を望まない」有権者が大多数といえばそれまで。だが、プーチン政権が治安機関や国営メディアを武器に野党や報道機関を抑え込んだKGBばりの選挙戦では先の独裁が怖い。〈巻き戻しモードになっているロシア〉――時事川柳はこう詠んでいる。

（2007・12・6）

運命の娘　ベナジル・ブット

〈運命の娘〉――パキスタンのベナジル・ブット元首相暗殺と聞いてすぐにこの言葉を思い浮かべた。1990年に本社が刊行したブット自伝のタイトルがそれだったからだ。当時の外報部（現国際部）のメンバーが訳した〈世界の指導者シリーズ〉の一冊。氏がイスラム世界初の女性首相に就任する直前、1988年11月の選挙戦終盤に向かうまでの自伝で昨日の悲報を予測するような題名だ。が、20年前の当時彼女はすでに十分〈運命の娘〉だった。父、ズルフィカル・アリ・ブット氏はパキスタンが議院内閣制移行後の初代首相。彼は軍事政権に処刑された。半生の自伝だけでも父の処刑、投獄、亡命、民衆の歓呼の中の帰還、結婚、出産とドラマに満ちていたのだが、今回の暗殺で父娘2代にわたって非業の死を遂げたことになる。首相在任中に2度も汚職で解任されて亡命、今回も8年半ぶりで10月に帰国したばかり。故国の民主化と過激派テロとの戦いもわずか2か月。火中の栗《くり》を拾う運命の娘を悼む。銃撃と自爆テロの暴挙。愚かで残虐極まりない不条理だ。

（2007・12・28）

タンデム体制

〈双頭の鷲《わし》〉とか〈二頭政治〉とかいうよりも〈二人乗り体制《タンデム》〉と呼ぶのがいいらしい。メドベージェフ、プーチン両氏によるロシアの次期政権のかたちのことだ。タンデムは自転車競技の二人乗りのことだ。馬車でもタンデムといえば縦列のつなぎ。普通の並列二頭立てとは違う。双頭の鷲とは大いに違う。両氏の力関係が五分五分ではないからということ。メドベージェフ氏は大統領選で圧勝したが、その得票は「プーチン現大統領への信任票」といわれる。プーチン氏は5月に大統領職を退くが、新体制では首相に就任する。現在第1副首相である次期大統領とは地位が逆転するが、現実の力関係まで逆転はしないとだれもが見ている。首相が大統領を操る構図という見方。次々期、2012年にはプーチン氏が大統領に復帰する筋書きと見る向きもある。昔、ローマの〈三頭政治〉は共和制を無力化し専制へ道を開いたが、当代ロシアの二頭体制はどんな方向へ進むのか。ロシアには独裁、専制の風土や強い指導者に期待がある。それが気にかかる。

（2008・3・4）

黒人初の米大統領バラク・オバマ

オバマ！　オバマ！　の歓声。就任式の後、ペンシルベニア通りをホワイトハウスへ歩く米国史上初の黒人大統領夫妻。その映像に、歴史が動いたことを強く実感した。「つい60年ほど前に、地方の食堂で食事することさえ許されなかったかも知れない父親を持つ男が、今、最も神聖な宣誓をした」と、就任演説で、バラク・オバマ新大統領自身が述べた。新しいアメリカを象徴するその姿を見るために、この日、全米各地から180万人がワシントンへと集まった。〈チェンジ（変化）〉への支持と期待の大きさを思う。就任演説には選挙戦ですっかりおなじみになった「イエス　ウィ　キャン」のように単純なキャッチフレーズはない。それはもう十分浸透したという自信か。美辞麗句よりは、むしろ率直に危機を訴えた。求められているのは〈責任の時代〉と言い、米国人一人ひとりが負うべき義務にも言及した。氷点下の厳しい冷え込みだが、青空の下の就任式。危機の中に希望、団結を求める式典にふさわしいと思った。

（2009・1・21）

盧前韓国大統領　自殺

韓国人ジャーナリスト・池東旭氏の著『韓国大統領列伝』（中公新書）は副題が〈権力者の

栄華と転落〉だ。この列伝は刊行時の大統領・金大中氏までで盧武鉉前大統領は描かれていない。しかし盧氏もまた、この副題の言う転落の歴史の例外ではなかった。23日、不正資金疑惑の渦中にあった盧氏が自宅近くの岩山で飛び降り自殺した。列伝には亡命、暗殺、退任後の逮捕……があり、大統領自身や親族が不正事件で捜査を受けるのは現職の李明博大統領まで6代も連続している。自殺こそ初の事態だが、背景には相変わらず「血縁、地縁」の政治風土と大統領の一身に集中する権力との問題がある。『列伝』で池氏は「絶対権力は絶対腐敗する。歴代大統領は歴史から何も学ばなかった。そろって功名心にはやり、過去の治績を全否定し、改革を唱えてつまずいた」と手厳しい。清廉を掲げる人権派の弁護士・盧武鉉氏にしても自らと家族を弁護しきれなかったのか。「小さな石碑を一つだけ残してほしい」の遺書が寂しい。

（2009・5・25）

ウイグル自治区

〈美しい牧場〉――ウルムチとはそういう意味だ。中国新疆ウイグル自治区の区都。高層ビルが立ち並ぶ大都会で牧歌的な情景は昔のこと。経済的発展はいいとして、その元牧場が今や〈パレスチナ化〉の過程にあるといわれる。ウイグル族と漢族の互いの憎悪が流血の衝突にエスカレートして、パレスチナ化とは深刻だ。ラクイラ・サミットの出席をとりやめ、胡錦濤国家主席がイタリアから急ぎ帰国した。なりふりかまわずの帰国が5日以来の事態の深刻さを物語る。主席自らの指揮で早期の沈静化をはかるということだろう。北京五輪の昨年はチベット自治区で、今年はサミットの時期に新疆ウイグル自治区で、騒動が続く。「西部大開発」と称して、中国政府はこれら少数民族の自治区に大量の国家資金をつぎ込んできた。が、自治区を安定させるには経済成長だけでは限界がある。国家資金とともに漢族も多数入ってきた。民族融和を唱えても、ウイグル側の文化、宗教、自主権は抑えられているという不満が深い。

（2009・7・9）

七転び八起き　金大中

〈波乱万丈、七転び八起き〉――きのう85歳で逝った金大中氏の生涯の激動はこんな表現では及ばない。東京のホテルから韓国中央情報部（KCIA）に拉致された「金大中事件」は1973年のこと。80年の「光州事件」では内乱陰謀罪に問われ死刑判決（後に減刑）を受けた。97年に4度目の挑戦で大統領に当選したときは、もう古希を超えていた。2000年には〈太陽政策〉を掲げ、北朝鮮の金正日総書記と初の南北首脳会談を行い、ノーベル平和賞を受けた。山あり谷ありの生涯でこれが絶頂だったであろう。しかし、輝けるノーベル賞も氏には〈茨《いばら》の冠〉だったのではないかとの評もある。核に関するその後の北の振る舞いなどを思えばうなずける。太陽政策は思うようには実らず、心残りではあろうが、北との交渉がすんなり進むわけがない。朝鮮半島のことわざで言えば、空の星を取るほど難しい。北風か太陽かは韓国政治の果てない対立軸だ。業績の評価は分かれるが、空の星取りに挑んだ不屈の生涯を悼む。

（2009・8・19）

ジャスミン革命

チュニジアの首都チュニスはフェニキアの女神の名に由来する。その北アフリカの女神の地で〈ジャスミン革命〉が起きた。国の花の名にちなんで、そう呼ばれるが、芳香を放つような話とは遠い。23年に及ぶベンアリ大統領の独裁政権が崩壊した。大学を出ても職に就けない青年の焼身自殺が発端。道で野菜を売る生計を警官に禁じられ抗議したもの。事件は携帯メールなどで瞬時に広まる。長い強権政治に不満は積もっていた。若者に職はなく、それに食料品の高騰が重なった。抗議デモに警官が発砲、死傷者が出て反発を強めた。大統領一族の腐敗、贅《ぜい》沢《たく》な生活がインターネットで暴露された。その情報のめぐる速さが崩壊に拍車をかけたともいえる。チュニジアは1956年、フランスから独立、ブルギバ初代大統領の独裁も30年に及んだ。思えばリビア、エジプトなど近隣には同様な長期政権がある。指導者たちは連鎖を警戒しているようだ。〈花に十日の紅なし、権は十年久しからず〉という。長い政権は必ず腐る。

（2011・1・19）

中国のGDP

イギリスへ旅してピーターラビットの人形を土産に買ったら、MADE IN CHINA

だった。ハワイではカメハメハ大王の彫像が同様に中国製だった。がっかりしたり、驚いたりしたのを思い出す。あれから何年になるだろう。中国が2010年の国内総生産（GDP）で、日本を抜き、世界第2位の経済大国になることが確実になった。今回の胡錦濤国家主席の訪米でまとまった商談の総額は米ボーイング社の旅客機など計450億ドル（約3兆7000億円）。国賓として招かれた主席は誇らしげだが、相互の経済利益のほかは、なお危うい協調にみえる。米国の求める人民元の切り上げの加速化に主席は明言を避けた。人権問題の懸念には「それぞれの国情を尊重すべきだ」。世界第2の経済大国にふさわしい責任、振る舞いを求めたいが、中国自らは依然途上国とも言い続ける。経済大国と途上国の二枚看板は一種の矛盾だが、時に応じ平気で使い分けるのは、〈矛盾〉という語の母国ならではのしたたかさだろうか。

（2011・1・21）

ムバラク辞任

エジプトは〈ナイルの賜物《たまもの》〉といわれる。が、エジプトの歴史は〈抑圧と搾取〉の歴史ともいう。ナイルはエジプトの砂漠の中に肥沃《ひよく》の地という恩寵《おんちょう》を与えた。が、ナイルの恵みには光とともに影も生じた。エジプトに〈おれに土地と労役をよこせ。おれは水をやるから〉という言葉がある。豊かなナイルの水の配分と治水を支配するものは抑圧者となって、農民から長く収奪を続けた。その歴史とともにあった王政を倒すナセル、サダト、ムバラクの歴代大統領の治ト革命」は1952年のことだった。以来59年。ナセル、サダト、ムバラクの歴代大統領の治世の基盤はすべて軍にあり、うちムバラク政権がサダト暗殺後30年続いた。その間、ずっと非常事態宣言下にあったとは、やはりこの国の歴史は〈抑圧と搾取〉だったかと暗然とする。抑圧の主、ムバラク大統領辞任。30年が一気に崩壊。1月、チュニジアの革命が発火点だが、これに続いた若者の不満の爆発をネット社会が増幅させ、超級の高速で崩壊の連鎖を呼んだ。

（2011・2・14）

配水管のカダフィ

「カダフィ体制が大声でわめき、どなり、いまでも殺し続けていられる理由は石油と傭兵《ようへい》です」――『アラブ革命はなぜ起きたか』（E・トッド著、藤原書店刊）の一節。石油収入は住民の税金ではない。で、カダフィ氏は兵器でも傭兵でも何でも好きなだけ買え、住民の手の届かない抑圧機関を編成できたということらしい。が、さしもの独裁者も命数尽きた。「ネズミどもを引っ捕らえろ」――カダフィ氏は反体制派デモの始まった2月、こう叫んだが、それから8か月、逆に自身がネズミどもに引っ捕らえられた。チュニジア、エジプトで独裁政権を倒した「アラブの春」はリビアにもすぐ波及したが、リビアの政権崩壊は夏、カダフィ氏の終焉《しゅうえん》は秋までかかった。海外逃亡など行方は諸説あったが、最期の地は生地でカダフィ派最後の拠点シルテ。「ふるさとへ廻《まわ》る六部は気の弱り」は洋の東西を問わないようだ。排水管に隠れていたという情報に穴蔵から引きずり出されたサダム・フセインを思う。梟雄の末路や哀れ。

（2011・10・21）

将軍様の死

2か月ぶりに登場した女性の看板アナウンサーが沈痛な面持ちで将軍様の死を伝えた。背景には白頭山の景観があしらわれていた。朝鮮人民革命軍最高司令部の密営のあった白頭山中で金正日総書記が生まれたとされる神話の聖地。事実は旧ソ連が生地らしいが、北朝鮮は認めていない。北朝鮮・金王朝の2代目は神話に包まれて誕生、そして死んだ。こうして王朝は3代目に継承されようとしている。その人、三男の正恩氏（28）をかの女性アナウンサーは重々しく「偉大な継承者」「卓越した領導者」と伝えたが、氏に神話はまだない。金王朝の初代、金日成から2代目、正日への権力継承は20年もかけて行われたが、3代目への継承過程は始まったばかりだ。肩書もまだ不足な状態だ。神話の方も「革命と建設を百戦百勝に導く傑出した思想家・理論家で、不世出の先軍統帥者」などやっと礼賛が始まった段階。このあたり世を去った将軍様も心残りかも知れない。今の国家で3代世襲は異様、行方はすべて未知数だ。

（2011・12・20）

永遠の総書記

金日成の〈主席〉と金正日の〈総書記〉は、その人固有の肩書で、野球でいう永久欠番だと報じられた。永久欠番の元祖であるヤンキースの「3」ベーブ・ルース、「4」ルー・ゲーリッグを思うと、野球ファンの当方にはしっくりこない。どうも愉快ではないし、適切な例えとは思えない。野球の永久欠番はもっぱら偉業をたたえるためだが、〈永遠の総書記〉はその遺訓などで虎の威を借り、人民を黙らせようという魂胆がみえみえ。北朝鮮の世襲3代目・金正恩氏は父の総書記を継がず新たに〈第1書記〉のポストをつくり就任した。父が祖父の〈主席〉を継がなかったのにならったかたちだが、後継ぎの準備期間が父より短かった非力を補うには遺訓が効く。遺訓で北の最高ポストに就き、先軍政治を進める。後継のお披露目に「人工衛星」打ち上げと称する長距離弾道ミサイル発射。お祝いの打ち上げなら、花火くらいにしてもらいたい。人工衛星を装うミサイル発射は迷惑千万。12日はその発射予告期間に入った。

（2012・4・12）

世襲3代目

15日、北朝鮮は金日成主席生誕100年を迎えた。同じ100年前のこの日は北大西洋で豪華客船タイタニック号が沈没した日でもある。日本ではその年の7月30日に明治天皇がご逝去、年号が明治から大正に変わった。100年という歳月の流れを思いつつ、北朝鮮が今後どう動くか考えた。この日、金主席生誕記念の軍事パレードなど盛大な慶祝行事とともに、世襲3代目の金正恩第1書記は5日間にわたる自身の権力継承のお披露目も完了した。3代目は容貌、髪形、声などが父よりも祖父似だ。閲兵式で演説したが、北の最高指導者の肉声が聞けたのは

20年ぶりのこと。父・正日総書記の演説は「英雄的朝鮮人民軍将兵らに栄光あれ」とわずか5秒だった。これに対し3代目は20分。演説スタイルは父とは変わったが、内容は「ひたすら領袖（祖父）式、将軍（父）式で革命偉業を完成させる」。先軍政治は変わるまい。「人民がベルトを締め付けない（飢えない）ようにする」とも言うが原稿棒読みに不安も大きい。

（2012・4・16）

地の果てのテロ

想定はしていたが最悪の事態がやっと現地の病院で判明した。邦人7人死亡、なお3人は不明。首都アルジェから東南1300キロも離れた現地イナメナスは遠い。やはり〈ここは地の果てアルジェリア〉。そんな砂漠の中の天然ガス関連施設がイスラム武装勢力に襲われたのだ。情報は歯がゆいほど入らない。入っても錯綜《さくそう》して定かでないから地の果ての感が一層募る。死亡確認の7人はすべて男性で大手プラントメーカー「日揮」の社員ら関係者。プラント建設の最前線で散った、まさに企業戦士だ。無念だったろう。改めてイスラム武装勢力の非道に限りない憤りが湧いてくる。彼らがどんな理屈を並べようとも、何が大義だ、聖戦だ。許せない。アルジェリアのセラル首相は21日の記者会見で「武力行使は勇敢で高度にプロフェッショナルだった」と誇った。テロに強硬な態度はいいが、8か国37人の外国人が死亡、行方不明5人は多い。果たして誇れる対応か、拙速の疑問も残る。今後のテロ対策再構築が望まれる。

（2013・1・22）

中国の夢

〈習体制反対一に見る勇気〉〈主席決まる中国いつも黒煙で〉〈大陸の空に黒煙川に豚〉――中国の習近平体制発足で、「よみうり時事川柳」に寄せられた句を拾った。17日、中国全人代閉幕式の演説で、習近平国家主席は〈中国の夢〉という言葉を9回も使った。同じ夢でも〈アメリカン・ドリーム〉とは随分響きが違う。習氏は昨年、党総書記に就任して「民族の偉大な復興」を中国の夢と位置づける演説をしている。以来、中国の夢は習指導部のキャッチフレーズになっている。それは富国強兵推進の表明でもある。西側諸国の発展モデルとは一線を画す方針。夢はご自由だが、威圧や脅威は御免だ。時事川柳もそんな感じで詠んでいる。黒い煙はローマ法王選出決定を告げる白い煙との対比、そしてPM2・5などでかすむ中国の空を思い中国の夢の向かうべき方向を示唆しているようだ。「わが国は今日、世界の東方に高くそびえ立っている」と習氏。願わくは領海領空侵犯や大気汚染などでそびえ立たないでほしい。

（2013・3・18）

ボストンマラソンにテロ

兄、タメルラン・ツァルナエフ（26）は米国代表としての五輪を目標にしていたボクシング選手だった。弟、ジョハル（19）はサッカーと車が好き、レスリングもやる。どこにでもいる若者とみられていた。そんな兄弟が大それた爆弾テロを、なぜ起こしたのか。ボストンマラソンを標的にした事件は、銃撃戦の末、兄は死亡、弟は逮捕され、決着した。容疑者について監視カメラなどの映像公開と市民からの情報がスピード決着の要因だ。それはいいが、9・11以来テロを封じ込めていた事前摘発はならなかった。動機や共犯の有無などになお謎は残る。チェチェン系の兄弟が生まれ、幼少期を過ごしたロシア南部はイスラム過激派の拠点ではあるが、そこでの本来の標的はロシアの政権だ。兄弟は独立闘争の参加世代でもない。FBI（連邦捜査局）は兄、タメルラン容疑者のテロ活動関与について、2011年に取り調べたというが、関与は確認されていない。早い決着は可能でも、事前に芽を摘めない犯行は今後の課題だ。

（2013・4・22）

北朝鮮　張成沢粛清

「古今東西、名軍師、名参謀と呼ばれる人物たちにはいくつかの共通点がある」と評論家佐々淳行さんが『中央公論』1月号の特集〈軍師とは何者か〉に書いている。「まず歴史、政治、社会学に通暁した勉強家であること。権力者の心のうちを知悉していること。そして、最も重要なのは、主君の寝首をかこうとしないこと」「野心がちらつけば、状況判断を誤りかねない。ナンバー2であり続けようとする覚悟、美学があるからこそ強いのだ」と続く。北朝鮮のナンバー2、張成沢前国防委員会副委員長が失脚した直後で、興味深く読んだ。作家の富樫倫太郎さんは、軍師は「無能で戦に失敗しても殺される、有能すぎて味方に妬まれても殺される。そういう際どいバランスの上に立っている」と書いた。北の最高権力者・金正恩第1書記の義理の叔父で後見人、ナンバー2の地位をほしいままにしていた張成沢氏はどうやらナンバー2としての覚悟、美学に欠けるところがあると見られたようだ。苛烈《かれつ》な粛清の後、北はどこへ行く？

（2013・12・12）

◆拉致と北朝鮮の非道

拉致被害者家族連絡会

この20年間、ひたすら待つだけだった人たちが「拉致《らち》被害者家族連絡会」をつくった。朝鮮民主主義人民共和国（北朝鮮）へ拉致された疑いのある被害者の8家族が参加した。「はろばろと睦み移りし雪の街に娘を失いて海鳴り哀し」（新潟の女子中学生だった横田めぐみさんの母、早紀江さんの歌）。めぐみさんはその海鳴りの遠い彼方の国にいるのか。「北朝鮮は社会主義と現代版封建主義、軍国主義が入り混じったいびつな体制。経済は全般的にまひ状態で、人民は飢餓にあえぎ……」。韓国に亡命した黄長燁元書記は故国の状態をそう語った。「地上の楽園を建設したと大言壮語した国が、物ごいをする国に転落してしまった」とも言った。拉致被害者家族連絡会の人たちはソウル空港に立った黄氏の姿を見て、氏の言葉を聞いて、何を思っただろうか。胸中察するに余りある。黄氏はベールに包まれた国の実像をどこまで明らかにするか。世界の関心が集まっているが、「家族連絡会」の悲願はただ一点、拉致疑惑の真相を知ることだ。

（1997・4・22）

横田めぐみさん

新潟の市立寄居中学校から北へ向かう幅広い一本道がある。上り坂がなだらかな下りに変わり、松林を貫くと、砂浜の先が日本海だ。学校帰りのこの道から横田めぐみさんは忽然《こつぜん》と消えた。当時13歳の中学1年生。この道が海に通じ、その果てに北朝鮮があるのが悲しい。憤りを抑えきれない。めぐみさんはこの道へ二度と戻らないことが判明した。あれから25年。拉致―結婚―出産―死亡。父母に知らせるすべもないままに、めぐみさんは荒海のかなたの異郷で、つらい一生を終えていた。「どうやって連れて行かれ、どうして死んだのか、きちんと教えてほしい」――両親の言葉が肺腑《はいふ》をえぐる。いつ、どこで、どのようにが不明のまま納得できるわけがない。拉致は「特殊機関の一部が妄動・英雄主義に走った。率直におわびしたい」と金総書記。「痛恨の極み。強く抗議した」と小泉首相。「拉致などない」と言っていた国の変身は果たして本物なのか。重い犠牲に加え、長かった外交の無策も痛恨だ。数々の痛恨を残しつつ、日朝の正常化交渉が再開する。

（2002・9・18）

詳細不明

〈桐《きり》の木を見て踊り出す〉は朝鮮半島のことわざで気の早いことの例えだ。琴は桐で作り、人はその音に合わせて踊る。が、材料の桐を見ただけで踊り出すのは、いかにも気が早い。〈仲人を見ておむつの支度〉というのも同じこと。これは一層分かりやすい。何事も、きちんとした見極めが肝要ということだ。日朝首脳会談で、金総書記は意外なほどあっさり「拉致」を認めた。「率直におわびしたい」とも言った。しかし「8人死亡」という拉致の現実は日本側には凍りつくようなものだった。そのうえ、いつ、どこで、どのようにの詳細は不明。「(拉致に)責任ある人々は処罰された」ともいうが、この詳細も不明。「今後二度と発生しないようにする」なら、詳細の説明がなければ、家族ならずとも納得できない。悲運の横田めぐみさんは10年前に死亡していたという。リュ・ミョンスクの名があり、バドミントンのラケットもあるという。が、詳細の小出しは逆に不信を増幅しかねない。「平壌宣言」で踊り出す前に拉致問題では尽くすべきことがまだ山とある。

(2002・9・19)

孫娘のほほえみ

その可憐《かれん》な表情に息をのんだ。横田めぐみさんの子であることが確認された平壌の少女、キム・ヘギョンさんの写真である。ヘギョンさんのほほえみに、めぐみさんの面影を重ねてみる時、横田滋、早紀江さん夫妻の胸中は察するに余りある。他人さえ息をのむ可憐な表情、実の祖父母ならどんな思いでそれを見つめるか。横田さん夫妻が、おじいちゃん、おばあちゃんになった。「何とも言えない感動を覚えました」と早紀江さん。「ディズニーランドや京都へ案内したい。昔、めぐみが住んだ所にも連れて行きたい」と滋さん。めぐみさんを捜し求めて25年、ヘギョンさん15歳、忽然と消えた時のめぐみさん13歳を超えている。「不思議な感じがします」短い言葉に万感がこもっている。他人には及びようのない思い、言い表す言葉など到底見つけようもないが、あえて書くなら、孫娘のほほえみは、夫妻にとって苦悩の中のやすらぎ、一筋の光だろうか。その一筋の光の中に、めぐみさんの天真の笑顔と拉致された悲運を思う。拉致の暴虐を怒り悲しむ。

（2002・10・25）

万景峰号

平壌の万景台に故金日成主席の生家が保存されている。そこから登る小高い丘が万景峰だ。平壌市内や大同江が一望できる。その峰を名乗る貨客船〈万景峰号〉が来月また新潟港へやって来る。今年1月以来休止されていた航路の再開だ。9月まで10回来港の予定。この一方的な自由往来をどう見るか。拉致被害者や家族の人たちの胸のうちを思う。この船には数々の疑惑がある。北朝鮮への不正な送金に使われていた。在日工作員に指示を出した。ミサイルに転用できる機械や部品を運んだ……。蓮池透さんは著書『奪還』で「二つの国と闘わねばならなかった」と書いた。二つの国は無法国家（北朝鮮）と無能国家（日本）とも書いた。脱北難民を支援するドイツ人医師、フォラツェン氏は北朝鮮を「自分が何をしているかもわからず、わけのわからぬ行動をする指導者をいただいた国」、日本を「経済の巨人、外交の小人」と言う。万景峰号のチェック体制はこのままでいいのか。「圧力」をかけることの公表さえはばかるようでは、無能国家といわれても仕方ない。

（2003・5・28）

曽我ひとみさんの強さ

夫、ジェンキンスさんの米誌インタビューを聞いて、今夏の家族再会の場を「北京ではダメ」と言った曽我ひとみさんの強さを思った。妻として母として女性の確信だったと思う。曽我さんの待つインドネシアへ向かうジェンキンスさんに、北朝鮮は「妻を連れ帰ったら、新車、家、服、テレビなど欲しいものを金正日総書記の贈り物として与える」と約束、氏も一家で北へ帰ると言っていたようだ。再会の場がインドネシアでよかった。北の影響の強い北京ならことはどう展開したか。最初、北京を想定した当局より曽我さんの直感が上だったと思う。北の教育で長女は米国を恐れていたし、北は二女ともども平壌外国語大学に入学させ「スパイにしようとしていた」と氏は考えている。「私は人生で大きな過ちを犯したが、娘を北から脱出させたのは私ができた正しいことの一つだった」とジェンキンスさん。米軍から北へ脱走、その過ちから始まった氏の長い人生の旅が、今、一段落する。曽我さん一家4人はきょう佐渡へ。ひとみさんの故郷で平穏な暮らしを祈る。

（2004・12・7）

別人の遺骨

〈仏の顔も三度〉という。遺骨だけでも1度ならず2度までもインチキをつかまされた。他のデタラメの数々を加えれば3度はとうに超えた。北朝鮮の不実は度外れで際限がない。横田めぐみさんのものと称した遺骨は北が死亡したとする物証の核である。それが別人の、それも2人のまぜものだった。こんな代物を国と国の交渉で出してくるなんて。日本のDNA鑑定技術を見くびっていた。鑑定不能と見越していたに違いない。こんな偽物を「埋葬した遺体を掘り起こし、改めて火葬し保管していた」というのもウソになる。そう述べた人物がめぐみさんの夫というのも信じ難い。髪も血液も写真さえ拒んだことの疑わしさは一層強まった。神仏もだますことを〈仏の目を抜く〉という。そんな相手に小泉首相はじめ日本外交はいつまで仏の顔を続けるのか。いつまで愚弄《ぐろう》され続けるのか。冷静さは無論欠かせないが、首相の言う「対話と圧力」の圧力が見えない。北はたかをくくっている。「毅然《きぜん》として経済制裁を」と横田早紀江さん。その凜《りん》とした姿勢に学びたい。

（2004・12・9）

金日成閣下の無線機

日本の公権力は北朝鮮に対して長いこと実に抑制的だった。いらだたしく歯ぎしりしたいくらいの例が数々ある。今なら笑い話かと疑うような話もある。〈金日成閣下の無線機〉はそんな話の一つだ。北朝鮮の工作員2人を検挙、強制退去させた。1973年のこと。送還の際、スパイの証拠品として押収した無線機やゴムボートまで持たせて帰した。これらは工作員の所有物ではなく金日成閣下の物だからというばかばかしさ。第三者の所有物を没収するには官報に公告が必要だが、その手続きを忘れたためだった。きのう、警視庁公安部が朝鮮総連系の在日本朝鮮大阪府商工会などに対し、強制捜査に入った。拉致工作員にアジトや資金を提供した国内の協力ネットワークを解明する。この強制捜査に朝鮮総連が「公権力の乱用だ」など反発している。この公権力の行使は遅過ぎると非難されても、乱用とはとんでもない。公権力が暴走しているのはどこの国かと反問したくなる。工作員を無線機ともども万景峰号で帰した公権力の甘さ。そんなことはもう許されない。

（2006・3・24）

引き裂かれた家族

横田めぐみさんは1964年（昭和39）10月5日、名古屋の聖霊病院で生まれた。きょうが42歳の誕生日。あの年は東京オリンピックの開かれた年だった。めぐみさん誕生の5日後に五輪開会式。母、早紀江さんは病院のテレビでその中継を見た。「こういう記念になる年に初めての子が生まれたのだと思い、感慨深いものがありました」と著書の『めぐみ、お母さんがきっと助けてあげる』にある。東京五輪からきょうまでの時の流れがめぐみさんの誕生からの歳月だ。両親と過ごしたのは中1、13歳の11月まで。「めぐみ―引き裂かれた家族の30年」――

めぐみさんより若いC・シェリダン、P・キムさん夫妻が制作した映画の題名だ。2人の母国カナダや米国など4か国で公開された。11月には日本でも上映が決まり、2人はめぐみさんの誕生日に試写会のため来日した。2人の身銭を切っての活動に感動する。「もし2作目を撮るなら、ハッピーエンドを」とも言う。強く共感する。核実験実施を表明するなど相変わらずの無軌道国家とは天と地ほどの差がある。

（2006・10・5）

流浪の民

〽可愛《めぐ》し乙女舞い出でつ……なれし故郷を放たれて夢に楽土求めたり。横田めぐみさんの歌声が耳に残る。哀切極まりない。DVD「めぐみ」で聴いた◆新潟小学校の卒業式の謝恩会で6年生が全員で歌ったシューマンの「流浪の民」。その独唱部分を、コーラス部員だっためぐみさんが歌っている◆――いずこ行くか流浪の民。その歌詞とめぐみさんの境遇、運命を重ね合わせると胸をえぐられる思いだ。1977年（昭和52）11月15日のあの魔の夕からきょうで30年の歳月が流れた。両親、横田滋、早紀江さん夫妻はともに70代になった◆めぐみさんも43歳のはずだが、夫妻のまぶたの娘は今も13歳、中1のままだろう。タイムマシンがあるならば、夫妻とともに、あの魔の夕に飛びたい◆めぐみさんが帰宅する道は、新潟の寄居中学から北へ、日本海の浜辺へまっすぐ延びている。その道の拉致現場へ飛んで、めぐみさんを取り戻したい◆北朝鮮のテロ支援国家指定解除などとんでもない。大きな声で笑い、いつもにぎやかだった可愛し乙女、横田めぐみさんを返せ。

（2007・11・15）

半島へ、ふたたび

『半島へ、ふたたび』――このタイトルで著者が蓮池薫さんと知れば、読まずにはいられなかった。北朝鮮に24年も拉致されていた蓮池さんは昨年初めて韓国へ旅した。わずか8日のソウル旅行だが、さまざまな思いがあふれんばかりなのだろう100回あまりのブログに書きつづった。それをまとめて6月に刊行された『半島へ……』が、きのう第8回新潮ドキュメント賞を受賞した。拉致被害者ならではの鋭い観察が随所にみられる。ソウルでは「すべてが興味深く、そのうちの多くが24年間住んだ北を連想させた」。おのずと南北比較論が展開されている。「機内から見た韓国の赤い大地は、拉致され、絶望のなか途方にくれて眺めた北朝鮮の山野の色を蘇《よみがえ》らせた」「北での食うための闘争の一幕、恐怖を感じつつ受けた反日教育……記憶の中の北朝鮮は消し去ることができない」。この紀行に加え第2部「あの国の言葉を武器に生きていく」も読ませる。受賞おめでとう。もっともっと北の体験を読ませてもらいたい。

（２００９・８・28）

横田夫妻と金賢姫

「小さなしぐさとか、こんなことを言っていたとか、どんな小さなことでも聞きたい」。娘を思う母の気持ちは痛いほどわかる。横田めぐみさんは13歳で北朝鮮に拉致された。わずか13年の記憶しか両親に残さず行方不明になって33年、この重い歳月に耐えてきた横田滋、早紀江さんご夫妻には、いつも頭が下がる。きのう、大韓航空機爆破事件の実行犯、金賢姫・元北朝鮮工作員と面会した。特に新しい情報は得られなかったが、聞かされためぐみさんのわずかなエピソードを少女時代の面影と重ね合わせ、愛《いと》おしむかのようだった。猫が好きでたくさん飼っていた。表現が面白く、いつも周囲を笑わせる。北朝鮮でも、子どものころと変わらないめぐみさんを知って母はほほ笑んだ。そんなささやかな喜びを語る母、いつも穏やかな語り口の父には、涙を誘われる。同時にこんな理不尽を強いた北朝鮮という無頼な国家への怒りを新たにする。「めぐみ、お母さんがきっと助けてあげる」。これにもまさる決意を政府に望む。

（2010・7・22）

第6章　忘れ得ぬ人々

日本人を書いた　司馬遼太郎

「司馬遼太郎は人の気持ちを暗くするような文章を書いたことがない」と谷沢永一氏が評した。『竜馬がゆく』『坂の上の雲』……。読んで元気が出てきたことを思い出す。『峠』も『国盗り物語』も、残りのページが少なくなると、終わるのが惜しい、もっと読み続けていたい。そんな思いがした。「日本人とはいったい何者か」を司馬さんは書き続けてきた。特に『竜馬……』と『峠』は「日本人について考えたことを小説にして残しておきたいと、はっきり意図して書いた」「人間はいつか死にますが、その時の遺書のつもりで書きました」とも述べている。エッセー集の『この国のかたち』も同じ日本人への深い関心によるものだろう。「ビルの屋上から路上の人や車の動きを眺めるように、すでに完結した人生を鳥瞰《ちょうかん》する。それが歴史小説を書く面白さだ」とも書いた。その鳥瞰図を世に〈司馬史観〉という。文化勲章受章はその史観への高い評価による。司馬さんが72歳で急逝した。この国のかたちをもっと語り続けてほしかった。

（1996・2・13）

吹雪の青函連絡船　綱淵謙錠

綱淵謙錠さんに「吹雪の青函連絡船」という小文がある。廃止の決まった連絡船に乗るという思い出づくりの旅を試みる話だ。廃止前年の暮れのことで『文学界』（昭和63・1）に載っている。筆者もこの旅の数人の仲間に加えてもらった。綱淵さんには、この連絡船に深い思いのあったことを知る。昭和17年2月、17歳の綱淵少年は生まれ故郷の樺太（現サハリン）を出た。宗谷海峡を越え、さらに津軽海峡をこの連絡船で渡って、受験のため東京を目指す初旅だった。さかのぼって明治39年、綱淵さんの父・兼吉さんは故郷・山形から、この連絡船で樺太を目指した。父子二代の青函連絡船であった。戦争で、父子は樺太の地を失った。作家・綱淵謙錠は自らの文学を〈敗者の文学〉と呼んだ。歴史の流れの中で倒れていった男たちの姿を描いた。それは、父子二代の故郷喪失と無縁のことではあるまい。〈桜どれ〉とは酔いどれなどと同じ用法で桜に酔う江戸庶民の気質をいう。これも綱淵さんに聞いた。桜の散る季節にその人が逝った。

（1996・4・16）

ありがとう寅さん　渥美清

「何百回、何千回、おにいちゃんって呼んだか分からない。おにいちゃんに会えたこと、ほんとによかったと思ってる。おにいちゃん、ありがとう」と妹さくらの倍賞千恵子さん。「僕やスタッフはあなたに会えて幸せでした。27年間、本当にありがとう」と山田洋次監督。〈会えてよかった〉と〈ありがとう〉が心にしみる。弔辞に泣かされた。青空と江戸川の土手をかたどった祭壇に大きな遺影。きのう、「渥美清さんとお別れする会」に何万という「想像もできない人数」（松竹）が会場の松竹大船撮影所に集まった。「会えてよかった」「ありがとう」と言われるような人間になりたい。そうなることは、自分の方からも同じように、素直にそう言える人を持つことかも知れない。なぜ、多くの人が、寅さん、いや渥美さんに会えてよかったのか。日本人が忘れた、あるいは忘れかけたものを思い起こさせてくれたからだろう。「よお！　何だ、お前……まだ生きてんのか……いやだねえ」そんな元気なセリフを、もっと聞きたかった。

（1996・8・14）

おていちゃん　沢村貞子

「浅草の路地の朝は味噌汁《みそしる》のかおりであけた。となり同士、庇《ひさし》と庇がかさなりあっているようなせまい横町の、あけっ放しの台所から……」（『私の浅草』）。沢村貞子さんの絶品のエッセーで、生まれ育ちを知り、人となりを知ると、浅草娘のおていちゃんが名脇役になった土台と歩みがよくわかる。こんな女優さんは、もう出ない。なぜって、ぞうきん刺しから着物、羽織、はかまの縫い方まで、母マツさんに一通り仕込まれた。食べる時間を考えて漬物を漬けるころ合いもやかましく教えられた。「針がもてない女は亭主や子供にボロをひきずらせることになるんだよ。それこそ女の恥だからね」「なすは漬けごろ、娘は年ごろ」。おていちゃんはそんな風にしつけられた。おせっかいで、おっちょこちょいで、早口で照れ屋が沢村さんの自画像。「役者が立ち上がる時に、ドッコイショというようになったらおしまい」と7年前に引退。仲むつまじかった夫君の三回忌をこの7月にすませ、四代を生きた沢村貞子さん逝く。87歳だった。

（1996・8・19）

狐狸庵先生　遠藤周作

「やき芋ォ、やき芋、ほかほかのやき芋ォ」——遠藤周作さんの最後の長編となった『深い河』はいきなりこう書き出されている。手遅れになった妻の癌《がん》を医師から宣告された男が、その瞬間を思い出す時、いつもよみがえってくるのが、診察室の窓の下から聞こえたこのやき芋屋の呼び声だったと続く。重々しい長編小説の幕開きがいきなり「やき芋ォ」というあたりが「いかにも遠藤さんらしい」と佐伯彰一氏が解説している。遠藤さんはきまじめさと洒脱《しゃだつ》さをあわせ持っていた。神と人間、西洋と日本をテーマにしたカトリック作家であり、いたずら好きな狐狸庵先生であった。受験教育のばかばかしさを説き、心温かな医療をと提言した。「一県、いや一市にホスピスひとつ」という日がくることを願っていた遠藤さんが逝った。73歳だった。ユーモアにあふれた、弱者にやさしい眼差《まなざ》しの人だった。「人間には耐えられない侮辱が二つある。ユーモアのセンスがないという断言と、苦労知らずだという断言と」（シンクレア・ルイス）。

（1996・9・30）

子連れ狼　萬屋錦之介

〽ヒャラリ　ヒャラリコ……のメロディーとともに中村錦之助の甘いマスクがまぶたに浮かぶ。あの時代の記憶がよみがえる。それが大スターというものだろう。大衆の娯楽に理屈はいらない。スターを渇望する。心にしみる歌がいる。曲がいる。錦之助はあの時代が呼んだ天性の大スターだった。梨園《りえん》の御曹司《おんぞうし》が銀幕にデビューしたのは昭和29年。美空ひばりと共演した「ひよどり草紙」から〽ヒャラリ　ヒャラリコの「笛吹童子」、続いて「紅孔雀」の大ヒット。NHKラジオの超人気番組の映画化に、子供たちが殺到した。テレビが家庭に普及する前、若き美剣士・錦ちゃんはあっという間に時代劇の大スター、東映のドル箱になった。5年がかりの五部作「宮本武蔵」などを経て、世はテレビ時代に移る。〽シトシトピッチャンの「子連れ狼」は日本テレビ系で昭和48年から。名も萬屋錦之介となる。華麗なスター街道のかげに2度の離婚、倒産、難病との戦い……。64歳の昇天は早過ぎるが、並の人生の何倍も生きたとも想像する。

（1997・3・11）

吉兆つれづればなし　湯木貞一

「味には、前でも後でも、右でも左でもない、これっという一点があります」――〈吉兆〉主人湯木貞一さんはそう言っていた。料理人として初めて文化功労者に選ばれた人でなければ、こうは言えまい。〈世界之名物日本料理〉を自負していた。味に加えて季節感ともてなしの心――旬の味を大切にしてきた。「禅寺の食事のような質素な材料だけでも、高価な懐石に劣らない旬が味わえます。家庭料理でも本質は全く同じです」とも言っている。20年にわたって『暮しの手帖』誌に「吉兆つれづればなし」を連載した。日本料理のかんどころ、呼吸、美味のありかを家庭に伝えたかったからだろう。健啖《けんたん》家でもあった。孫の一人によれば「一番食欲のあった中学時代でも、おじいさんの食べっぷりには及ばなかった」。健康な体と茶道を解する心で舌を磨いた。明治34年（1901）の生まれは昭和天皇と同い年。昭和5年創業当時の〈吉兆〉は間口2メートル余りの細い小さな店だった。二十世紀を料理一筋に生き、7日に95歳で逝った。（1997・4・9）

完全試合日本第1号　中上英雄

巨人のエースだった中上（旧姓藤本）英雄さんの日本プロ野球初の完全試合を見たという友人がいる。1950年（昭和25）6月28日、青森球場の巨人―西日本戦。同年代のファンとしては、当時、青森の野球少年で、その場面を目撃したという彼がうらやましくてならない。というのは、この快挙は写真でもお目にかかれないからだ。今ではとても考えられないことだが、この遠征に同行した報道カメラマンは1人もいなかったという。『戦後スポーツあの場面あの記録』（読売新聞社刊）によると、ゲームは、前日夕に札幌から汽車と連絡船を乗り継いで当日朝に青森着という強行軍の転戦。これもまた今昔の感が強い。藤本投手が明大から巨人に入団したのは戦時中の42年（昭和17）。翌年のシーズン19完封と防御率0・73は今も不滅の記録だ。日本で初めてスライダーを投げた投手でもある。その二百勝投手・中上さんが26日逝った。戦中、戦後、この人たちがプロ野球を支えて今の隆盛があることを忘れまい。合掌。

（1997・4・28）

キャスター　料治直矢

祭壇は白い花の咲く緑の丘のようだった。中央に料治直矢さんの遺影。「めそめそすんなよ」と笑いとばしているように見えた。TBS生え抜きのキャスターだった氏の本葬がきのう、東京・中野の宝仙寺で営まれた。TBS、いや日本の放送界は惜しい男を失ったと葬儀に参列してしみじみと思った。あんなキャラクターは他に知らない。彼がアナウンサーから社会部記者に転じたばかりのころを回想する。最高裁の旧庁舎にあった司法記者クラブが彼の新しい職場だった。彼はそこへ短パン、ゴム草履で出入りした。変わって見えたが、飾り気のなさが彼の身上と知る。鬼検事・河井信太郎さんも「料ちゃん」と呼んでかわいがったものだ。キャスターとしては「口数が少なく無愛想な硬骨路線」などの評もあるが、信頼感、存在感は抜群。無愛想でも恥じらいを含んだ時折の笑顔に視聴者は親しみを感じた。飾ることのインチキ性を知っていた。優しさが根にあった。釣りを好み、ラグビーを愛した。いかつい彼は東大美学科の出だった。

（1997・8・19）

動く浮世絵　武原はん

「私にとって舞は命です」と言っていた。帯留めにも「舞」の字が彫られていた。明治調の髪と背筋の伸びた姿があでやかだった。その日本舞踊家・武原はんさんが95歳で逝った。美しい容姿とこまやかな芸は「動く浮世絵」と言われた。その舞い姿を、はんさんは生涯をかけてつくりあげた。明治36年、徳島市に生まれる。12歳のとき、貧しかった一家は大阪に移る。8人の子の長女だったはんさんは「口減らしに」と芸妓《げいぎ》学校に入った。首が前へ出る癖を直すために、着物の襟に縫い針を逆に刺してけいこをした。「地唄舞は能を基本に柔らかく演じたものです。浮世絵や文楽を見て工夫しました」。京阪の座敷舞だった地唄舞を舞台芸術に高めた。毎朝、太陽を拝み謡曲「翁」をうたい、乱拍子や急の舞をさらう。心肺、足腰の鍛錬が長く日課だった。舞の姿を天井までの二面の鏡にいつも映した。〈熱燗《あつかん》に今日の命をいとおしむ　はん女〉――「100歳まで舞いたい」と願っていた。その人の舞に幕がおりたことを惜しむ。

（1998・2・6）

新幹線生みの親　島秀雄

「新幹線生みの親」である島秀雄さんは、実は昭和39年10月1日、東海道新幹線の華やかな開業の式典に参列していない。東京・北品川の自宅から遠く一番列車を見送った。今では信じられないような話だが、前年に国鉄技師長を辞任した島さんには、式典の招待状も来なかった。開業前年、建設費大幅超過の責任を取る形で退任した十河信二総裁と進退を共にした。工事はほぼ完了、練習運転なども手配して開業のメドが立っての辞任だった。「成功は見極めていたから、辞任は何でもなかった」。その進退の潔さを思う。だが、開業式の招待なしには、さすがに「えいクソッと思った」という。後にその功で文化勲章も受章した人の遇し方に、当時の国鉄の不明を思う。「夢の超特急」を現実にした氏は、プラットホームの安全についての提言も残した。いとこがホームから転落死したつらい体験がある。その安全の提言を遺言のつもりと言っていた。未来の夢と安全を見つめて生きた大技師長・島秀雄逝く。その96年の生涯に合掌。

（1998・3・19）

光陰の一生　高田好胤

「好胤（光陰）矢のごとし」と自らも言った。奈良・薬師寺の管主、高田好胤さんは、その名のごとく、まことに行動的な僧だった。法話に、講演に、テレビ出演に、寺の伽藍《がらん》の復興の勧進行脚に……。「一日の光陰は短しといえども、これをむなしゅうするなかれ」――お経の教えを体現するかのように行動した。修学旅行の生徒たちを相手に薬師寺の歴史や文化をわかりやすく、楽しく語った。自ら「案内坊主」と言ったこの仕事は「仏の心と民族精神の種まき」だった。荒れ果てていた薬師寺伽藍の復興に尽くした。般若心経を写経してもらい、納経料の寄進で寺を再建する。ただの金集めでない写経勧進の方式は、これもまた仏の心の種まきだった。「相手を立て、人を立て、これが無我の心、仏の心。今の世に欠けた心。テレビ、洗たく機はおいても神棚、仏壇をおくところがない。場所がないのではなく、うやまう心がないからだ」。無我の養いのない身には耳の痛い説法だ。多くの言葉を残し師はきのう光陰の一生を74歳で終えた。（1998・6・23）

『旅』 戸塚文子

故人の遺志で死は公にされず、葬儀もない。何日か後にようやく知られる。そんな例が時々あるが、この人のケースはとびきりだ。戸塚文子さんが昨年11月7日に亡くなっていたと、きのうの死亡記事。神奈川県茅ヶ崎市の老人ホームで人生の旅を84歳で終え、8か月余にもなる。雑誌『旅』の元編集長で随筆家。独身で美貌《びぼう》、キャリア・ウーマンの元祖のような人だった。1934年（昭和9）、日本女子大英文科卒、「ジャパン・ツーリスト・ビューロー」に入社。日本交通公社の前身である。当時、朝夕の通勤の人波に女性はまばらだった。定期券を忘れても「おはよう」で改札を通れたほど。東京駅の改札掛はみな戸塚さんを知っていた。女性の社会的能力を実証するため独身で男に負けず働いた。旅行の代理店も専門誌も日本に一つしかなかった時代に、今の隆盛へ道をつけた働く女性の大先輩だ。旅行は速く便利で快適になった。が、旅の持つ原初的な本質が失われつつある。戸塚さんはそれを「少々、不気味」とも思っていた。（1998・7・16）

国際貢献と銃弾　秋野豊

タジキスタンで銃撃された前筑波大助教授・秋野豊さんは出発から3か月ぶりに遺体で帰国、きのう札幌の自宅で密葬が行われた。「やっと私のそばに戻ってきたことをうれしく思っています。今後、秋野の死を無駄にしないよう、たくさんの若者が後に続いてくれるよう祈っています」と妻の洋子さん。「旅立つ前、父と話し合い、父がなぜ行かなければならないのか、子供として理解できました。小さい時から、親友として対等に付き合ってくれた素晴らしい人間でした」と長女のさやかさん。出迎えた新千歳空港は涙雨だった。悲しみをこらえて語った母娘の気丈さに胸が詰まる。不慮の死の後、妻に、娘にこう語らせることのできる男はそう多くはいないだろう。長女は「父はいつも帰省する私を空港や駅に出迎えてくれた。今日は私がおかえりなさいを言いに来ました」とも言った。無言の父と母娘の固いきずながうかがわれた。ロシア研究者の中でも行動派の第一人者は、第一級の夫であり父でもあった。若者たちよ、後に続くを信ず。

（1998・7・27）

ザトペック投法　村山実

ザトペック投法が今も目に浮かぶ。炎の投手、熱血漢だった。全盛期のONに真っ向勝負を挑んだ。牙《きば》をむいた猛虎《もうこ》のようだった。阪神の村山実投手は、巨人戦の天覧試合、長嶋のサヨナラホームランとともに語られることが多いが、あれは村山がルーキー、長嶋はプロ2年目、昭和34年のことだった。その苦汁をバネに名勝負を続けた村山は1500と2000個目の記念すべき三振奪取を長嶋から果たし、お返しをした。快速球もフォークボールも目を見張る特級品だった。プロ初登板は、大投手金田と投げ合った国鉄戦。わずか1安打の完封勝ち。七回一死まで無安打であわやノーヒットノーランというデビューだった。が、その後も彼にノーヒットノーランはない。常に逃げずに、初回から全力投球したことの反面だろうか。1球の判定に涙を流してくやしがり、抗議—退場もあった。その村山実さん逝く。夏の甲子園大会の決勝、横浜高の松坂投手がノーヒットノーランで全国をわかせた22日の夜、ひっそりと早すぎる旅立ちだった。

（1998・8・24）

さよなら、さよなら、さよなら　淀川長治

「末期の水って、みんなに言うの。きょうのしゃべりが最後という気持ちなんです。本気で、本気で、本気で」。解説の前に、いつもコップ一杯の水を飲む。「ハイ　またお会いしましたね」「さよなら、さよなら、さよなら」——映画の前と後で計2分半、淀川長治さんの軽妙な語りとユニークな解説は、そんな本気が支えていた。試写を見てから解説のビデオ撮りまでの1週間、何をどう話すか懸命に想を練る。夜中に目が覚めて、ふっとヒントが浮かぶと、まくら元のメモ帳に手を伸ばした。つり上がった太いまゆ、やさしい笑顔で人気だったが、映画の

解説以外は、テレビ番組の出演もCMの依頼も断った。あくまでも映画評論家なのだった。「チャプリンが人生の先生」だった。その神様と会ったとき「僕がどの映画も隅々まで知ったんでびっくりしてましたねえ。僕と同じ背の高さでね、ウフフフ」。死の前日に、2本の映画の解説を収録した。淀長《ヨドチョー》さんは89歳で文字通り生涯現役の人生にさよなら、さよなら、さよならをした。

（1998・11・12）

金沢の女　井上雪

井上雪さんは金沢で生まれ育ち、金沢の寺に嫁いだ。北国の女性の目で四季の暮らし、食べ物や行事、風習……を書きつづった。その文章はしっとりした季節感、生活感があって味わい深い。ふるさとが金沢の人は言うに及ばず、旅した人、金沢にゆかりの人、関心を持つ人なら、きっとひかれる味がある。筆者にも金沢は懐かしい。駆け出し記者の日々を過ごした街だ。その追憶を確かめるとき、雪さんの助けを借りる。直接ではない。その人の著作を通じての話だ。例えば『金沢の風習』。この本は優雅にも雪、花、月の3章に分かれている。加賀雑煮に始まって、大乗寺の除夜の鐘まで、四季のあれこれがこまやかな女性の目で描かれている。春秋のまつりに、どこの家でも作っていた押しずしは今も健在だろうか。氷室、百万石まつりの茶会、どじょうの蒲焼《かばやき》、虫送り、報恩講、雪吊《ゆきつ》り、かぶらずし……。そんな金沢の暮らしを生き、四季のしきたりを伝え、いとおしんだ作家・俳人の井上雪さんが68歳で逝った。早すぎる旅立ちに合掌。

（1999・4・6）

花嫁の父　正田英三郎

「父の日」のきのう、「皇后さまの父」の通夜がしめやかに営まれた。その2日前に亡くなったその人、正田英三郎氏のことを思う。新聞の訃報《ふほう》には40年前の4月10日朝の写真が添えられていた。嫁ぐ美智子さまを見送る正田家の人々の左端に英三郎氏。当時、55歳、端然とした花嫁の父の姿だ。その日からの歳月を思う。以来、皆無ということはないだろうが、新聞の写真などで目立った正田さんの姿はほとんど記憶にない。目立つことは公私ともに努めて避けた日々。名門企業のオーナーとして、皇后の父として自らを厳しく律した。その立場から、「公私を峻別《しゅんべつ》、終生栄誉や顕職からは身を遠くに置かれ……」と鎌倉節・宮内庁長官。「いつも笑顔を絶やさない円満、温厚な方」とは安嶋彌・元東宮大夫。立場が余りにも違うといえばそれまでだが、正田さんの95歳の生涯に「花嫁の父」の心情を思う。「母の日」に比べ影が薄いなどといわれる「父の日」だが、正田さんは、父の大きさと強さについて、改めて考えさせてくれた。

（1999・6・21）

太く長い投手人生　別所毅彦

別所毅彦さんは頑健無双だった。中3日で投げるのが一番調子がいいと言っていた。中4日をあけられると、もう機嫌が悪い。5日もあこうものなら、顔色変えて水原監督に食ってかかったものだ。調子が悪くなるばかりでない。登板数、ひいては年間の勝ち星が減って、給料に影響してくるというのだ。これは故青田昇さんの回想。「いま時のピッチャーと何という違いだろう」と青田氏の著書『サムライ達のプロ野球』にある。二人は「あお」「べーやん」の仲だった。プロ通算310勝は歴代5位だが、1〜4位は金田、米田、小山、鈴木で、すべて戦後の投手。昭和17年プロ入りの別所の場合は、戦争で中断のハンデを負っての大記録だ。別所以前に300勝に到達した投手はスタルヒンしかいなかった。投手につきものの肩やひじの痛みを知らずに過ごしたという超人、「太く長い」投手人生だった。その別所さんが逝った。76歳だった。「百まで生きる」と青田さんはみていたのに。ひたすら待ち望んでいた巨人の優勝も見ずに。

（1999・6・25）

明晰な頭脳　江藤淳

歯に衣《きぬ》着せぬ物言い、明晰《めいせき》な論理の人だった。それでいてパーティーなどでは、少年がそのまま大人になったような笑顔をみせた。その人、江藤淳さんと自殺はなかなか結びつかない。自死するような人ではないと思っていた。が、それはこちらの勝手な思い込みだったようだ。明晰な頭脳の死を惜しむ。こうなってみれば、まっ先に『妻と私』（文芸春秋）を思い出す。昨年、がんで亡くなった妻・慶子さんを介護した日々などをつづった鎮魂記。愛妻への思いに涙した。加えて、自身も体調を崩し、氏は慶子さんのもとへ旅立った。氏自身の分析でもない限り、原因は憶測にすぎないが、愛妻に先立たれた悲しみは限りなく深かったであろう。「花は残るべし」というエッセーで氏は「果して自分が威厳と美とを兼ね備えた老年を過ごすことができるだろうかと、しばしば自問することがある」と書いている。「花を残そうという緊張がなければ、老いに伴う威厳の生じようはずがない」ともある。もっともっと花を残してもらいたかった。

（1999・7・22）

捕虜第1号　酒巻和男

酒巻和男さんの訃報は小さかった。今はもうその名を知る人も随分少なくなった。太平洋戦争の「捕虜第1号」だった人である。昭和16年12月8日、開戦とともにハワイ・真珠湾を攻撃した二人乗り特殊潜航艇の艇長で海軍少尉だった。5隻で奇襲をかけたが、酒巻艇は方向を定める計器が故障していた。米駆逐艦の爆雷をくぐって何度も突入を試みたが、方向を失った艇は座礁した。これで捕虜第1号となった酒巻さん以外の9人はやがて「九軍神」とたたえられる。その大本営発表は開戦翌年の3月、今から見れば、随分遅れた発表で、5隻なのになぜ9人なのかという素朴な疑問もあったが、それを口に出して騒ぐような時代ではなかった。戦後、酒巻さんはトヨタ自動車のブラジル法人社長などを務め、先月29日死去。開戦から58年目の12月8日を待たずに逝った。生きて捕虜となることが恥とされた昔の話。恥を極度に重く考えるのは息苦しい。が、近ごろは軽過ぎる。恥知らずの恥ずべき事件が多発して今年も残り1週間。

（1999・12・24）

東京に五輪をよんだ男　フレッド・和田勇

フレッド・和田勇さんの生涯はボランティアのかがみだった。ご冥福《めいふく》を祈り、日米のかけ橋として奔走されたご尽力に心からありがとうと申し上げる。ロサンゼルスの病院で12日死去。93歳。1949年、全米選手権に戦後初参加した日本水泳チームに自宅を宿舎として提供した。フジヤマの飛び魚・古橋らの世界新記録連発は戦後の日本をどれだけ力づけてくれたことか。和田さんがその陰にいた。早朝、野菜や果物を市場から仕入れる仕事をしながら、世話してくれた氏の姿を古橋さんらは決して忘れない。これに始まる日本スポーツ界への長い貢献にはいくら感謝してもしきれない。東京五輪の招致には、南米諸国の協力を求めて飛び回った。晩年は、戦前から苦労の多かった日系人が余生を送るホームの改築などに奔走した。氏は米国生まれの日系二世だが、「分かち合いの心は幼いころ数年過ごした両親の故郷和歌山の漁村で学んだ」。戦時中はユタ州へ移住するなど辛酸の日々があった。日本大好きの和田さんの献身に誇らしい日本人の原形を見る。

（2001・2・14）

偉大なサブマリン　杉浦忠

杉浦忠さんはさる10月1日、甲子園球場のスタンドにいた。彼の視線の先に長嶋巨人監督の姿があった。この日を最後にグラウンドを去る球友をしっかり見ておきたかったのだろう。チームメートだった立教時代、セとパに分かれて戦った日本シリーズ……、自分自身の歩みと重ね合わせて感慨もひとしおだったに違いない。その日からわずか40日の後、自らが世を去ろうなどとは知るよしもない。旅先の札幌で往年の南海ホークスの大投手・杉浦忠の死は余りにも急だった。66歳は早過ぎる。同時代を生きたファンにもさびしい限りだ。「写真の笑顔が学生時代の思い出と重なる」と、通夜の席で長嶋氏。杉浦、長嶋を主軸とした立教は強かった。彼らが4年生の昭和32年と翌33年に東京六大学で四連覇。プロでは通算１８７勝１０６敗。日本シリーズの4連投4連勝、シーズン38勝4敗は語り草だ。名球会の２００勝に達しなかったのは今では考えられない大車輪の登板による。きのう、葬儀。サブマリンの浮き上がる速球と大きなカーブが目に浮かぶ。

（２００１・11・15）

王将　村田英雄

〽吹けば飛ぶような　新聞紙《しんぶんがみ》に　賭けた命を　笑わば笑え……。言うまでもなく村田英雄さんの大ヒット曲「王将」の替え歌だ。あのころ、もと歌の「将棋の駒」を「新聞紙」に替えて、サツ回りの社会部記者たちが、そう歌っていた。私もサツ回りの一人だった。東京オリンピックの2年余り前、歌はその時代を思い出させる。東京・新宿の淀橋警察（現新宿署）で各紙の仲間と歌った。「生まれ浪花の……」は「お江戸・新宿……」と替えた。「なにがなんでも　勝たねばならぬ」は「なにがなんでも　抜かねばならぬ」。そうは歌ったが、抜いた記憶はない。

でも「通天閣の灯」ならぬ「東京のネオン」を仰ぎ、この歌から「俺《おい》らの意気地」「おれの闘志」を教わったように思っている。「王将」の心は、まぎれもない浪花節だった。浪曲出身の村田さんは失われ行く強い男性像や日本の価値観を男くさく歌い続けた。後に「王将は今だったらヒットしないでしょう。今はみんな満腹ですから」と語っている。村田英雄逝く。その〈人生劇場〉に喝采、ご冥福を祈る。

（2002・6・14）

端正なアナウンス　北出清五郎

80歳で亡くなった元NHKアナウンサー、北出清五郎さんの訃報に、東京五輪も、昭和の相撲も遠くなったとしみじみ思う。「世界中の青空を全部東京に持ってきてしまったような、すばらしい秋日和でございます」。こう始まった五輪開会式のアナウンスは放送史に残る。冬の札幌五輪のジャンプで「さあ笠谷、金メダルへのジャンプ。飛んだ！　決まった！」も北出アナだが、ご本人が一番忘れないでほしいのは名勝負の数々を手がけ大好きだった相撲の放送ではないか。古いファンはそう思う。「隅田の川面にやぐら太鼓のバチ音が響いて、風薫る夏場所の初日であります」――相撲中継がテレビ化した1953年・夏場所から85年まで長く相撲の北出だった。広く深い相撲の知識と正確な取り口描写。「実況中継はその場で見たこと、感じたことをしゃべる。前に考えてもダメ。人の気づかぬところも見つめるセンスと常に勉強が必要」と言っていた。テレビ五十周年の春が氏の人生の千秋楽になった。おかしな日本語の横行する今、端正なアナウンスが懐かしい。

（2003・2・28）

豆腐屋の豆腐　小津安二郎

「豆腐屋は豆腐しか作らない。せいぜい作ってもがんもどきだ」という言葉はいかにも小津安二郎らしい。わが道に徹した映画作りへの思いが心にしみる。死の病となった首のはれもので入院したときには「おれも一人前の豆腐屋になれたよ。がんもどきを作ったんだからな」と軽口をたたいたそうだ。冷ややっこも湯豆腐も、すき焼きの中の豆腐も豆腐は豆腐。小津作品はくり返し、くり返し似たテーマを見る人に問いかけた。父と娘、夫婦、義父と嫁……家族のきずなと心情を見つめた。静かにローアングルで。主人公は同じ名前が多い。「晩春」「麦秋」「東京物語」の原節子が演じた役は、姓こそ違えいずれも名は「紀子」。また多くの父親を演じた笠智衆の役は「周吉」が多かった。似た映像の似た味が小津作品の豆腐の味であろう。遺作となった「秋刀魚の味」のフィナーレは娘を嫁がせた夜の元海軍艦長で男やもめの父の姿。笠智衆の演じたその父の姿が小津作品のENDだった。お茶漬の味、秋刀魚の味、豆腐の味、よき日本の家族の味と姿を永く残したい。

（2003・12・12）

サンワリ君　鈴木義司

毎日の夕刊で見慣れたいつものところに、いつものものがない。もう20日になる。鈴木義司さんの連載漫画「サンワリ君」。今月2日の掲載が絶筆となった。さびしい限りだ。社会面の左肩が定位置だが、世相を映す事件・事故などのニュースの多いこの面からオアシスが消えたような感がある。鈴木さんの死は、休載から2週間後の17日。ベッドの上でも描き続けた〈生涯現役〉の死だった。「サンワリ君」のデビューは1966年(昭和41)6月22日の夕刊。以来38年、1万1240回の連載だった。思えば巨人の堀内恒夫投手がルーキーの年から、監督になった今年まで続いたということ。きのうの朝刊「気流」欄で「子供のころ、サンワリ君は私にとってとぼけたお兄さん、そして今では、頼りない弟のような存在でした。ほのぼのとした温かい人間味が伝わってきました」と川崎市の主婦・小川良子さん(48)。さえない〈三割引きの独身サラリーマン〉を描きつつ、鈴木さんは〈人生の三割打者〉を目指した。〈継続は力なり〉を思う。

(2004・7・22)

帝国ホテルの顔　村上信夫

帝国ホテルで食事をしたことのない人にもその顔は広く知られていた。テレビの料理番組で出会った村上信夫さんの肉付きのいい、にこにこ顔は一度、目にしたら忘れられない。村上さんは長く帝国ホテルの顔だった。初めてNHKの「きょうの料理」に出たのは1960年(昭和35)。本格的なフランス料理がどこでも味わえる今とはまるで環境の違う時代のことだ。ワインをブドウ酒と言った時代。洋風五目焼き飯、ちくわぶのグラタン、洋風焼きうどん……フランス料理とはかけはなれたメニューの数々も伝授した。初めは渋々だったが、この経験が村上流料理伝達法の基礎になったという。同時に家庭料理とは縁遠かったフランス料理を食卓に浸透させることにもつながった。村上さんは厨房《ちゅうぼう》で怒らない。怒ると塩味がきつくなる。味付けに響く。「出社前に奥さんとケンカするなよ」と後輩に教えた。「料理の極意は愛情、工夫、真心」と著書の『帝国ホテル厨房物語』にある。元帝国ホテル総料理長・村上信夫さんが「フルコースの人生」を終えた。84歳。

（2005・8・5）

球界の紳士　藤田元司

長嶋の後、王の後の巨人軍監督、それをできる男は藤田元司をおいてほかにいなかった。現役時代は先発完投の大エースが監督としては、後輩の大スターの救援を2度も果たした。重荷を背負って通算7年、2度の日本一、4度のセ・リーグ制覇をやってのけた。巨人の歴史を語るとき欠かせない。その藤田元司さんが74歳で逝った。残念でならない。原巨人の今シーズンをだれよりもしっかり見届けてもらいたかった。1980年秋のドラフト会議で4球団が競合した原辰徳のクジを引き当てたのが新任の藤田監督。81年にはルーキー原とともに監督1年目でいきなり日本一。王監督の後、2度目の監督に就いた89年も日本一。近鉄とのシリーズで3連敗から4連勝、この時の采配《さいはい》を思い出す。第5戦の七回、このシリーズ初戦からそれまで18打席0安打の原が二死満塁でホームラン。代打も考えられた場面だが、そんなことはしなかった。最終戦にはこれで引退というベンチの中畑清を代打に送ってこれもホームラン。この采配、〈球界の紳士〉は〈情の指揮官〉だった。

（2006・2・10）

昭和に帰った　久世光彦

ひょっとしたら昭和へのタイムマシンに乗ってこの世から突然消えたのではないか。久世光彦さんの急逝をそんなふうに思った。昭和に限りないノスタルジアを抱いていた人だ。演出家にして作家。テレビドラマ、舞台の演出は言うに及ばず、小説、エッセー、作詞と幅広く活動した鬼才の死を悼む。作品には〈生まれ育った昭和〉の空気、情景、肌触りが濃密だった。帰り来ぬ時代への郷愁が込められていた。向田邦子さんと組んだテレビドラマ「時間ですよ」「寺内貫太郎一家」……一時代をつくった。「テレビも文学も舞台も真剣な遊び。牛若丸みたいにここと思えばまたあちらと遊ぶのが好きでね」と語り、小説『一九三四年冬―乱歩』で山本周五郎賞。『聖なる春』で芸術選奨文部大臣賞、『蕭々館《しょうしょうかん》日録』で泉鏡花文学賞。『マイ・ラスト・ソング』は人生最後に聴きたい歌は何かがテーマで懐かしい昭和の歌たちに捧《ささ》げた本。『雛《ひな》の家』は一昨年刊。子供のころ端午の節句より桃の節句が好きだった。その雛祭り前日に逝った。最後に聴いた歌は何だったか。

（2006・3・3）

望郷指数　米原万里

米原万里さんの早世を悼む。56歳は早過ぎる。小気味いい切り口、歯切れよくウイットとユーモアあふれる文章にもう出会えなくなるのが残念で悲しい。米原さんは小学校3年から中学2年までの少女期をプラハで過ごし、そこで50以上もの国から来た外国人の子女ばかりが通う「ソビエト学校」で学んだ。いわゆる帰国子女。〈望郷指数〉はプラハ時代に彼女が思いついた造語だ。級友たちを見て故国への愛着は故国と離れている時間と距離に比例することを発見した。大国より小国、強い国より弱い国、故国が不幸なほど望郷指数は高くなる。少女時代の体験、感性が後年、ロシア語通訳の仕事を助け、エッセー、ノンフィクション、小説など数々の作品に実を結んだ。望郷指数はエッセー集『真昼の星空』にある。『不実な美女か貞淑な醜女《ブス》か』は読売文学賞。『嘘つきアーニャの真っ赤な真実』は大宅壮一ノンフィクション賞。米原さんはカルチャーショックを見事に乗り越えた帰国子女のはしりで大先輩だ。体験を生かした作品は力作で面白い。感動がある。

（2006・5・30）

ミスター司法行政　矢口洪一

ミスター司法行政と呼ばれた元最高裁長官の矢口洪一さんは〈洪〉の字が示すように〈大きい〉〈広い〉を思わせる人柄だった。柔軟な思考のできる人だった。「裁判官は法律家である前に良き社会人、円満な常識人でなければならない。裁判所の機構と人が化石のようであってはならない」。いつもこんなことを考えていた。マスコミや一般企業、行政官庁で、裁判官を研修させる制度をつくったのもそんな考えからだ。裁判を離れ自己を見直す。「裁判官は裁判ができなくては困る。しかし裁判しかできなくても困る」。もう40年余も昔の海外出張中、米国横断の機内で矢口さんは米人母娘に職業を尋ねられた。裁判官と答えると、母親が「陪審制度をどう思うか。陪審こそ民主国家アメリカの誇り」と熱っぽく語った。矢口さんはその母親の言葉に、正義感に裏打ちされた民主主義への確信を感じた。3年後に日本で始まる裁判員制度は、さかのぼるなら、矢口さんとこの母娘の出会いが起こりだったのかもしれない。裁判員制度の結実を見ずに、矢口洪一氏逝く。86歳。

（2006・7・27）

人生80％主義　斎藤茂太

〈人生80％主義〉――斎藤茂太さんの著書に教わったことは山とあるがきわめつきはこれかと思っている。氏の生き方は「100％を求めずに日々やるべきことはやりながら、暗くならずに愉快にやろう」「常に高い目標ばかりを掲げていては、いつまでたっても悩みは尽きない。80％でよしとする勇気を持とう。残りの20％は次へのバネとしてとっておけばいいのだ」。この人生80％主義を信奉したおかげで、どれだけ気を楽に持てたことだろう。〈一笑一若一怒一老〉もいい。近ごろの世相にはつい一怒を頻発しがちだが、一笑を心がけよう。〈豆腐の如《ごと》く融通無我のすすめ〉というのも含蓄が深い。「豆腐ほどよくできた漢《おとこ》はあるまい」という俳人荻原井泉水の随筆をもとに茂太さんがまとめた人生論だ。三章からなり、順に〈しまりがあって軟らか〉〈煮ても焼いてもよろしく〉〈和して味さまざま〉。モタさんは精神科医でエッセイスト。というよりは人生の達人。笑顔で生き方を教えてくれた。90歳の斎藤茂太氏逝く。数々のご教示ありがとうございました。

（2006・11・22）

卑ではない　城山三郎

『粗にして野だが卑ではない』――城山三郎さんの著。77歳で国鉄総裁になった石田禮助の生涯を描いた作。石田氏が国会の委員会で初めて自己紹介した言葉を作品の題にした。城山さんは〈卑しさがないこと〉こそホンモノの人間の一番大切な尺度と考えていた。城山さんは「組織」と「個人」を生涯のテーマとしていた。その氏の作品の主人公たちに卑しい男はいない。『雄気堂々』の渋沢栄一、『落日燃ゆ』の広田弘毅、『男子の本懐』の浜口雄幸と井上準之助、『辛酸』の田中正造、『官僚たちの夏』の風越信吾……。これら著作とは別に、城山三郎編の『「男の生き方」四〇選』上下2巻がある。そこで城山さんは「自分だけの、自分なりに納得した人生――それ以上に望むところはないはずだ」と書いた。四〇選は「そうした思いを貫いた男たち、疾風怒濤《どとう》の時代を逞《たくま》しく凜《りん》と生き抜いた男たちの大集合」。城山さんは経済小説のパイオニアだが、「金もうけのうまいことなどおよそホンモノと関係ない」と言っていた。ホンモノの一人、城山三郎逝く。79歳。

（2007・3・23）

浦安うた日記　大庭みな子

『浦安うた日記』――大庭みな子さんの訃報を聞いて、真っ先にこの作品を思い浮かべた。短歌をまじえて、夫との晩年の日々をつづった作品である。〈トシよトシ今ここにトシあればこそナコここにありその余は識《し》らず〉——自分はナコ、夫の利雄さんはトシ。脳梗塞《のうこうそく》で車いすの身となったナコは、トシに介護された。終《つい》の棲家《すみか》、浦安の日々は〈終わりの蜜月《みつげつ》〉だった。車いすを押すトシは毎日、何度か昔々の日記を読んでくれる。ナコはもう前世のような昔の時間を取り戻し、前の世をもう一度ゆっくり生きた。若き日、恋人のトシの家を初めて訪ねた時、ナコはサクラマスの味噌《みそ》漬《づ》けをお土産に持って行った。新潟の家の近くの川に上がったマス。以後トシはその味にとりつかれた。トシの一生の思い出の味はそのマスと、ナコの下宿を初めて訪ねたとき、ナコが作ってくれた餃子《ぎょうざ》。トシはアラスカでサケ、マス釣りに明け暮れた。ナコにはアラスカのサケが生涯忘れられない味。〈行く春や雨にけぶりてサクラマス年月を追い濃き味となる〉。味の濃い76年だった。　（2007・5・25）

カリスマ　宮本顕治

日本共産党の元議長・宮本顕治氏が重体と聞いて、死亡記事の準備をしたことがあった。きのうきょうの話ではない。それから10年になる。きのう、宮本氏逝く。98歳になっていた。獄中12年など波乱の生涯だったが、天寿を全うした長命といえよう。今でこそ〈ミヤケン〉を知らない若者が大多数だろうが、氏ほど長期にわたり、1人の人物が党の実権を維持した例は日本の政治史上、見当たらない。1958年の書記長就任から97年に議長を勇退するまで実に39年。カリスマで党の歴史そのもののような感もある。夫人の作家・宮本百合子が先立ってすでに56年、顕治氏には姉さん女房、このおしどり夫婦は暗い党のイメージをいくらかはやわらげたかも知れない。氏に「網走の覚書」という小文（『文芸春秋』昭和24年10月号）がある。「スパイ査問事件」で入っていた東京拘置所、網走刑務所の回想記だ。氏は敗戦を網走で迎えた。独房の小窓から見た「夕焼け雲ほど印象に残る空を見たことがない」とある。長い獄窓生活が後のカリスマをつくったのかも知れない。

（２００７・７・19）

こころの処方箋　河合隼雄

河合隼雄さんの死を悼む。元文化庁長官、臨床心理学の第一人者。当コラムは、先生の名言を何度も引用させていただいた。直接の師ではないが恩師に等しい。著書『こころの処方箋』などが教科書だ。心理学者が初手から「人の心などわかるはずがない」。「ふたつよいことさてないものよ」「マジメも休み休み言え」「物が豊かになると子育てが難しくなる」と続く。数々の名言は意表を突いたり、機知に富んだり、楽しく読めて納得できる。文字通り処方箋、生き方の道しるべと思った。〈灯台に近づきすぎると難破する〉――きょうはこの処方箋を紹介したい。灯台は航路を照らす。位置がわかるが近寄りすぎると船は難破する。理想に至るまで距離や障害がある間は理想という灯台を目標に突き進んでよい。しかし近くに見えてきたら慎重に進むがいい。初心は理想を目指すが、便利や能率はしばしば人間の余裕を奪う。インサイダー取引の村上ファンドを思う。初心はこんなことではなかったはずだ。利益至上主義で航路を誤り、難破したように見える。

（２００７・７・20）

忘れ得ぬ書家　成瀬映山

「就職ですよ」――書の世界に入ったきっかけをそう語っていた。書家で文化功労者の成瀬映山さんの話。実に気さくな弁だ。終戦直後、東横百貨店に入社、宣伝部でチラシや商品につける札などを書いていた。当時は何でも手書きでその専門職があった。そこで書道の講師に来ていた青山杉雨氏に出会う。後に師となる人だ。映山さんは伝統書法を代表する大家だが、題材には柔軟な考え方で「古典の詩文でなくても感銘を受けたものを書けばよい。書の題材は自由なんです」と言っていた。ここで私事にわたって恐縮だが、氏の作品の題材に驚いたことがある。1999年8月、東京・上野の東京都美術館で開かれた読売書法展に映山先生が出品された作のことだ。何とそれは当コラム「よみうり寸評」の全文だった。交通事故死の被害者と加害者をテーマに物言わぬ被害者と遺族の思いを書いたもの（99年6月4日付）だった。それを「杜甫詩」の書で知られる大家が題材にして下さった。当欄には忘れ得ぬ書家、成瀬映山さんが先週、16日に87歳で逝った。合掌。

（2007・7・23）

アナログの鬼　阿久悠

〈ぼくの原稿は　手書きで　縦書きです　いまや少数派だそうです……縦書きですから　読ん

でいる人は自然に頷《うなず》くのです……世の中はデジタルの時代でしょう　それでも人間の心はアナログなのです〉。「アナログの鬼」と題した作詞家・阿久悠さんの言葉だ。〈二十一世紀　ぼくはアナログの鬼となります〉と結んでいる。きのう、東京のホテルで開かれた阿久悠さんを送る会の会場に自筆のこの言葉が飾られていた。ヒット曲の数々が演奏され、1200人が故人をしのんだ。改めて先月1日に亡くなった鬼を悼む。生涯に5000曲の詞を書き、売り上げ累計6800万枚。その舞台裏について、作曲家の都倉俊一、小林亜星さんが『文芸春秋』10月号で対談している。「初対面の印象は年下なのにちょっと怖かった」「人間好きのくせにすごく人見知り」「パッと時代の気分を匂《にお》わせる」「タブーに挑戦した」「〈舟唄〉と〈UFO〉が同じ人の作なのかという驚くべき幅の広さ」「天才」。しみじみ飲めば、しみじみと鬼が残した愛すべき名歌たちを思い出す。（2007・9・11）

山姥　鶴見和子

〈その日その日歩く稽古《けいこ》す残されし短き刻《とき》をよく生きむため〉〈死ぬるとき悔いなき生を生きたりとことほぎてこそ死なめとぞ思う〉。鶴見和子さんの歌集『山姥』が藤原書店から刊行された。昨夏、88歳で亡くなった鶴見さんの最終歌集である。脳出血後の10年余、宇治市の「京都ゆうゆうの里」で過ごした自分を〈山姥〉と呼んでいた。若き日の第1歌集が『虹』、80代になっての第2歌集『回生』、第3歌集『花道』に続き最晩年の心境を詠んだ第4歌集。佐佐木幸綱氏によると、80代で3冊も歌集を出したのは窪田空穂に次ぎ歴代2位。鶴見さんは15歳で短歌を始め、70代になって脳出血で倒れた後に、ふたたび短歌を始めた。以来あふれるように短歌が出てきた。実り豊かだった晩年に驚嘆する。半世紀死火山となりしを轟《とどろ》きて煙くゆらす歌の火の山――ご本人にも、うれしい驚きだったのではないか。若き日に身につけた短歌のリズム、五七五七七の玄妙な力にも感動する。群を抜いて透明でストレートな歌（佐佐木幸綱氏の評）が心に染みる。

（2007・10・29）

野球と相撲の名アナ　志村正順

戦後間もないころの野球少年には限りなく懐かしい人だ。往年の名アナウンサー・志村正順さんが逝った。昭和がまた遠くなった。数々の名調子が耳によみがえってくる。94歳で昨年12月1日に亡くなったことが5か月近くもたってやっと報じられた。アナウンス一筋の職人人生だった。NHK退局後はあれだけ打ち込んだ野球や相撲、そして放送の世界とはほとんど接触がなかった。死亡記事の遅れはそのせいだろう。志村節は懐かしい昭和をしのぶよすがでもある。巨人の沢村栄治投手も横綱双葉山も、昭和18年10月の神宮外苑・出陣学徒壮行会も描写した。戦後、復活したプロ野球のラジオ放送は志村さんの全盛期だった。相撲は神風、野球では小西得郎を解説者に迎え、現在のスポーツ放送の原型をつくった。「志村正順のような血沸き肉躍るスポーツ中継は空前絶後」の評がある。「声の軽機関銃」「アレグロ・コン・フォコ（情熱的に速く）」とも呼ばれた。歯切れよく速いテンポで的確なアナウンスが懐かしい。

（2008・4・25）

これでいいのだ　赤塚不二夫

赤塚不二夫さんは1935年（昭和10）9月、旧満州（中国東北部）の生まれだ。敗戦で引き揚げてきた昭和の少年だった。中国残留孤児の世代、終戦直後、混乱期の日本は引き揚げ少年の目で見詰めた。手塚治虫の作品に衝撃を受け、漫画を志した。〈ギャグの神様〉の素地はそんな激動の時代につくられた。「シェー」のポーズをまず一番に思い出す。六つ子が主人公の「おそ松くん」は62年から『週刊少年サンデー』に連載された。子供たちが奇声をあげつつ、あのポーズを連発していたのを思い出す。「天才バカボン」は『週刊少年マガジン』で67年から。こちらはバカボンのパパの口癖「これでいいのだ」がヒット。思えば重宝に使えるセリフだった。晩年は食道がんや脳内出血に苦しんだが、酒を片手にがんを公表するなど闘病生活も型破り。大陸に生まれ、戦後の引き揚げから高度成長へ激動の昭和を駆け抜けた人気漫画家らしい。2日、その赤塚不二夫さんが「これでいいのだ」の人生を72歳で終えた。

（2008・8・4）

じゃじゃ馬　青田昇

青田昇さんに『サムライ達のプロ野球』という著書がある。昔のプロ野球の本物のプロたちの列伝。川上、大下、藤村などサムライたちの個性豊かなすごさが語られている。青田さんが著者だから、氏自身の章はないが、その現役時代を知るファンなら、彼がだれよりもサムライ中のサムライだったことを知っている。①左・与那嶺②二・千葉③中・青田④一・川上……これは巨人の第2期黄金時代、1951年（昭和26）のラインアップ。青田はサムライ時代の強い巨人の三番打者だ。巨人のほか阪急、大洋などでプレーした16年間で本塁打王5回、打点王2回、首位打者1回。通算265本塁打だが、川上と25本で本塁打王を分け合ったのは48年のこと。ボールの飛ばない時代からの豪打者だ。〈じゃじゃ馬〉の異名が懐かしい。その青田さんが野球殿堂入りした。実績十分なのにまだ殿堂入りしていなかったのかと思うほどで97年に72歳で死去している。生きているうちに朗報を聞かせたかった。改めてご冥福を祈る。

（2009・1・14）

祈りの絵　平山郁夫

数々の名画によって、どれだけ多くの人々をまだ見ぬシルクロードへと連れて行ってくれたことだろう。では、その画伯平山郁夫さんをその地へ導いたのは何だったたか。まぎれもなくそれは、15歳の旧制中学生時代に広島で遭遇した原子爆弾の被爆体験だった。勤労動員中の被爆で多くの同級生を失った。原爆は人間のむごさ、醜さの極みだ。生き残って絵の道に進んだのは「その反動で美しいものへのあこがれを強めたから」だった。平山さんの出世作は玄奘三蔵の旅をモチーフにした「仏教伝来」。以来、仏教伝来の道でもあるシルクロードを〈祈りの絵〉として描き続けた。「仏教伝来」で白馬の三蔵、「流沙浄土変」で砂の海をひたすら歩むラクダの隊商。被爆体験を原点とした平山さんの画業には恨みや怒りを超えた平和への祈り、悠久の時や壮大な広がり、宗教的な彩りが感じられる。スケールの大きな日本画家、平山郁夫氏逝く。79歳。画家には長寿が多いのに早すぎる。もっと祈りの創作を続けてほしかった。

（2009・12・3）

ドルフィンの開祖　長沢二郎

〈水泳選手・長沢二郎〉の名はもっと広く知られていい。朝刊で長沢さんの訃報を知り、そう思った。この人がいなかったら、世界に今のバタフライ泳法はなかった。1ストローク2キックのドルフィンキックはバタフライ泳法の常識だが、これをあみ出したのが、長沢二郎その人だった。もう半世紀以上も昔になる。氏は早大水泳部の現役選手だった。彼以前のバタフライといえば、キックは平泳ぎと同じカエル足だった。さらにいえば、バタフライは独立した種目ではなく、生まれは平泳ぎ種目の一泳法だった。長沢さん自身、ヘルシンキ五輪（1952年）に出場、200メートル平泳ぎで6位入賞を果たしたが、この時の泳法はカエル足のバタフライだった。その後、54年にバタフライが平泳ぎから分離、独立種目になって長沢さんはドルフィンキックを開発。平泳ぎでは認められなかったこのキックで世界記録を連発した。23日、長沢二郎逝く。78歳。ドルフィンキック創始者の死を悼み、強かった水泳日本の時代を偲《しの》ぶ。

（2010・3・25）

難しいことを易しく　井上ひさし

〈むずかしいことを　やさしく　やさしいことを　ふかく　ふかいことを　ゆかいに　ゆかいなことを　まじめに〉——作家、劇作家井上ひさしさんのモットーだ。氏には〈遅筆堂〉の名があるが、このモットーに忠実な仕事をすれば、遅筆も当然だろうとうなずける。言うのは易しいが、実践するのはまことに難しい。その難しい作業を長いこと続け、数々の名作を世に残した。上智大学在学中に浅草・フランス座の文芸部員になったのが氏の演劇経歴の始まりだった。父のいない少年時代に「この本の山を父さんと思いなさい」と母。「シェークスピアはホラ吹き親父《おやじ》、モリエールはおもしろ親父……私の父はゴーカケンラン」とエッセー「本とわたし」にある。「読書は智恵《ちえ》の永遠の連続性への参加。本が父親とは母のとっさの言い抜けだろうが、意外にも本質を言い当ててもいる」ともある。〈難しいことを易しく〉は若き修業時代から身につけてきた。井上ひさし氏逝く。75歳。偉大な日本のおもしろ親父を失った。

（2010・4・12）

知的プレイボーイ　梅棹忠夫

小学校5年終了で京都一中をパス。中学は4年修了で旧制三高に合格。京都帝大理学部に進んだ。3日、90歳で亡くなった文化人類学者梅棹忠夫さんの学歴だ。京都の裕福な町家に生まれ育ち、飛び級で進学したエリート中のエリートだが、中、高、大学を通してずっと山岳部の山男。フィールドワーク（野外活動）が身上の颯爽《さっそう》とした知の巨人だが、自称「知的プレイボーイ」。面白いものを次々に見つけて世界中を歩き回った。自ら創設、長く館長を務めた国立民族学博物館は「世界中からがらくたを集めた国立古道具屋です」。飛び級の進学だが、三高では2年生を3回やって帳尻？　を合わせた。雪よ　岩よ　われらがやどり……の雪山賛歌は三高山岳部歌。山に打ち込んで2年連続落第。これは除籍が決まりだったが、級友、先輩が全教授に助命嘆願して命拾い。白線帽に黒マントの旧制高等学校に象徴される今はない古き良き時代の教育制度を思う。ゆとり、教養とは何かを考えさせられる。梅棹忠夫さんを悼む。

（2010・7・8）

土俵の鬼　初代若乃花勝治

大相撲が年6場所制になったのは、昭和33年（1958）からだ。初代若乃花は、その年の初場所に優勝して横綱に昇進した。それから東西の横綱、栃錦と若乃花は、35年夏場所の栃錦引退までほとんど毎場所、2人で交互に優勝を続けた。ともに優勝10回。〈栃若時代〉はテレビ時代にも乗って戦後の大相撲復興を果たし、黄金時代を招いた。〈呼び戻し〉――別名仏壇返しの決まり手は、若乃花ならではの大技。小兵でも北海道・室蘭の港湾作業で鍛えた強い足腰で〈異能力士〉と呼ばれた。大関時代の31年秋場所、4歳の長男勝雄ちゃんをチャンコ鍋の大やけどで場所前に亡くし大きな数珠を首にさげて場所入りした。12日目まで全勝。だが13日目から高熱で休場の悲運。〈土俵の鬼〉の異名はこれで決まった。千秋楽に全勝同士の横綱対決など数々の栃若の名勝負が目に浮かぶ。名伯楽・二子山親方でもあった初代若乃花、花田勝治さん逝く。82歳。栃若時代の昭和30年代前半に限りない郷愁を込め、鬼の死を悼む。

（2010・9・2）

女と味噌汁　池内淳子

高校を卒業して東京・日本橋の三越に勤めた。「嫁探しは三越へ」などといわれた時代だった。ＯＬ生活2年で新東宝のニューフェースになった池内淳子さんは、1955年デビューのころは「いまどきの娘さんには珍しいしとやかで、女優らしくない女優」などといわれたものだ。「女4人の姉妹なんですよ。妹3人が大泣きだったんです。私が女優になって新聞記事になったものだから、恥ずかしいって。私は一家の恥さらし者だったんですよ」。女優になったころについて、本紙の質問にこう答えている。そんな時代だったかなぁと改めて思う。ＴＶドラマ「女と味噌汁」の芸者てまり姐《ねえ》さんが忘れられない。かっぽう着姿がよく似合ったのも育ちと人柄だろう。150回以上演じた東宝現代劇「秋日和」にこんなセリフがあった。〈自分の人生に秋が訪れるなんて、ついこの間まで、私は思いもしませんでした……〉。その昭和の美女逝く。76歳。そんな時が訪れるなんて、ついこの間までファンも思わなかったのに。

（2010・10・1）

人生の応援歌　星野哲郎

〈人生の応援歌〉――作詞家星野哲郎の作品はそう評される。「三百六十五歩のマーチ」を聴こう。〽しあわせは　歩いてこない　だから歩いて　ゆくんだね　一日一歩　三日で三歩……。どんなときにも、ひるまず、挫《くじ》けず、歩み続ける人への応援歌だ。水前寺清子がパンチの効いた声でヒットさせたこの曲は、なかなか売り出せなかった彼女への〈援歌〉であり、同時に〈七転び八起き〉だったという星野さん自身の人生から生まれた信条の歌でもあったのだろう。船乗りを志した商船学校時代の肺結核が最初の転び、これで作詞家に転じた。その末の七つ目の転びが愛妻に先立たれたことだった。自著『妻への詫び状』にある。「挫折があるから人は強くなれる。優しくなれる。転んでも転んでも立ち上がる」とも書いた。〈援歌〉は北島三郎、都はるみ、鳥羽一郎ら多くの歌手との出会いが生んだ〈縁歌〉でもあった。〽汗かきべそかき歩こうよ。その足跡に4000曲ものきれいな花を咲かせ星野哲郎逝く。85歳。

（2010・11・16）

葬式は無用　高峰秀子

「女優・高峰秀子さんが三ヶ月ほど前に死去していたことが判明した」――『私の死亡記事』

（文芸春秋刊）で高峰さん自身が書いている。「生前〈葬式は無用、戒名も不要。人知れずひっそりと逝きたい〉と言っていた。その想いを見事に実践したようだ」と続く。その訃報が現実になったのが悲しい。雪で越年したところの多かった元日の朝刊でそれは報じられた。さすがに「三ヶ月ほど前」ではなく12月28日の死去だったが、昭和を代表する名女優の死と降る雪に昭和も遠くなりにけりと思った。1924年、北海道函館市に生まれ、5歳で松竹映画「母」で子役デビュー。戦前の「馬」「綴方《つづりかた》教室」、戦後の映画黄金期に「二十四の瞳」「浮雲」……。激動の昭和とともに子役から名女優への道を歩んで86歳。「葬式無用。生者は死者の為に煩わさるべからず」は親交の深かった梅原龍三郎画伯に学んだようだ。才気あふれるエッセーで「夫・ドッコイ」と表現した夫君松山善三氏の悲しみ寂しさは察するに余りある。

（2011・1・5）

戦後の外国籍選手第1号　与那嶺要

オールドファンならあの鮮烈なデビューを忘れない。昭和26年（1951）6月19日夜の後楽園球場、巨人―名古屋戦七回裏。巨人は無死一、二塁のチャンスで代打にウォーリー・与那嶺要。相手投手は杉下茂。1球ファウルの後、三塁前へ絶妙なバント。サードがゴロをつかんだとき、与那嶺は脱兎《だっと》のごとく一塁を駆け抜けていた。ハワイから入団して日本での初打席。後に〈日本のプロ野球を変えた〉といわれた男の最初の仕事だった。戦後の外国籍選手第1号は同時に貢献度NO1でもあった。首位打者3回、MVP1回は抜群。川上哲治と交互に首位打者を占めるなど巨人第2次黄金時代の華。終身打率0・311、アグレッシブなスライディング。スパイクでグラブやミットを蹴り上げてセーフの場面が目に浮かぶ。現役12年に監督、コーチ業を加えて38年も日本でユニホームを着続けた。プレーは激しいが、温厚な人柄があればこそだ。来日から60年、85歳で、ウォーリー・与那嶺逝く。寂しい。温顔が懐かしい。

（2011・3・2）

おばちゃん　三崎千恵子

もっぱら「おばちゃん」で通っているが、団子屋を切り盛りする働き者の主婦、その名は「車つね」。映画「男はつらいよ」シリーズの甥《おい》っ子、寅さんこと車寅次郎は気の向いたときにしか帰ってこない。が、現れると、おばちゃんはやさしかった。「さて、何をつくってやろうかねぇ」。得意は芋の煮ころがしだが「上等、上等。温かい味噌汁さえあれば十分よ」と寅さん。そう言いながら「あとはお新香、ノリ、タラコ、辛子のきいた納豆」と並べ立てる。こんな勝手が言えるのもおばちゃんあればこそだ。「男はつらいよ」シリーズの全48作で、人情家のおばちゃんを演じた女優・三崎千恵子さんが13日、90歳で逝った。「いつになったら寅ちゃんの結婚式に出られるのかねぇ。夢かねぇ」などと言っていたおばちゃんその人になりきっていた。役名の車つねは忘れても、ファンにはおばちゃんといえば三崎千恵子。「ファミリーの大黒柱ともいうべき人を失って淋《さび》しい限りです」と山田洋次監督。ファンも同じ思いだ。

（2012・2・15）

色香　山田五十鈴

「あでやかで美しく、そして信じがたいほどに艶っぽい。〈色香〉という言葉を使いたくなる」――大女優山田五十鈴のこと。「オーラというのかディグニティ（威厳）というのか、身体から光が出ている感じで」と続く。『君美わしく』（文芸春秋刊）で川本三郎氏はこう書いた。副題が〈戦後日本映画女優讃〉であるにせよ、絶賛だ。著者はインタビューの仕事をしばし忘れたという。映画黄金時代の大女優。平成12年に女優として初の文化勲章を受章したその人だから、絶賛の言葉もうなずける。日本映画の2大女優として田中絹代、山田五十鈴を挙げる人がいた。舞台の3大女優は水谷八重子、杉村春子、山田五十鈴ともいわれた。昭和初期のデビューから息長く映画に舞台に大衆を魅了し続けた。渋谷実、成瀬巳喜男、黒沢明、溝口健二らのメガホンで「現代人」「流れる」「蜘蛛巣城」……を撮り、大スター長谷川一夫とは長くコンビを組んだ。「役者に年はございません」と言っていた女優山田五十鈴逝く。95歳。

（2012・7・10）

早過ぎる旅立ち　中村勘三郎

中村勘三郎さんの初舞台は昭和34年（1959）、東京・歌舞伎座の「昔噺桃太郎」。3歳10

か月で五代目勘九郎を名乗った。「天才出現」と評されたその初舞台から、勘三郎襲名の50歳まではずっと勘九郎。大好きだった名優の父、先代勘三郎の名を重い大切なものと思っていた。同時に勘九郎の名をより大きなものにしたいとも思っていたのではないか。歌舞伎が大好きだから守る。好きだからこそ壊しもし、新しいものも創る。襲名までが長かったのはそんな思いだったからかとも推測する。これから熟成の時を迎えていた。その時、十八代目勘三郎を名乗ってから7年は短い。これからの歌舞伎の一層大きな柱になる時期に入っていたのに残念だ。本人が一番無念だと思う。新しい歌舞伎座の柿落《こけら》としには復帰しようと「癌晴《がんば》って」いたのに何とも早すぎる旅立ちだ。が、天衣無縫に駆け抜けた豊かな人生。多くの人と交流し歌舞伎と他の演劇との間に橋を架けた。57年は短いが、人に倍する中身の歳月かも知れない。

（2012・12・6）

雄大なシコ名　大鵬幸喜

昭和34年夏場所、〈大鵬〉のしこ名が初めて番付にのった。この場所、十両入りした納谷に当時の二所ノ関親方（元大関佐賀ノ花）が大きな期待を込めてつけた。巡業先の北海道で納谷幸喜少年を見いだした二所親方の炯眼《けいがん》と、長くファンを魅了したスケールの大きなしこ名を選んだ漢籍への深い造詣に、われわれファンは感謝しなければなるまい。北の暗い海に潜む鯤《こん》という巨大な魚が鳥と化して鵬となる。大きさ幾千里とも知れず、ひと飛び九万里の鵬は、中国の古典「荘子」にある。「よくぞつけたといいたい傑作。雄大、華麗、おおらかでロマンチシズムの香りさえ漂う。百年に一人の大力士にふさわしい」とNHKの北出清五郎アナ。大鵬の相撲には型がないという批判があった。これに対し二所親方は「大鵬自然体説」を打ち出して守った。相手次第でどんな相撲でも取れる。この親方の解説で大鵬の自信は深まった。大横綱大鵬逝く。大横綱を生み育てた二所ノ関部屋も消滅の危機という。寂寞《せきばく》の感ひとしおだ。

（2013・1・21）

おとなの流儀　常盤新平

直木賞作家で翻訳家、常盤新平さんの訃報を聞き、本棚から抜いた氏のエッセー集の一冊に何年か前に頂いた寒中見舞いのはがきがしおりがわりに入っていた。そのページに「年とともに春を待ちこがれるようになった。寒がりだから、いっそう春を待ちわびる」とあった。こういうのはたまらない。その春を待たずに……と思うと、胸が詰まる。81歳。「長生きなどしたくないというのは、実は口先だけで本当は一日でも長く元気でいたいのだ」ともある。飄々《ひょうひょう》として飾らない人柄の生前を思う。早川書房で『ミステリマガジン』編集長を務めた名翻訳家だが、競馬のシーンを誤訳したのがきっかけで競馬を始めたと聞いた。辞書で勉強するより馬券を買った方が早いと言う友人のすすめで、40歳をとうに過ぎていた。『おとなの流儀』『ちょっと町へ』『天命を待ちながら』など味わい深いエッセー集を多数残した。山口瞳さんを師と仰いだ。鮨屋、蕎麦屋、喫茶店……あとをたどりたくなるような文で散歩名人と言われた。

（2013・1・23）

不滅のV9　川上哲治

川上の逆転サヨナラ満塁ホームランにラジオの前で転げ回って喜んだことを思い出す。まだテレビもないプロ野球1リーグ時代の巨人─南海戦（後楽園球場）。筆者が野球少年だった遠い昔。スコアブックをつけながらラジオで聞いた劇的な一打を今も思い出す。調べると１９４９年（昭和24）4月12日のことだ。川上哲治さんの訃報が悲しい。あのころ、最大の関心事は巨人の勝敗と背番号16の成績だった。そんな少年の日々を思う。ノスタルジアは限りなく深い。史上初の２０００本安打は浅草の食堂のテレビで見た。中日球場の対中日戦。１９９９本目は杉下、２０００本目は左腕中山から。現役時代〈ボールが止まって見える〉まで打撃を究めた〈弾丸ライナーの神様〉は、監督になると、〈不滅のV9〉。当初は必勝、V3までは常勝、V4からは不敗、V6からは無敗と言って、究極の姿を〈無敗〉に求めた。〈球際のプレー〉の大切さも川上さんは強調した。相撲の土俵際になぞらえ、ぎりぎりまで諦めないことだ。

（２０１３・10・31）

人生いろいろ　島倉千代子

〽帰らない日々を　くやみはしないけど　人生は流れゆく　旅景色……あぁ　あなたが歌っ

たうた　忘れはしない　好きです　いついつまでも　涙が　ぽろぽろり。島倉千代子さんの歌声がきのう14日、東京・青山葬儀所の告別式で流れた。最後の新曲「からたちの小径《こみち》」。亡くなる3日前のさる5日、収録された曲だ。作詞・喜多條忠、南こうせつ、作曲・南こうせつ。本来なら、きょう15日にレコーディングの予定だったが、「待てない」と島倉さんから連絡があり、急きょ5日に自宅で行われた。翌6日入院、8日死去。「生涯歌い手として見事なまでにまっとうされた」と歌手石川さゆりさんの弔辞。75歳の人生のまことと見事な締めくくりに喝采を送る。ヒット曲「人生いろいろ」と同様に「からたちの小径」もこの人の波乱の人生を映している。「この世の花」「からたち日記」……の昔を振り返れば涙がぽろり。一代の大歌手にして、愛らしく、どこかはかなさを漂わせつつも強い昭和の女。喪失感は限りなく大きい。

（2013・11・15）

第7章　スポーツの輝き

五輪100年

さあ、今週末、19日（日本時間20日）にはアトランタ・オリンピック大会が開幕する。第1回のアテネ大会から百周年、回を重ねて26回になる。アトランタの五輪記念公園には近代五輪を生んだフランスのピエール・ド・クーベルタン男爵の大きなブロンズ像が建てられた。百年記念の大会ならではの建立だろう。第1回大会は13か国、280人の参加で行われたが、アトランタには197の国と地域から1万人にも上る選手が参加するものと見られている。また、第1回の8競技、43種目が今回は26競技、271種目にも増えた。ソフトボール、女子サッカー、ビーチバレー、マウンテンバイクが新登場する。「参加することに意義がある」と言ったクーベルタン男爵にしても目を丸くするばかりだろう。今なら、男爵でもそうは言わなかったかも知れない。第26回大会というが、1916、1940、1944年の第6、12、13回は戦争で中止された。「開催できることに意義がある」と言うかも知れない？

（1996・7・15）

自分をほめてやりたい　有森裕子

ゴールを目指す有森裕子に、ドーレが迫っている。望遠レンズを通して見るテレビの映像だと、ドーレの姿はすぐ後ろに見える。思わず「がんばれ有森！」と叫んでしまった。こうしてつかんだ有森の銅メダルには前回バルセロナで彼女が得た銀メダルよりも、もっと感動した。銀よりも重く輝いて見えた。〈喜びを力に〉――「この言葉を自分の中に持っていてよかったと、改めて思います」と有森。その言葉どおり、沿道の応援にしばしば微笑を見せて、有森は走った。ゴール直後の涙と笑顔がよかった。インタビューに答えた最初の言葉「終わりました」に万感がこもっていた。「初めて自分で自分をほめてやりたい」。十分満足の笑顔だった。優勝したエチオピアのロバは女性アベベを思わせて抜群だった。2、3位のエゴロワ、有森はバルセロナの再現。2人が抱き合ったシーンにライバルの友情を見た。日本の女子陸上で2大会連続メダリストは初めて。低迷、故障を乗り越えた喜びが力になった。唇に歌を持て、心に太陽を持て！

（1996・7・29）

メークドラマ

〈ネバーギブアップ〉で、とうとう〈メークドラマ〉を達成した。長嶋監督のカタカナ語を借りると、巨人軍の今年のセ・リーグ制覇はそういうことだ。開幕から監督が描いていた〈ロケットスタート〉の構想は「ものの見事に失敗した」。7月6日には首位広島に11・5ゲームも離されていたが、「8月決戦」を監督は唱え続けた。予言といおうか、ハッパといおうか、監督のその言葉に選手たちは実によくこたえた。4月の巨人と8月の巨人はまるで別のチームに見えた。優勝を決めたきのうの中日戦は〈ネバーギブアップ〉同士の戦いだった。6連勝してこの日に臨み、巨人の優勝に待ったをかけ続けたドラゴンズの明日なき戦いも見事だった。決戦はナゴヤ球場の最後の公式戦でもあった。昭和23年に誕生、ほぼ半世紀の歴史を刻んだ球場の最後をかざるにふさわしい熱戦だった。中日は来季から本拠をナゴヤドームに移す。勝者も敗者も、ベテランもヤングボーイも〈決してあきらめないこと〉の大切さを肝に銘じたシーズンだった。

（1996・10・7）

モンゴルと相撲

日本とモンゴルの国交二十五周年記念日だったきのう、大相撲の新番付が発表され、モンゴル出身の旭鷲山関が小結に昇進した。ちょうど、モンゴルのエンフサイハン首相が来日中だったのもいいめぐり合わせだった。「旭鷲山はいい仕事をしてくれた」と首相。だれもが彼のことを知っているので驚いている。モンゴルにも日本の番付に似た相撲の格付けがある。横綱に当たる最高位は、ダルハン・アバルガ（巨人）だ。続く三役はアルスラン（獅子《しし》）、ザーン（象）、ナッチン（鷹《たか》）と呼ぶ。小結はモンゴルなら「鷹」だが、旭鷲山の故国での人気は最高位の「巨人」以上らしい。親孝行で家族思い。その好青年が日本とモンゴルをぐんと近づけた。両国の実際の距離も近くなった。かつては、モスクワや北京を経由したり、列車を使ったりで、長い旅だったが、昨年からは、関西空港からの直行便ができた。日本はモンゴルの経済改革を支援する立場だが、旭鷲山の元気には目を見張る。彼の母国に学ぶことも、きっと、少なくはなかろう。

（1997・2・25）

背番号42

背番号「42」が米大リーグの全チームで永久欠番になる。大リーグ初の黒人選手、故ジャッキー・ロビンソンがつけていた番号だ。彼のチーム、ドジャースでは1972年からすでに永久欠番としているが、全球団そろっての欠番は例がない。ベーブ・ルースの「3」だってヤンキースに限っての永久欠番だ。ロビンソンが大リーグの人種の壁を破って50年、ニューズウィーク誌の最近号によると、米大リーグで黒人、中南米系の選手が占める比率は37％となっている。アメフトのNFLでは67％、バスケットボールのNBAでは80％と黒人の比率は野球よりもさらに高い。今や人気スポーツの大半でアフリカ系アメリカ人の大活躍は常識だ。これがロビンソンの最大の遺産だ。「42」の欠番はこれを永久に讃《たた》える。彼の兄マックはベルリン五輪の陸上200メートルで銀メダリストだった。黒人は陸上やボクシングでは早くから活躍していた。今や野球でもロビンソンの時代は遠い。が、ゴルフは今ようやく、そして水泳はまだまだの段階にある。

（1997・4・17）

金メダルと天国の父

天国の二人の父と、わが子の金メダルに会場で涙した二人の母――モーグルの里谷多英とスピードスケートの清水宏保、二人の選手の両親のことを思う。「父はきっと私を見ていた」と里谷。スキーウエアの内ポケットには父と二人の写真、耳には父からプレゼントされた金色のピアスが光っていた。「金は亡き父に一番先に伝えたい」と清水。鍛え上げた太ももと身上の低いフォームは父に課された毎日のランニングなどたゆまぬ鍛錬のたまものだ。二人とも幼時に父の手ほどきを受けた。里谷は「自分の一番いい滑りをするんだ。結果は後からついてくる」と、清水は「小さいから人一倍努力しろ」と教えられた。二人の父は昨年と7年前に世を去った。その日、里谷はカナダの合宿にいた。清水は通夜の晩もランニングに飛び出した。二人の母がその後のわが子の道を支え励ました。世界一の感慨は言葉では尽くせまい。その道のりに、百の説法、千の教育論にまさる重みを思う。二つの金メダルは値千金、日本中がわきにわいた。

（1998・2・12）

逆転の大ジャンプ

この「金」には大いに感動した。実にさまざまなことを学んだ。スキー・ジャンプの日本チームは、長野五輪の象徴として、末永く語り継がれるだろう。個性とは？　力を合わせるとは？　百の説法より、岡部・斎藤・原田・船木のジャンプを見ればいい。飛型も性格もそれぞれに持ち味が違う。個人戦では互いにライバル同士だ。が、団体戦では「やった、あー、おれじゃないよ、みんなだよ、力を合わせて、タスキを渡しあったんだ」と原田が男泣きしたようにチームで取った「金」だった。ジャンプは「明日の分からない競技」といわれる。雪も風も本人の調子さえも飛ぶ瞬間まで分からないとまでいわれる。4人はその白馬の風雪と自分と戦い、ライバルに勝った。1回目に谷間があったから、逆転の歓喜はそれだけ大きくなった。史上最強のチームが、五輪で勝つことの難しさを知った。大失速の次に再度のバッケンレコード。そのジャンプ台記録も偉大だが、4人の笑顔と涙と抱き合う姿に感動した。「記録より記憶に残る」男たちだ。

（1998・2・18）

長野五輪　10個のメダル

閉会式の華やぎもいいが、閉会式はくつろぎがいい。「宴《うたげ》のあと」の達成感とある種の哀感と、そして、次の出会いへの期待がないまぜになっている。「WAになっておどろう」。金メダリストも敗れた選手も、閉会のイベントを彩った子供たちも一緒に、輪になって踊っていた。今もまだその長野五輪の余韻にひたっている。数々の競技に興奮し、感動した16日間だった。それを反芻《はんすう》している。金メダル5個は望外の大成果。銀、銅と合わせて10個のメダルも冬の五輪の日本チームにはかつてない。メダルの数じゃないよとも思う。だが、今回は成果を大いに強調したい。不景気やら不祥事続きの世相、出口のない閉塞《へいそく》感に、風穴を開けてくれたような大会だった。船木、原田、清水、里谷、西谷……が実にさわやかだった。日本の金メダルは夏冬合わせてこれで101個。歴史を振り返るとともに、新たな飛躍に自信を持って進もう。次の冬の五輪はもう二十一世紀だ。五輪に限らず、さまざまな分野で新世紀の若者たちに金メダルを待望する。

（1998・2・23）

一校一国運動

「一校一国運動は大変参考になった。次の五輪にもぜひ取り入れたい」と米・ソルトレークシティーのコラディーニ市長が言った。長野市内の小中学校がそれぞれに応援する一国を決めて、その国の文化や歴史を学んだこの運動は、子供たちにも相手国にも好評だったようだ。それが次の五輪にも引き継がれる。相手国の少年少女と絵や手紙をやりとりしたり、国旗や国歌や言葉をおぼえたり、選手や五輪関係者、大使館員との交流……子供たちがのってきたらしめたものだ。そんな展開が、冬季五輪・次期開催地の女性市長の目にとまった。ひょっとすると、そのまた次の大会にも続くかも知れない。と思うと、うれしくなる。五輪にはいつも感動がある。一級の教材だ。そのテーマと見知らぬ国を学ぶという動機づけが、成果をあげたのだろう。教育には、動機づけと感動が欠かせない。子供のやる気を刺激するように、校長のリーダーシップと先生たちのチームワークを待望する。学校と子供たちに、ナイフやらストレスやらは似合わない。

（1998・2・26）

長野パラリンピック「旅立ちの時」

〈旅立ちの勇気を……微笑《ほほえ》みながら　ふりむかずに　夢をつかむ者たちよ　君だけの花を咲かせよう〉。長野パラリンピックのテーマソング「旅立ちの時」のこの歌詞のように、選手たちはいつ旅立ちの勇気を持ったのだろうか。いつ夢をつかみ、花を咲かせようと思ったのだろうか。きのう長野市・エムウエーブのパラリンピック開会式に参加した障害者スポーツの選手たちの歩みを思った。世界32か国からの選手とスタッフが約1200人。その数だけのドラマがある。炎をふんだんに使った開会式には五輪に勝るとも決して劣らぬ感動が広がった。観客は応援するより、むしろ逆に励まされ、勇気をもらう側のようだ。「特別な目で見ないでほしい。スポーツとして見てほしい」という。起こりはリハビリのスポーツだが、大会はそれを大きく超えて障害者スポーツの頂点を競う。「旅立ちの時」は長野パラリンピック支援アルバムのCD「HOPE」に収録され発売中だ。収益はパラリンピック冬季競技の用具開発に充てられる。

（1998・3・6）

一意専心で兄弟横綱

入門を決めたのは弟・貴乃花の方が先だった。弟が入るなら「ぼくが守ってやらなければ……」と、兄・若乃花も入門を決めた。十両になったのも、入幕も三役も、弟が先だった。弟は横綱になった。「弟のことを心配するのもいいが、もっと自分のことも考えろ」と兄は師匠である父に言われたこともある。その、お兄ちゃん・大関若乃花の二場所連覇に、おめでとうを申し上げる。入門から10年、大相撲史上初の兄弟横綱の実現が濃厚だ。シコ名が若花田、貴花田だったころでと思う。大関を受けたときの若乃花の言葉「一意専心」を思い出す。去年の春場所の大けがを思う。よくぞここまでと思う。大兵肥満の大型力士が多い中、小兵の大関の多彩な技、スピードとばね、そして基本に忠実なおっつけ、最後まであきらめない土俵ぎわ……は、まことに貴重だ。兄弟力士でこれまでの最高位は、若貴の伯父で横綱を張った先々代若乃花と、その弟である父、大関貴ノ花だ。伯父と父を名実ともに超える一層の精進を望む。

（1998・5・25）

ハットトリック

〈ハットトリック〉とは、サッカーで1人が1試合に3点（以上）得点することをいう。英語の辞書には①「帽子を使って行う奇術。巧妙な手」とある。②に「帽子を賞として贈ったことから、クリケットの投手が連続3打球で3人をアウトにすること」とあり、③でようやく、サッカーの1人3得点という説明にたどりつく。語源としては奇術の用語に始まって、それがクリケットに使われ、さらにサッカーへという流れになるようだ。そんな理解でいいかどうか、詳しい方にご教示願いたい。辞書には、（アイス）ホッケーでも、サッカー同様に使い、競馬では3レース続けて勝つこともあった。いずれにせよ、極めて難しく、そして巧妙なプレーをさしている。先日、Jリーグではジュビロの中山雅史選手が4試合連続ハットトリックの快挙をやってのけたが、国際試合では11人がかりでも1点が至難だ。さあ、いよいよ6月、サッカーW杯フランス大会が10日に開幕する。夢はハットトリックだが、まずは日本代表の初ゴールを待望する。

（1998・6・1）

マグワイアとソーサ

「ベースボールはアメリカ人の勇気の典型であり、信頼であり、戦いへの構えである。アメリカ人の猛進、エネルギー、熱心さ、熱狂である」といわれる。その言葉はさらに続く。「ベースボールはアメリカ人の胆力、不屈さ、遂行力である。アメリカ人の精神、明敏さ、成功である。アメリカ人の活気、旺盛《おうせい》さ、雄健さである」。よくも並べ立てたものだ、いささかオーバーではないかなどと思ったことがある。が、マーク・マグワイアとサミー・ソーサはその言葉を見事に体現してみせた。突き放せば追いつく、追いつけば突き放すという互いに不屈の激しいホームランダービーだった。ソーサはドミニカの出身だが、いささかも譲らなかった。「どっちにも勝たせたい。いや、どっちにも負けさせたくない。できれば同数で終わらせたい」。そんな声をよく聞いた。互いにたたえ合う関係も心を打つものだった。マグワイアの夢の70号にアメリカ人の勇気と不屈とエネルギーを見た。最終戦の2発に脱帽。ソーサはプレーオフに期待をつないだ。

（1998・9・28）

母に捧げた金

これぞ日本の柔道——井上康生の「内また」はまこと鮮やかだった。何度見ても胸がすく。くり返し、くり返し、映像で確かめた。それほど感動を呼ぶ一本勝ちだった。柔道が世界のジュウドウになって久しいが、井上の見せた日本の柔道に世界が唖然《あぜん》とした。22歳のこの若者は日本選手団の旗手である。井上は日本の旗手にふさわしい旗手であることを証明してみせた。世界に証明しただけでなく、日本の人たちにも、改めて家元の誇りと自信をよみがえらせてくれた。「金」の表彰台で、彼が母の遺影を掲げた時、その感動はさらに膨れ上がった。彼の黒帯には亡き母の名が縫われていた。スタンドには父と兄がいた。遺影は父の胸に抱かれて、ずっと末っ子・康生の勝負を見守っていた。父は制覇に我を忘れてバンザイ、遺影がその手を離れて額縁から飛び出すほどの喜びだった。「攻めに徹しろ」と厳しかった父。優しかった母。強さと優しさが、胸のすく鋭い「内また」の感動を広げた。決勝の柔道着が青でなく白だったのもよかった。

（２０００・９・22）

プラス思考

いい日曜日だった。その余韻をまだ楽しんでいる。高橋尚子の「金」と長嶋巨人の胴上げと。

朝と晩のあの感動を反すうしている。スポーツ本来の明るさとプラス思考の大切さを思う。どえらい偉業を果たした高橋選手はこんな思いでレースに臨んだ。〈たんぽぽの綿毛のようにふわふわと42キロの旅に出る〉。でも、どうしたら、こんなはずむような気持ちで激闘のスタートが切れるのか。豊富で緻密で厳しい練習をやるだけやった。その思いが、たんぽぽの心境を生んだ。土台に小出義雄監督との信頼関係がある。素直な性格で大いに食べる選手の活力と、的確にスパート地点を読む監督のシナリオ。走り大好き人間の師弟、二人三脚の勝利だった。同じ日の夜、長嶋巨人の胴上げが、よもやのかたちで起きた。九回裏、劣勢の4―0から逆転サヨナラ勝ち。巨人の試合は東京ドームでは今年最後の土壇場だった。高橋尚子選手と小出監督の「金」の笑顔も、長嶋監督と巨人ナインの「V」の笑顔も、マイナス思考からは決して生まれない。

（2000・9・25）

女子ソフトボール

ウインドミル（風車）というあの投げ方で速球がすごい。女子ソフトボールの投手板―本塁間は12・19メートル。野球より6メートル余も短い。だから100キロ超の速球は打者には150～160キロにも感じられるそうだ。シドニー五輪で日本チームが勝ち進むにつれて「ソフトボールが面白いぞ」の声が輪を広げた。この球技、だれでも知っていて、やったこともあるのだが、観戦するスポーツとしてはもう一つ人気が薄かった。シドニー五輪で大健闘の「銀」はそんな見方を大きく変えた。一塁がダブルベースだったり、延長10回からはタイブレークで、無死走者二塁の設定で始まることなど、ソフトを知っているつもりで、知らなかった人も少なくない。この五輪でソフトへの関心は大きく高まった。日本チームは予選リーグから破竹の八連勝、決勝で再戦の米国に負けたが、この「銀」なら、「金」に勝るとも劣らない。おめでとう。ファンの層を広げたのはメダルのレベルを超えた成果だ。女性の元気な五輪でもひときわ元気な選手たちだった。

（2000・9・27）

パラリンピック

「パラリンピック選手はまず自分の人生と闘わなければならない。五輪選手よりもさらに強い感動とメッセージを与えるだろう」。オーストラリアの五輪水泳選手、キーレン・パーキンスがこう言った。パラリンピックはもう一つの五輪だ。今夕、シドニー五輪と同じスタジアムで開会式。再び聖火が燃える。この障害者スポーツ大会の起こりは第2次世界大戦後にさかのぼる。英国ストークマンデビル病院のL・グットマン院長が提唱、車いすの人たちの競技会で始まった。大戦で負傷した人たちのリハビリが目的だった。やがてオランダチームが参加して国際ストークマンデビル競技大会となり、さらには今日のパラリンピックへと発展してきた。パラリンピックはパラプレジア（下半身まひ）とオリンピックの合成語だが、今ではパラはパラレル（平行する、匹敵する、同目的の）のパラと名の解釈を変えた。この解釈がパラリンピックの歩みと成長を物語る。リハビリからレベルの高い競技スポーツへ。シドニーへ再び声援を送ろう。

（2000・10・18）

誤審の金

「あれは、どちらにもポイントを与えるべきではなかった」――国際柔道連盟（ＩＪＦ）はこう裁定した。シドニー五輪柔道百キロ超級決勝で起きた誤審問題のこと。あの時、審判はドイエ（仏）の「内また」を有効とした。日本は篠原の「内また透かし」で一本勝ちを主張していた。そのどちらでもないという裁定。ドイエのあの有効がないなら、両者は同ポイントで終わったわけだ。が、審判が畳を下りた後は判定は変えられないルールがある。で、判定は覆らなかった。ＩＪＦの裁定は誤審を認めたことで日本のメンツも立てたが、日本の主張そのままではない。誤審なのにドイエは「金」のまま。審判員の処分もない。何やら篠原、ドイエ、審判の三方一両損のような話でもある。大岡政談なら名裁きだが、これは、とてもそんな花ある話ではない。「いいレッスンだった」とＩＪＦ。この裁定はビデオを見てのこと。今後ビデオの導入や試合中の抗議の扱いなどルール改正へ進むのが筋だろう。「幻の一本」などを繰り返さないために。（２０００・10・31）

「感動した。おめでとう」

エーッ！　信じられないような土俵上の展開に目を疑った。１００人が１００人そう思っただろう。奇跡の期待さえ、ごくわずかだったと思う。横綱・貴乃花が前日の敗戦で負った右ひざの故障はそれほど痛々しかった。きのう朝のスポーツ紙には「貴V消滅　休場？」の大見出しが躍った。出場さえ危ぶまれていたというのに……。〈不惜身命《ふしゃくしんみょう》〉が横綱に昇進したときの貴乃花の口上だった。大関のときは〈不撓不屈《ふとうふくつ》〉だった。その二つの口上の体現を土俵上で見た思いだった。日ごろ、表情を変えることの少ない横綱だが、勝負を決めた後の形相は生ける仁王像のようだった。「痛みに耐えてよく頑張った。感動した。おめでとう」と表彰式の土俵で小泉首相。相手の武蔵丸のやりにくかったのも分かる。が、多くのファンが首相と同じ思いだった。けがに泣いた力士の悲運は数知れないが、大相撲の長い歴史でもこんな制覇は知らない。痛む足を引きずりながら金メダルをつかんだ山下泰裕選手の五輪柔道などを思った。口上を土俵で体現して見せた力士のすごさを見た。

（2001・5・28）

日韓共催W杯

熱狂の余韻を残して、旋風の去った感がある。一種の酩酊《めいてい》にも似た興奮の気分、感動がまだ残っているようでもある。一か月にわたる大祝祭が終わった。「これがサッカーだ」「これがW杯だ」多くのにわかファンも生まれ、大多数の人々が人それぞれにサッカーとW杯を肌身で知った。アジアで初、日韓共催も初めてという大会が一か月もの〈未知との遭遇〉に成功した。フランスはじめサッカーの列強が早々に消えたが、終わってみれば決勝はブラジルとドイツ。W杯の歴史で最も輝かしい戦歴を誇る国同士だった。加えて16強に進んだ日本。4強の韓国。

その韓国は3位決定戦で日本に勝ったトルコと対戦。日韓とトルコは予想を超えた大健闘。盛り上がる要素はふんだんにあった。「これがW杯」と知る。横浜で吹雪のように舞う折り鶴、いつまでも去りかねた大観衆。大邱で勝者と敗者のイレブンが肩を組み、観衆に手を振る姿。大会成功のしるしのようにまぶたに残った。が、今、祝祭は成功の陰も見つめる〈宴の後〉の季節に入る。「これもまたW杯」だ。（2002・7・1）

バント人生　川相昌弘

昨夜の東京ドーム、たった一つの送りバントにあれほどの大歓声は空前であり、絶後かも知れない。巨人・川相昌弘選手の世界新、512犠打に感動した。〈手習いは坂に車を押すがごとし〉――坂道で車を押して上るとき、手を抜けば車はずるずる下がる。何事も習熟するには不断の鍛錬と我慢、我慢。その積み重ねが大切だ。これを心に刻み、川相選手は歩み続けた。世界新はそうして生まれた。「バントとは」と問われて「僕の人生そのものです」と答えた。万感の思いがうかがわれた。不断の練習はバントばかりではなかった。代打で世界新を決めた後、守備でも、二つのファインプレーをみせた。38歳が衰えをみせなかった。バントだけでないの証明だった。そのうえでさらに犠打世界新の重みを思う。磨き抜いた職人芸で記録をなお伸ばしてもらいたい。犠打は自己を犠牲にして、チームを生かす。野球には必須の戦法だが、当世まことに乏しくなった心がけでもある。地味だがしみじみ心に染みる世界新だ。5人の子のパパの快挙に心から拍手喝采する。（2003・8・21）

蒼き狼

朝青龍は〈蒼《あお》き狼《おおかみ》〉を思わせる。シコ名の青で〈蒼〉を、ウルフ・千代の富士に似たスピードで〈狼〉を連想する。そして何よりもモンゴル出身だからだ。井上靖の名作『蒼き狼』にこんな表現がある。「怖《おそ》れを知らぬ眼、いかなるものにも立ち向かう攻撃精神と強い意志。一片の骨も、一片の筋肉も、敵をほふるための目的にそぐわぬものはない」。朝青龍はその力と技とスピードに一層の磨きをかけた。5度目の優勝を全勝で飾った。全勝は平成8年秋場所の貴乃花以来、44場所7年4か月ぶり。どの白星も全く危なげない完全優勝だった。一番一番の決着に要した時間は平均5・7秒。千秋楽の栃東戦はわずか1・9秒。無類のスピードが分かる。10日目に琴光喜を破ったつり落としの大技には舌を巻いた。バランスよく鍛えられた体軀《たいく》を思う。彼よりも小さな力士は何人もいない。大兵肥満のハワイ勢が去った今、大相撲の進むべき道を示唆している。横綱と大関の差の開きは寂しいが、反面、無敵の連勝に期待もかかる。土俵の外での品格の錬磨も期待する。

（2004・1・26）

聖火の道

アテネ夏季五輪の聖火採火式がきのう五輪発祥の地、ギリシャ・オリンピアのヘラ神殿遺跡で行われた。今では聖火と聖火リレーは五輪に欠かせない。が、近代オリンピックが復活した第1回アテネ大会（1896年）からこの行事があったわけではない。オリンピアで採火し開催地へ運ぶリレーは第11回ベルリン大会（1936年）から始まった。ヒトラーの五輪、ナチスの五輪と悪名もあるベルリンでスタートした方式が今に残るのは〈古代と現代をオリンピックの火で結ぶ〉という発想がよかったからだろう。オリンピアーベルリンのコースはその後、第2次世界大戦でドイツ軍が南下した道。で、聖火リレーで侵略の下調べをしたというナチス陰謀説もある。が、この企画は1916年に第1次大戦のため1度流れた幻のベルリン大会当時からあたためられていたともいわれ、これが陰謀説を否定する。今に残る聖火リレーの起源は陰謀などでない方がいい。今回のリレーは五大陸の過去の五輪開催地を巡り、アテネに戻る。ひたすらに聖火の道の平安を祈る。

（2004・3・26）

体操ニッポン復活

体操ニッポン復活の瞬間を見た。アテネ五輪、男子体操団体の最終種目鉄棒の最終演技者、冨田洋之がぴたり着地を決めたとき、28年、7大会ぶりの金メダルが現実になった。勝つことは難しい。勝ち続けることはなお難しい。しかし、さらに難しいのは、一度失った覇権を奪い返すことだ。体操ニッポンの歴史はそのことをしみじみと思わせる。日本が五輪の男子体操団体戦で初の金メダルを手にしたのは1960年、第17回オリンピック・ローマ大会だった。以来、東京、メキシコ、ミュンヘン、モントリオールと五連覇を果たす。そのモントリオールのメンバーには月面宙返りの元祖・塚原光男さんがいた。今大会の直也選手の父である。モントリオールはあの白い妖精コマネチが舞った舞台でもあった。今大会の金はそれ以来。前2回は銅にも届かなかった。長い低迷の後の歓喜。種目ごとにじわじわ得点、順位を上げ、最終種目で僅差《きんさ》だったルーマニアを抜く逆転制覇だった。個人総合でも種目別でも、確実で美しい体操ニッポンの輝きに期待が膨らむ。

（2004・8・17）

お家芸復興　北島康介

100メートル平泳ぎを制したとき、北島康介のガッツポーズは大きく爆発的だった。200メートルでは、右手の人さし指で天を指し、小ぶりで落ち着いたポーズだった。「すごく冷静に泳げたと思う」その言葉どおりのポーズ。一つ目の金が歓喜の象徴なら二つ目の金には王者の風格さえ漂った。最初からゴールまで1度もトップを譲らず、全く危なげがなかった。ライバルのハンセン（米）に15歳の新鋭、ジュルタ（ハンガリー）を加えた三つどもえという予想など、どこへやらの完勝。準決勝通過のタイムは3位だったが〈時計より勝負〉をまた実証した。日本の男子平泳ぎは1928年・アムステルダムの鶴田義行に始まり、ロサンゼルスで同じく鶴田、ベルリンで葉室鉄夫と五輪三連覇を遂げた。これで、水泳ニッポンのお家芸中のお家芸と言われた。戦後、その系譜は古川勝（メルボルン）、田口信教（ミュンヘン）と続く。北島康介の二つの金は、100が田口以来32年ぶり、200は古川以来で48年ぶりのことになる。北島の王者の泳ぎをお家芸復興の土台にしたい。

（2004・8・19）

逆転優勝の舞

滑り終えた荒川静香選手の笑顔に、むろんテレビを通してだが、思わず拍手を送った。よかったよかったと思った。スケールの大きな華麗な演技だった。トリノ五輪、日本勢がやっと手にした初のメダルが最高の〈金〉だった。喜びもひとしおとはこのこと。ここで取れなければ、今大会メダルはゼロかという終盤の快挙だ。フィギュアスケート女子フリーの演技は見ごたえがあった。銀盤の美女たちの舞をたんのうした。ショートプログラム（SP）で3位だった荒川の逆転優勝は冷静さの勝利、周囲の人より勝った本人が一番落ち着いてみえた。全米チャンピオンのコーエン、世界選手権の女王、ロシアのスルツカヤが相手の逆転はすごい。五輪のフィギュアで、日本、いや、アジアの選手が女王になったのは史上初。表彰台の荒川は身長も米露の2人より高い。氷上に立っただけで欧米の選手に見劣りした昔とはまさに今昔の感だ。日の丸を仰ぎ、君が代に合わせ荒川の唇がかすかに動いた。歌詞をたどっている。荒川の舞うトリノの美しい夜は日本の朝を爽快《そうかい》にした。

（2006・2・24）

王JAPAN世界一

〈終わりよければすべてよし〉――シェークスピア劇の題名で言えば、〈All's well that ends

well〉。王JAPANの世界一でそう思った。1次、2次リーグで韓国の後塵《こうじん》を拝し、審判の誤審もあるなど、準決勝進出さえほとんど絶望的だった状況からはい上がっての優勝。それだけに歓喜もひとしおだった。野球とはこんなに面白いスポーツだったか、それを改めて思わせた。とんでもない審判の誤審で野球ファン以外の人たちまでWBC（ワールド・ベースボール・クラシック）に目を向けた。〈審判員の名前をファンが知りたがるのはジャッジを間違ったときだけ〉（大リーグの格言）――逆説的に言えば、ボブ・デビッドソン審判員は功労者かも知れない。彼は多々ある大会運営の問題点を象徴した。直すべきは直してWBCが大きな大会に育つように望む。「どれほどのもんじゃい」とWBCを軽く見た人も終盤の熱い盛り上がりに目を見張った。野球そのものの素晴らしさと、初代世界一・日本ナインの熱と意気と結束に喝采！

（2006・3・22）

最強馬の引退

〈終わりよければすべてよし〉――暮れなずむ中山競馬場の引退式、ターフを駆け抜けたディープインパクトに贈る言葉はこれだ。1年を締めくくる「有馬記念」はディープの現役最後の大レース。そのディープのラストランは完璧《かんぺき》だった。終わりが立派なら、途中の失敗など消えてしまう。それが〈終わりよければ……〉だ。ラストランでかくも完璧な強さを見せられると一層「引退は早過ぎる。もっと走って」と言いたくなる。凱旋門《がいせんもん》賞の雪辱もさせたい。ディープを倒す馬が出るまではと未練も残る。が、引退がもう動かせない今は、この〈贈る言葉〉で種牡馬《しゅぼば》としての成功を祈るほかはない。次代のディープが多数輩出することを切望する。きのうのディープ、後方待機は定位置だ。3コーナーから4コーナーへするすると前方に。直線は飛ぶような脚。ゴールは武豊騎手のムチもいらない3馬身差、余裕の圧勝。これで14戦12勝。G1は、去年3歳の3冠に、今年の天皇賞春、宝塚記念、ジャパンカップ、有馬記念を加えて7冠。最強馬のまま引退の伝説が残る。

（2006・12・25）

ランニングホームラン

〈ランニングホームラン〉――この言葉、いわゆる和製英語。アメリカでは〈inside the park home run〉と言う。きのう、米大リーグのオールスターゲームでイチローが打ち日米のファンが沸いた。イチローはアメリカン・リーグの〈トップバッター〉だが、ついでながら、これも現地なら〈leadoff man〉。同じ〈野球〉と〈baseball〉でも用語の違いがあり、日本の〈四球、フォアボール〉は向こうでは〈walk, base on balls〉、〈死球、デッドボール〉は〈hit by a pitch〉だ。ほかにも多々あり、『野球の英語　A to Z』（佐山和夫、三修社）などの本も出ている。と、何やら細かい話になったが、イチロー選手の大活躍、MVPには感動した。野球とベースボールは違うなど、時にしたり顔の解説を聞くが、イチローはそんなことを超越した大選手だとしみじみ思う。本人初のランニング本塁打が78回の歴史を持つ米オールスターゲームで初。力と技と運を兼ね備えている。

（2007・7・12）

横綱の品格

〈蒼き狼が傷を癒やしに故郷の草原を目指す〉――そんなおもむきがなくもないが、それほど美しく見ることにも抵抗がある。モンゴルへ帰国が認められた横綱朝青龍のこと。何年も一人横綱で大相撲を支えてくれた強豪の一日も早い回復を祈るのが第一だが、癒やすべき傷が発端のひじ、腰以上に心の病で、ややこしい。病名がいくつか変転して伝えられた経緯もある。分かりにくいが、相撲協会も医師の診断には従うしかないということで帰国が決まった。振り返れば、ごたごたは発端からすでに1か月余にもなる。なぜこんなお粗末な展開になったのか。発端は何よりも朝青龍の未熟。巡業を休みながらモンゴルに帰国、サッカーに興じた。巡業軽視、大相撲の大看板である自覚の欠如。力士の本分をきちんと教えてこなかった師匠の高砂親方、北の湖理事長以下の協会幹部の問題でもある。一番の稽古《けいこ》熱心だった若者を、甘やかしが、わがままな横綱にした。「品格力量抜群に付……」――横綱推挙状にはそう書いてある。品格どこへやらの騒動が残念で情けない。

（2007・8・29）

ママでも金

〈有言実行〉――「ママでも金」を見事実現させた谷亮子選手はさすがというほかはない。日本のママさん選手で五輪、世界選手権の金メダリストはこれまで一人もいなかった。柔道の世界選手権最終日、女子48キロ級で谷が「金」をつかむまで今大会の日本勢に「金」はゼロだった。谷が口火を切ったかのように男女の無差別で棟田康幸、塚田真希の2人の「金」が続いた。開会前、国際柔道連盟総会の理事改選で、日本は執行部から理事のポストを失うなどもあっただけに、谷の「金」には柔道の家元・日本を支える重みがあった。これで谷の世界選手権V は7度目。男女を通じて史上最多。六連覇の後、前回は妊娠で欠場したが、1回飛んで女王の復活。来年の北京でも「金」なら五輪三連覇だ。谷は勝ってこれほど涙を見せたことはなかった。アテネ五輪から3年ぶりの国際大会、出産、育児、乳腺炎……今回の代表選考に疑問も出るなど数々の困難を乗り越えて得た「金」に思いがあふれた。柔道がＪＵＤＯの本家だと胸を張れる、誇りの「金」だった。

（２００７・９・18）

オレ流の優勝

中日ドラゴンズの日本一は実に53年ぶりで、前回は昭和29年（１９５４）のこと。天知俊一監督が指揮、元祖フォークボールの杉下茂投手がエース、4勝3敗で西鉄を破った。どんな年だったかといえば、3月、太平洋・ビキニ環礁の米水爆実験で、マグロ漁船第五福竜丸が「死の灰」を浴びた。9月、青函連絡船洞爺丸が台風15号で転覆し、死者・行方不明１１５５人。半世紀を超える遠い昔、テレビもまだそれほど普及はしていなかった。力道山・木村組とシャープ兄弟のタグマッチを街の食堂で見た記憶がある。落合博満監督が今53歳だ。中日の苦節53

年、ナインとファンの皆さん、おめでとう。この間、セ・リーグ制覇は6度あったが、日本一はならなかった。〈オレ流〉の采配《さいはい》が3度目の正直で悲願をかなえた。8回までパーフェクトだった山井投手からリリーフエース・岩瀬への交代はオレ流の極。山井はいっぱいいっぱいだった、指にマメともいうが、やはりオレ流ならではだ。山井の続投、シリーズ初の完全試合の夢が消えて残念の声も少なくはないが。

（2007・11・2）

10秒0

〈10秒0〉――人類で初めて100メートルをこの記録で走ったのは西ドイツ（当時）のアルミン・ハリーだった。1960年のこと。〈10秒の壁〉を破ったのは1968年で、ジム・ハインズ（米）ら3人。長く人類の夢といわれていたこの壁は破られて40年になるが、残念ながら日本記録は依然10秒00（伊東浩司、1998年）で、壁はなお壁のままだ。世界のレベルはさらに高く伸びようとしている。29日の全米陸上でタイソン・ゲイが追い風4・1メートルの参考記録ながら史上最速の〈9秒68〉を記録した。追い風参考も含めた従来の最速はオバデレ・トンプソン（バルバドス）の9秒69。現在の世界記録はウサイン・ボルト（ジャマイカ）がさる5月に出した9秒72。五輪の年は記録の伸びる年といわれる。そんな折も折、新刊『10秒の壁』（小川勝著、集英社新書）を読んだ。J・オウエンス、B・ヘイズ、C・ルイスら名スプリンターたちの名が懐かしい。手動から電動への計時の変化など記録の変遷にまつわる話も興味深い。

（2008・7・1）

76年ぶりの五輪連覇

北島康介の王者の泳ぎが日本中を沸き立たせた。五輪の競泳個人種目で日本選手の連覇は実に76年ぶり。アムステルダム（1928年）とロサンゼルス（32年）の両大会で男子200メートル平泳ぎを制した鶴田義行以来のこと。アムステルダムの鶴田の金は、五輪競泳で日本勢が手にした第1号だ。ここからかつて水泳日本といわれた歩みが始まった。以来、水泳の日本勢はリレーの2回を含め、今回・北島の男子100メートル平泳ぎまで、数えて19回、金メダルを獲得したが、うち平泳ぎが半数を超え10個になった。お家芸といわれた種目にふさわしい。鶴田―北島の間、日本平泳ぎ陣の金メダルの面々を列挙すれば、男子が葉室鉄夫（ベルリン）、古川勝（メルボルン）、田口信教（ミュンヘン）。女子では前畑秀子（ベルリン）、岩崎恭子（バルセロナ）。アテネに続く北島の金3個は最多だが、今夜から予選の始まる200メートル平泳ぎでもう1個の公算が大だ。2種目で連覇、それも世界記録でという大きな夢を正夢にしてもらおう。

（2008・8・12）

有終の「金」ソフトボール

〈ソフト　有終の「金」〉――この朝刊1面の見出しに万感の思いが込められている。北京五輪のソフトボール決勝、日本が常勝アメリカを倒して、優勝した。ソフトボールは次回五輪では正式競技から外れる。この決勝が五輪ソフトボールの最後の試合だった。その最後の試合で勝った。最初で最後の金メダルは、まさに〈有終の美〉に輝いた。〈有終〉とは終わりを全うすること、最後までよく仕上げること。〈初めあらざることなし。よく終わり有ることすくなし〉と中国の古典「詩経」にある。何事でも「初めはともかくもやるが、それを終わりまで全うする者は少ない」ということ。ソフトの日本チームはそれをなしとげた。アトランタからの4大会を4位、銀、銅、金で終えた。準決勝から3連投の上野由岐子投手は有終の華と呼ぼう。前日の延長戦2試合318球に加え、決勝は95球を投げた。計413球、鍛え上げた鉄腕の熱投だった。〈BACK　SOFTBALL〉――ソフトよ、また五輪に帰ってこい。

（2008・8・22）

フジヤマのトビウオに文化勲章

敗戦に打ちひしがれた日本と日本人をあれほど元気づけてくれたものはなかった。湯川秀樹博士のノーベル賞と水泳の古橋広之進さんの世界記録連発のこと。日本と日本人はそれですっかり自信を取り戻したともいわれる。その古橋さんに文化勲章――スポーツ選手の受章は初めてというが、それも古橋さんならではのことと思う。おめでとう。戦後最初の五輪、ロンドン大会に敗戦国日本は参加できなかった。その無念をぶつけて日本水泳連盟は五輪の競泳と同じ日程（1948年8月）で日本選手権大会を神宮プールで開いた。古橋選手は1500、40

0メートル自由形で優勝。ロンドン五輪の勝者と比べると、1500メートルで41秒、400メートルで7秒6の差をつけた圧勝。この五輪に出ていたら金メダル、1500は60メートルもぶっちぎった計算になる快泳だった。翌49年、ロサンゼルスの全米選手権で驚異の世界新記録。これで〈フジヤマのトビウオ〉の異名がついた。世界新33度。だが、五輪では無冠。80歳のトビウオの文化勲章に乾杯!

（2008・10・29）

不知火型と白鵬

〈不知火型〉——土俵入りがこの型の横綱は短命、そんな説は根拠薄弱だ。ずっとそう考えていた。その正しさを白鵬が立証する。そうも思ってきた。不知火型の横綱白鵬が10回目の優勝を3度目の全勝で飾った。まだ24歳の若さ。おめでとうを申し上げる。彼より若くして優勝10回を数えたのは22歳の大鵬と貴乃花の2人だけ。同じ24歳で達したのも朝青龍と北の湖の2人だけ。いずれも20回以上、あるいは30回以上優勝した大横綱だ。今後、白鵬もさらに回数を重ねるだろう。横綱土俵入りの二つの型、雲竜型と不知火型では、雲竜型の横綱が圧倒的に多い。少ない例で短命説を唱えるのは根拠が弱く、いささか乱暴だったのだ。白鵬の優勝10回は確かに不知火型で初めてだがこれまでの不知火型最多の9回は明治・大正の太刀山、続く7回は昭和前期の羽黒山、いずれも年2、3場所時代の強豪力士で短命ではない。春場所の白鵬の横綱相撲はきのうの横綱審議委員会で「スキのない強さ。抜群の安定感」と称賛された。

（2009・3・31）

ヤンキースの誇り　松井秀喜

〈ヤンキースの誇り〉——松井秀喜選手のワールドシリーズMVPにこの言葉を思い浮かべた。ヤンキースタジアムに試合の途中から沸き上がった「マッイ、マッイ」「MVP、MVP」の大歓声はニューヨークのファンが松井をヤンキースの誇りとしてしっかり認知した証しだろう。〈ヤンキースの誇り〉は日本では〈打撃王〉の名で公開されたルー・ゲーリッグの伝記映画の原題だ。今シリーズの松井のMVPはベーブ・ルース始めゲーリッグ、ディマジオ、マントル……チームの大先輩たちの系譜に連なる大活躍といえる。とりわけシリーズ最終戦となったきのうの先制2ラン、2点適時打、2点二塁打の1試合6打点はシリーズのタイ記録。これが制覇とMVPの決め手になった。渡米して7年目で世界一の宿願達成。手首やひざなどここ数年のけがを克服して、シャンパンファイトの美酒に「夢のようだ」と松井。多くのファンも同感だ。きのうは昼に松井の快打、夜は日本シリーズのミラクルを堪能、夢のようだ。

（2009・11・6）

名牝ウオッカ

〈雌雄を決す〉とは、戦って勝敗、強弱を決めることだ。雌は弱く雄は強いを前提にした言葉だが、競馬の世界では使えない。もともと〈雌雄〉は鳥類のメス・オスのことで、けものなら〈牝牡《ひんぼ》〉を用いる。そのうえ競馬では、牝馬《ひんば》が牡馬《ぼば》にしばしば勝つから、この言葉は使えない。

強い牝馬の代表、ウオッカの引退が報じられた。2007年の日本ダービー制覇は牝馬では64年ぶり。08年秋の天皇賞はダイワスカーレットと牝馬同士の1、2着、長い写真判定の末の優勝だった。いかに強い牝馬でもダービー制覇は至難で、ウオッカの前はいずれも戦中、戦前のクリフジ（1943年）ヒサトモ（1937年）の2頭だけ。昨年はジャパンカップも制し、GⅠ7勝はディープインパクトらと並び史上最多。ドバイW杯を引退の花道に決め、4日の前哨戦に出走したが敗退、鼻出血したため、W杯は断念して引退となった。史上最強の名牝と言えよう。2センチ差の写真判定、ぶっちぎりの快勝、数々の名シーンがまぶたに浮かぶ。

（2010・3・8）

大相撲の醜態

大相撲の本場所が中止されたのは、戦後間もない1946年、当時の両国メモリアルホール（旧両国国技館）の改修工事が遅れて夏場所が中止された例がある。戦前、1932年（昭和7）1月には待遇改善で力士と相撲協会が紛糾、多数の力士が脱退した「春秋園事件」で春場所が翌月まで大幅に遅れたこともある。残留力士によって8日間開催されたが、興行収入は激減した。資金不足の協会は給料を入場券で支払ったりしたが、これが売れず、仕方なく家族が見に行ったなどと伝えられている。名古屋場所はどうやら開催にこぎつけるようだが、何年にもわたる不祥事続きの果てに起きた野球賭博事件だ。今回は中止になっても少しもおかしくはなかった。が、全力士、親方衆の認識はまだまだ甘いのではないか。大嶽親方、大関琴光喜の解雇を始め多数の謹慎、休場の親方、力士を出し、やっと開催できたのに……。外部の理事長代行に抵抗したのは醜態。角界の〈ごっつぁん体質〉の改革は容易ではなさそうだ。

（２０１０・７・５）

大相撲のテレビ生中継中止

「コロリンシャンは琴の音。トテチリシャンは三味線で、ドンドコドンは相撲のやぐら太鼓の音であります」。戦前のある日、和田信賢アナの相撲放送の出だしだ。「双葉山敗る！　双葉山敗る！　双葉山敗る！　時、昭和14年1月15日、双葉70連勝ならず！」。これも和田アナのラジオ。戦後なら、志村正順アナ。「吐く息、吸う息、止める息、……いわゆるあうんの呼吸が合いません」「さあ立った、さあ立った、さあ立った。つり出し、栃錦の勝ち」。数々の名勝負を数々の名アナウンスが伝えた。「あの外掛け、もう3センチ下だったら、決まっとったです」。神風正一さんの名解説も懐かしい。相撲放送は、ラジオが１９２８年、テレビが53年に始まった。ラジオは戦時中に録音放送だったことがあるが、テレビの生中継の中止は初めてだ。幼かった子供の日々から毎場所楽しみにしてきた身にはさびしく悲しい。「苦渋の選択。相撲の灯を消したくない」とＮＨＫ。消すも消さぬも全力士、全親方の今後にかかっている。

（２０１０・７・７）

二十一世紀のタイ・カップ　イチロー

大記録に王手をかけると何試合か足踏みする選手が多い。イチロー選手にそれがないのもイチローらしい。前々日に4安打、前日1安打で10年連続200本安打まであと2本に迫っていたが、24日未明（日本時間）の対ブルージェイズ戦で一気に大記録を達成した。第2打席の二塁打で199本、第3打席の安打で200本。「打率は割り算だから面倒だが、安打数は足し算だから簡単でいい」。この明快な理屈で打ち続けた。イチローの選球眼なら首位打者も狙えば取れる。長打も狙えば増える。が、難しい球もヒットして200本を打ち続けた。首位打者、盗塁王、新人王、ゴールドグラブ賞に何とMVPも加えて5冠を取った大リーグ1年目の2001年から10年。毎年200本以上のヒット一本一本には「工芸品」の評もある。彼自身「作品」と称したこともあるという。攻守走三拍子そろった職人芸にふさわしい。ホームランのベーブ・ルース以前、野球の顔はヒットのタイ・カップ。イチローは二十一世紀のカップだ。

（2010・9・24）

国技漂泊

『力士漂泊』――2日に死去した作家・宮本徳蔵さんの名著。「相撲のアルケオロジー」の副題がある。「チカラビトはいつ、どこで生まれたか。草原と砂漠のまじりつつ果てもなくつらなるアジアの北辺、現在の地図でいえばモンゴル共和国のしめているところだったであろう」で始まる。神話、宗教、文化など多角的に相撲の歴史を語った随筆で副題のとおり相撲の考古学。1987年に読売文学賞を受賞した。「相撲が国技だなんて、小さい、小さい。ユーラシアにまたがる数千キロの空間と十数世紀におよぶ時間が背後にあるのがみえないか」。そんなスケールの大きい視点で相撲を愛した。宮本さん死去の日、相撲界は大揺れだった。それが悲しい。いや、八百長とは言語道断で腹立たしい。カネで星を売買する卑劣。何よりも長く相撲を愛してきたファンへの重大な裏切りだ。土俵を冒瀆《ぼうとく》し大相撲存立の根幹にかかわる。昨年の野球賭博の比ではない。宮本さんの大きな視点とは別の次元で、国技が漂泊している。

（2011・2・3）

春場所中止

「ちょんまげを結った力士は修業の身であることを忘れてはならない」——元横綱大鵬・納谷幸喜さんの言葉を全力士は嚙《か》みしめるべし。八百長を認定された4力士の処分は他の調査の進むのを待って保留されているが、解雇あるいは除名は必至だ。4人に心あらば、処分を待たず、自らちょんまげを切った方がいい。八百長に憤る好角家の多くはそんな潔さを求めたい思いでいる。が、「立ち合いは強く当たって……」など具体的なメールの証拠があっても、なお関与を認めていない力士がいる。わかっていない。そんな状況の中、春場所の中止が決定した。

「ウミを出し切るまでは、土俵の上で相撲をお見せできない」と放駒理事長。当然だが、即断を評価する。事実の徹底解明とともに過ちを繰り返さない明日のため、不祥事を生む土壌である部屋制度や年寄・親方のあり方など組織改革も尽くさねばならない。相撲の基本動作である〈四股〉は地中の邪気を祓《はら》い、大地を鎮める神事に発している。邪気を祓いきれるか。

（2011・2・7）

なでしこ世界一

今年一番の爽快な思いだった。「なでしこジャパン」に心から、おめでとう、そして、ありがとう。〈最後まであきらめない〉――その強い心と行動力でつかんだ夢の世界一。過去1度も勝てなかった米国相手のW杯決勝戦はそれを象徴するゲームだった。延長戦まで2度も先行されながら、その都度追いつき、2－2でもつれ込んだPK戦の末の快勝。延長戦でのキャプテン沢穂希の同点ゴール、PK戦でのGK海堀あゆみの2本のセーブはともに神業を思わせる高度のプレーだった。決勝までドイツ、スウェーデンの強豪を倒してきた歩みでも、途中出場や初先発だった丸山桂里奈、川澄奈穂美らの活躍を思う。強い結束の勝利だ。延長も時間切れ寸前にレッドカードで退場した岩清水梓。レッド相当かどうかに疑問もあるが、あのプレーも〈あきらめない〉表れ。ゴール正面で米の決勝点を身をもって防いだ。18年も日本代表で戦い、今大会のMVPとなった沢は最後まであきらめない日本イレブン全員の象徴でもある。

（2011・7・19）

怪力　魁皇

5回以上も賜杯を手にした力士で横綱になれなかったのは魁皇だけだ。東京、名古屋場所で各2回、大阪場所で1回優勝した魁皇だが、地元の九州場所ではゼロ。福岡県直方市出身。出身地のファンにあれほど愛され、声援され、勝てば花火まで打ち上げられた力士などほかに知らない。平成13年には直方と博多を結ぶ区間・福北ゆたか線のJR特急が「かいおう」と名付けられた。「故郷のみなさんに喜んでもらえるならと快諾した」と魁皇博之自伝『怪力』にある。そんな地元で優勝ゼロというのも、綱を逃したのもいかにも魁皇らしい。握力計のメーターが振り切れたり、凍った水道の蛇口をねじ切るなど怪力無双の逸話の多い力士だが、同時に気は優しくて力持ちのお相撲さんなのだ。その大関魁皇が引退した。先日達成した通算勝ち星1047の大記録が男の花道になった。ほかにも幕内勝ち星879、幕内在位107場所、大関在位65場所。魁皇引退で大関以上に日本人力士はゼロ。直方のファンならずとも寂しい。

（2011・7・20）

鉄人・父子鷹

父は〈アジアの鉄人〉と呼ばれた。その子はもう〈世界の鉄人〉と呼んでいいだろう。ハンマー投げの室伏重信、広治父子のこと。韓国・大邱の夜空に大きな放物線を描いた室伏広治選手のハンマーを父の重信さんは満足そうに眺めていた。これぞ正真正銘の〈父子鷹《おやこだか》〉というのだろう。29日、世界陸上のハンマー投げで広治選手は81メートル24を記録、金メダルに輝いた。6回の試技はすべて大会前の今季自己ベストを超えた。4回が80メートル以上の高いレベル。彼は2004年のアテネ五輪でも金メダルを得ている。五輪と世界陸上の両方で金メダリストになった初の日本選手だ。36歳の金は世界陸上男子の最年長記録。世界のトップレベルを長く維持してきた。体調のピークを大きな大会に合わせるのは容易でない。節制、練習、技術の研究……。DNAに加え、これらも〈究極の技術屋〉といわれた父・重信さん譲りだろう。父は38歳で日本記録を書き換え、40歳でアジア大会五連覇を決めた。子は37歳の来年、ロンドン五輪に挑む。

（2011・8・31）

「野生児」の金

〈お待たせしました〉——ロンドン五輪・日本勢の金メダル第1号が、そんな感じでやっと出た。柔道女子57キロ級の松本薫選手。決勝の延長戦で相手が危険な足技を出す反則勝ち。あっけない幕切れだったが、待ちかねた〈金〉も取れる時はこんなもの。松本自身、金狙いだったが、第1号、しかも反則勝ちは予想外だろう。「これがオリンピックだ」。そんな言葉が飛び交った。何でも起こりうるということ。柔道女子だけに限っても前日までの48キロ級と52キロ級のどちらかで金1号が出ると予測されていた。「女子の二枚看板」と期待された両級でメダルが取れないといういやな流れを「野生児」松本が攻めに徹して変えた。しかも松本の57キロ級で金を手にした日本選手は過去にいない。銅が最高だった。だから「これがオリンピック」なのかも知れない。今大会の柔道は旗判定の結果が覆るなど審判のあり方が問題になっている。審判とルールの厳正はスポーツの生命。審判への疑念まで「これがオリンピック」では困る。

（2012・7・31）

これぞ内村！

これぞ内村航平！　空中で高速回転の後、ピタリと着地する。見事で美しかった。五輪の体操男子・個人総合で日本の金は28年ぶり。「夢のようだ」と内村選手。世界選手権三連覇の第一人者にしても、五輪の金は格別なのだ。団体戦ではまさかのミス、採点トラブルの末の銀だった。「後味のよくないチーム戦」の後だけに優勝の喜びもひとしおだ。英国の賭け屋、ブックメーカーのオッズによると内村は陸上100メートルのウサイン・ボルト（ジャマイカ）よりも優勝が堅いと予想されていた。その通りになったが、本人は大会前「個人より団体」の金を目標にしていた。体操ニッポンの五輪には1960年のローマから76年のモントリオールまで実に団体総合五連覇の偉業がある。2004年のアテネではその金の復活があった。「団体で金」の夢はかなわなかったが、個人総合の金は1984年、ロサンゼルス五輪の具志堅幸司以来のこと。このロス大会で、日本の団体総合は銅だった。ミスを立派に修正した個人の金に喝采。

（2012・8・2）

ロンドン五輪

ありがとうロンドン、ありがとう日本選手団！　ロンドン五輪の閉会式を見ていて、そう思った。閉会式の当日、最終日まで日本選手の活躍が続いた。レスリング男子フリースタイル66キロ級の米満達弘が金メダルを獲得した。レスリング男子の優勝はソウル五輪以来24年ぶりのことだ。悲願達成は同時に今大会日本38個目のメダルで、過去最多のアテネ大会を上回る成績になった。メダルには届かなかったが、強豪ひしめくマラソンで中本健太郎が2大会ぶりの6位入賞。ともに日本選手団有終の美を飾った。今、聖火が消え宴の後の寂しさとともに五輪の素晴らしさを反すうしている。小説『オリンポスの果実』を借りれば「一種青春の酩酊《めいてい》のごときもの」も残る。選手たちのいい言葉も思い出す。「(北島)康介さんを手ぶらで帰らすわけにはいかないぞ」(水泳・松田丈志)「最高の舞台で最高の仲間、最高の相手と戦えた」(サッカー・沢穂希)……。仲間や家族の絆、結束を語る言葉が多かった。ありがとう五輪！

(2012・8・13)

霊長類最強の女

五輪で3回、世界選手権で10回、合わせて史上初の十三連覇。これで女子レスリング・吉田沙保里選手の国民栄誉賞受賞が決まった。〈霊長類最強の男〉と呼ばれたロシアのアレクサンドル・カレリン（男子レスリング・グレコローマンスタイル）の十二連覇を超える大記録。さしずめ〈霊長類最強の女〉と言えるだろう。ロンドン五輪で三連覇の「金」を決めて、セコンドを務めた父、栄勝さんを肩車した姿を思い出す。3歳でレスリングを始めたときから父は師匠だった。スパルタ式の指導、時には竹刀も飛んだ。身上の「高速タックル」も「攻めの姿勢」もそのおかげ。ロンドンでは、「金」が取れないというジンクスのある旗手も務めた。恐れないのがいい。霊長類最強は怖いが、マットを下りれば、今月30歳になったばかり、2人の兄のいる末娘。NEWSのアイドル増田貴久のファンという素顔も見せる。所属会社・ALSOKのテレビCM「1、2、3、4……」でもおなじみ。「リオ五輪も狙う」と快活に宣言した。

（2012・10・24）

名伯楽　佐々木則夫

千里を駆ける資質を秘めた馬はいても、それを見抜く眼力と鍛え上げる手腕を持つ伯楽はそうはいない。日本サッカー協会は1日、なでしこジャパンの佐々木則夫監督との契約を更新したと発表した。日本の女子サッカーを世界の頂点へ羽ばたかせた手腕は、名伯楽と呼んで差しつかえない。ノリさんの続投決まる。なでしこたちも喜んでいることだろう。「ノリさんの明るくてユーモラスなところは、なでしこジャパンの雰囲気をよくしてくれます」とイレブンの一人。練習では厳しい監督だが試合の時は「大好きなサッカーを存分楽しむこと」と余分な力みを取り除いてくれるノリさんだ。力を引き出す基本はコミュニケーション。昨年夏のW杯ドイツ大会で初優勝、今年のロンドン五輪で銀メダル。高い峰の登頂を果たした後、改めて次のステップへ情熱を持って進めるか。ご本人も熟思の末、続投を望む声に押されて決断した。ノリさん、一緒に世界一になろうと選手たちが言って、そうなった。それをまた期待しよう。

（2012・11・2）

体操ニッポンの系譜

体操・全日本選手権の男子個人総合で内村航平（コナミ）が六連覇を達成した。男子史上初の快挙。と聞いて、体操ニッポンの王者の系譜を思い浮かべた。これまでの記録・五連覇を達成した選手は、竹本正男（1947〜51）小野喬（56〜60）塚原直也（96〜2000）の3人だった。これに次ぐ四連覇を記録したのは、遠藤幸雄（1962〜65）冨田洋之（2004〜07）。いずれ劣らぬ名選手たちだ。竹本は体操ニッポンの第一世代、戦場体験もある。1952年のヘルシンキ大会で五輪出場の夢を果たした。「小野に鉄棒」の小野はメルボルン、ローマの個人総合で「銀」。ローマから始まる五輪団体五連覇の礎をつくった。東京では遠藤が日本初の個人総合「金」。塚原は父子2代の名手。父・光男はウルトラC「月面宙返り」（ムーンサルト）でミュンヘンを沸かせた。ロンドンで「金」の内村は全日本六連覇で輝ける先輩たちをしのいだ。けがで半年休み明けの優勝。体操ニッポンを引っ張る一層の精進を望む。

（2013・5・13）

冒険の遺伝子　三浦雄一郎

「人は目標を失った時、心の老いが始まる」——三浦雄一郎さんは近著『冒険の遺伝子は天頂《いただき》へ』にこう書いた。これが副題「なぜ人類最高齢で、3度目のエベレストなのか」の答えだろう。「人間は具体的な目標を持つと、それに向かって行動する意欲が湧く」と続く。「80歳でエベレストに登頂する」が三浦さんの具体的な目標だった。世界最高峰に限界を超える挑戦は死を意味する。限界ぎりぎりを追求する執念の登頂だ。「その限界が頂上であれば、これ以上のことはない」と書いて出発それを果たした。自身3度目、70、75歳に続く80歳での登頂は世界最高齢の新記録だ。かつてのメタボ体質、不整脈、骨折などを壮大な目標と周到な準備で克服した。後期高齢者の輝ける星が、あらゆる世代を勇気づけた。快挙を支えた家族にも喝采を送ろう。前回、75歳で登頂に成功後、三浦さんは80歳の再挑戦を長女の恵美里さんに伝えている。「そんなこと誰にも言わないで」と怒られた。今度は次のどんな目標をどう話すか。

（2013・5・24）

五輪再び東京に

7年後、2020年に自分は何歳になっているか。きのうは多くの人がこの計算をしたことだろう。その年、東京で夏季五輪・パラリンピックが開催される。再び東京にオリンピックの感動がよみがえる。あの1964年の東京五輪から56年ぶりの開催だ。日本時間の8日午前5時20分、国際オリンピック委員会（IOC）のJ・ロゲ会長が開催都市を「TOKYO」と告げると、ブエノスアイレスで東京でこの瞬間を固唾《かたず》を呑《の》んで見守っていた人たちの歓声が沸いた。抱き合い、肩をたたき合い、歓喜の渦ができた。同じ一つのことで日本人が一つになってこんなにも喜び合ったのはいつ以来だろうか。これで7年後に向け、同じ夢と希望をもって元気にスタートできる。「五輪という新しい〈坂の上の雲〉を目指すことで〈心のデフレ〉を取り払い、国全体が自信を取り戻すきっかけになる」と猪瀬直樹東京都知事。そう。〈2020年東京五輪〉は日本の新しい〈坂の上の雲〉になった。そのことを心からうれしく思う。

（2013・9・9）

佐藤真海さんの笑顔

2020年東京五輪・パラリンピック招致に成功したチーム日本の凱旋に喝采を送る。ありがとう。7年後、どんなかたちで開催を迎えるかを考えるとき、素晴らしかったメンバー全員の中でも、とりわけパラリンピック走り幅跳び代表・佐藤真海《まみ》さんのスピーチを胸に刻んでおきたい。佐藤さんは骨肉腫で20歳の時に足を失った義足のアスリートである。同時に東日本大震災で被災した宮城県気仙沼市の出身でもある。その二つの重い体験を通したひと言、ひと言がIOC委員の胸を打ち、招致成功を引き寄せた。「私がここにいるのはスポーツによって救われたからです」と人生で大切なスポーツの価値、それが2020年東京大会が世界に広める価値だと訴えた。その笑顔は1度絶望の淵《ふち》に沈んだ人とは思えないほど明るい。佐藤さんが実現を引き寄せたのは東京五輪と東京パラリンピックの二つ。これを肝に銘じ、バリアフリーの7年後に向かおう。東日本大震災の被災地復興は東京五輪をバネに大きく進展させよう。

（2013・9・11）

G1通算100勝　武豊

〈G1通算100勝〉――武豊騎手が17日、京都競馬場の第30回マイルチャンピオンシップで達成した。前人未到の大記録に喝采を送る。武騎手のG1初制覇はデビュー翌年の19歳。1988年11月、スーパークリークに騎乗した菊花賞。以来25年をかけて、中央、地方、海外で積み重ねた。四半世紀で到達した大台がいかに抜群で遠いものか、騎手仲間がその重みを一番知っている。史上2位が岡部幸雄元騎手の32勝、3位以下は安藤勝己元騎手、横山典弘、岩田康《やす》誠《なり》騎手らが続くが、30勝に届いていない。「うれしいが、ここを目標にしてきたわけではないし、もっと増やしたい」と武騎手。「来週には101勝ができるように頑張りたい」というあたりがすごい。思い出の勝利を問われると「早く凱旋門賞を思い浮かべたい」と答えた。〈百尺の竿頭《かんとう》に一歩を進む〉。すでに到達した極点より、さらに向上の一歩を進める。後ろを振り向かず、けがも乗り越え、常に前向き。名人、達人の境地とはこういうものかと思う。

（2013・11・19）

田中将大ヤンキースへ

気の早いファンならもうニューヨークとボストンのアメリカ・ツアーを考えているかもしれない。東北楽天ゴールデンイーグルス田中将大投手の米大リーグ、ニューヨーク・ヤンキース入りが決まったからだ。田中投手は新ポスティングシステムでヤンキースと7年の長期契約で合意した。ヤンキースとボストン・レッドソックスは古くからの長いライバルで、日本ならさしずめ巨人—阪神の関係だ。現在、ヤンキースにはイチロー選手と黒田投手が、レッドソックスには上原、田沢両投手が在籍している。田中投手が加われば今季、両軍の対戦には日本人同士の投げ合いが大いに期待できる。田中投手の7年契約は年俸総額が1億5500万ドル（約161億2000万円）にも上る。日本人選手の史上最高額。ヤンキースは昨年、プレーオフ進出も逃し、今季は5年ぶりのワールドシリーズ制覇を強く期している。田中投手の驚異の高額契約は日本野球への高い評価とも言える。その評価を喜ぶとともに期待に応えるよう望む。

（2014・1・23）

喝采！ 浅田真央

新女王はロシアの17歳、A・ソトニコワだった。下馬評の高かった金妍児（韓）でも浅田真央（日）でもY・リプニツカヤ（露）でもない。フィギュアスケート女子は〈これが五輪〉を存分に見せて終わった。日本時間のきょう21日午前4時まで眠気も覚えずテレビで観戦、まれに見るレベルの高い選手たちの熱闘を堪能した。前日のショートプログラム（SP）でまさかの16位と大失敗の浅田真央が本来の姿に戻り、この日のフリーは142・71の自己新。SPの55・51と合計で198・22。順位を6位に上げた。他のだれも跳ばない3回転半、トリプルアクセルをはじめすべてのジャンプを成功させた。フリーだけの得点なら3位の演技に意地の真価を見せた。演技を終えてあふれた涙と間をおいて見せた笑顔の両方に万感の思いを見た。一面識もない日本中のだれもが「真央ちゃん」と呼ぶほどの期待を一身に背負った女性。フリーで10人ごぼう抜きの離れ業、最後に自分の目指した演技ができてよかった。ご苦労さま。喝采！

（2014・2・21）

第8章　新潟中越地震・東日本大震災

雪国を襲った激震

〈新潟県中越地方〉――長岡、見附、山古志、小千谷、十日町、湯沢、塩沢……の地名を聞けば、米百俵、越後縮み、ニシキゴイ、スキー場などを思い浮かべる。塩沢は江戸時代の文人、鈴木牧之《ぼくし》の生地。そこは〈雪国〉である。牧之の著した書『北越雪譜』は江戸時代の雪国百科全書。「暖国の人は雪を賞美するが、わが越後では雪のために力を尽くし、財を費やし千辛万苦する」と牧之は書いた。10月末、11月の声を聞けば、暖国とは異なり、もう冬も雪も近い。大地震発生から3日目、夜の冷え込みは日に日に厳しくなる。この地方は雪国であるとともに全国有数の地滑り地帯でもある。加えて今年はすでに何度も台風に見舞われた後の強烈な地震だ。余震の続く中の不安と寒さ、停電の闇。「雪を見て楽しむ暖地に生まれた人の天幸をうらやむ」と牧之は書いた。この強烈な地震を体験したら何と書くだろうか。道路は寸断、通信も途絶えて、陸の孤島となった山古志、小千谷などの集落はとりわけ厳しい。被災地の千辛万苦に全力をあげて救援、支援を尽くそう。

（2004・10・25）

陸の孤島

一村まるごとの避難。そのことが新潟県山古志村がいかに甚大な被害をこうむったかを物語る。村は出るも入るもままならぬ文字通り陸の孤島となったから、住民2200人は自衛隊のヘリで脱出だ。三宅島の全員離島を思い浮かべた。いつ戻れるのか。村を離れた山古志の人たちは、変わり果てた里の惨状を、ヘリの機上からどんな思いで眺めたか。住民の約4割が65歳以上のお年寄りだ。ヘリによるピストン輸送の脱出劇の中、避難を拒否した人がいた。いったんは避難に応じたが、また村に戻った人がいた。無理もない。全くの無人になったら、だれがニシキゴイの世話をする。だれが牛にえさをやる。江戸の昔からこの棚田の山村はニシキゴイの里、牛の角突きと呼ばれた闘士の里。紅白、大正三色、昭和三色、浅黄、黄金、プラチナ……鮮やかなニシキゴイの品種の数々、力強く角を突き合う雄牛のたくましさが目に浮かぶ。NHKの連続テレビ小説「こころ」の舞台にもなった。激甚災害に追い打ちをかけるような雨。被災地に天は無情、あすの予報も雨だ。

（2004・10・26）

優太ちゃんの奇跡

〈最後まであきらめないで〉――2歳の優太ちゃんが、そのことの大切さを教えてくれた。優太ちゃんの救出は大地震の暗雲に差した一条の光にも思えた。小さな生命力に驚嘆し感動する。「生きていて」と最後まであきらめなかった父、皆川学さんの祈りが通じたのだろう。不屈の作業を続けたレスキュー隊の実りでもある。父は行方不明の妻子を追って、道をたどり、避難所を訪ね、駐車場を回った。家族の安否を思う心の痛ましさを思う。救出作業は頻発する余震の中、危険な土砂と岩石との闘いでもあった。膨大な土砂と岩石が100メートルにもわたり道路を埋め、川へと押し流した。長岡市の信濃川沿いのがけ崩れ現場、母子3人の車はそこに無残に埋もれていた。〈優太ちゃんの奇跡〉とでも言おうか。わずかな空間が2歳児の呼吸を助け、無情な土砂が逆に体温を辛うじて保たせた。分岐点といわれる72時間を超え、92時間後の生還は記録的で奇跡的。「ママ」と優太ちゃん。でも、そばには母の貴子さんも姉・真優ちゃんもいない。一緒だとよかったのに。

（2004・10・28）

想定外

〈想定外〉——三陸沿岸は津波にしばしば見舞われてきた。1896年（明治29）の明治三陸津波の死者は2万2000人。1933年（昭和8）の昭和三陸津波でも死者3000人を超える大被害。これらの経験から三陸沿岸では防潮堤建設、集落の高所への移設などが進んだ。住民の津波に対する意識も高い。それでも今回、各地で壊滅的な惨状を呈したのは、マグニチュード9・0による大津波は三陸の住民にとって想定外の超弩級《ちょうどきゅう》津波だったということだろう。ビルなら3階へ逃げれば大丈夫が経験則だったが、4階でもダメだった。範囲は広く破壊力は激甚だった。死者・行方不明者の最終的な数は想像するのも怖い。加えて原子力発電所の不安がある。これは住民の経験外だ。想定のしようもない。が、プロの東京電力が〈想定外〉と言うなら恥ずかしい。水素爆発が連続した。〈計画停電〉は計画の名に値しない泥縄だった。案の定、首都圏の足は大混乱。それこそ利用者にとっては許せない〈想定外〉だ。

（2011・3・15）

酷寒の被災地

〈大寒は第四日目のことなりし〉――発生が1月17日だった阪神大震災の際、当欄はこんな句を書いた。16年の時を隔て、マグニチュード9・0の東日本巨大地震の発生から1週間、今回の被災地は17日も18日も最低気温は氷点下4度、6度などが目立つ酷寒。もう3月半ば、東北と阪神では違うにしても、春は名のみどころか、大寒に負けない厳しさだ。〈大寒は……〉は高野素十の句〈大寒の……〉を拝借したもので、元の句は大寒に逝った人を悼んだ句だ。今回の死者・行方不明者は合計約1万5000人を超えた。なお孤立して救助を待つ人、肉親、知人を捜し続ける人。避難所の人々の膨大な数。食料、衣類から薬品、燃料……あらゆる物資が不足している。そこに雪も降り積む寒気の厳しさ。地震・津波から生き残りながら、避難先で持病の悪化などで亡くなる「災害関連死」が出始めた。原発事故の不安も募る。放射線の危険の中、自衛隊ヘリや消防車の放水作業が続く。過酷なまでの試練に耐える人々に頭が下がる。

（2011・3・18）

過酷な巣立ち

〈波ふえて卒業の日の沖みえず　藤田湘子〉――歳時記の解説によれば卒業の日の海は限りなく広がる未来の象徴。しかし現実は厳しい。卒業後の人生を「沖みえず」と言ってとめている。「波ふえて」は押し寄せる困難がすでに迫っていることの暗示だという。巣立ちの季節にこの句は重い。巨大地震と大津波の後に卒業式を迎えた今年はとりわけつらく胸にしみる。波、沖の記憶が鮮烈すぎる。超のつく強烈な波に見舞われたばかりなのだ。きょう25日であの日から2週間。25日現在の死者1万35人、行方不明1万7443人。日に日に伸びるこの数の行き着く沖はまだ見えない。避難所で卒業式を行った学校、津波をくぐり抜けた卒業証書を渡された子。だが、一方には、全校児童108人のうち7割が行方不明や遺体で発見という宮城県石巻市立大川小のような悲劇もある。下校直前に校舎ごと津波にのみこまれた。過酷な巣立ちの季節。さまざまなかたちで迎えた卒業の日、たくましく波を乗り越えるように祈る。

（2011・3・25）

トレンチ、汚染水

〈トレンチ〉――福島第一原発の作業用トンネルのこと。大量かつ高濃度の汚染水が新たに見つかり、処理が大きな難問に浮上した。もとは英語の溝、堀、軍用語で〈塹壕《ざんごう》〉。第1次世界大戦の際、英軍が西部戦線で掘った塹壕を思う。長い塹壕戦に耐えるため悪天候用に作られた防水レインコートがトレンチコートだ。これが民間にも広がり世界的に愛好された。今、巨大地震と大津波に痛撃された原発の修復・防災作戦でトレンチの名を聞こうとは思わなかった。西部戦線に劣らぬ長い塹壕戦になりそうで心配だ。高濃度の汚染水をトレンチから溢《あふ》れさせないことが大命題。最前線の作業は過酷で危険極まりない。ここのトレンチコートは単なる防水ではすまない。が、先日はくるぶしまで汚染水に漬かって被曝《ひばく》した作業があった。全世界が注目している修復作戦だが、作業員の食事も睡眠も不足。労働環境が悪すぎないか。塹壕戦最前線の奮闘に頭が下がる。司令塔は誤りないように望む。誤ると部隊の存亡にかかわる。

（2011・3・30）

甘過ぎる東電

「私自身は（対応に）まずさというものは感じていない」――東京電力の勝俣恒久会長がこう述べた。きのうの記者会見で人災との指摘もあると問われての答えだ。「ただ現場では電気が通じず、通信ができない状況で作業が長くかかった。意図せざる遅れがあった」ということだそうだ。今は何よりも深刻な状況の収束が第一だから、苦闘している東電や政府への批判も抑制的ではある。が、巨大地震と津波の大惨事に追い打ちをかけた原発に被災者は耐えつつも怒っている。東電、政府の当事者は甘えてはなるまい。何でも、いつまでも「想定外」はあるまい。「まずさは感じていない」は採点が甘すぎる。特に司令塔は心すべきだ。郷里を遠く離れて避難を余儀なくされた多くの人々、野菜や原乳の出荷を制限され、風評被害にも悩む農家、放射能最前線で作業する人の劣悪な生活環境……を思うといい。原発修復作業は一進一退にも見える。今後こそ多くの人が「まずさを感じない」進展を政府、東電の司令塔に望む。

（2011・3・31）

被災地の新学期

〈入学児母を離れて列にあり　松尾静子〉〈入学の吾子《あこ》人前に押し出《い》だす　石川桂郎〉――入学式に臨むわが子を詠んだ父母の句。時代は移っても、子を思う親の心に変わりはない。喜びとともに緊張する子どもの姿も同じだろう。が、超のつく大震災に見舞われた今年、被災地の親子が迎える新学期の形はさまざまだ。地域、学校によって入学式、始業式の日取りも形も違う。本紙の調べだと、岩手、宮城、福島、茨城の被災地で少なくとも公立小中高155校が自校で授業を再開できなくなっている。児童生徒2万7600人以上に影響する。すでに郷里を離れて、他郷で転入学した子も多い。新学期は今月中旬から来月の所も。環境は厳しいが、大震災を生き抜いた子どもたちだ。たくましさがきっとある。その子らのためにドイツの詩人フライシュレン作、山本有三訳のこの詩を贈ろう。〈心に太陽を持て。あらしが　ふこうと、ふぶきが　こようと……勇気を失うな。くちびるに歌を持て。心に太陽を持て〉。

（2011・4・7）

ベスト？

「ベストを尽くした」と東京電力の清水正孝社長。きのうの記者会見で言った。それでいいの？　と思う。〈ベストを尽くす〉は決意表明には向いた言葉だが、思うに過去形で「ベストを尽くした」はどうか。特に成果の上がっていない場合なら、聞く側はしらけたり、激怒することもあろう。福島第一原発の事故は収束の見通しが立っていない。対応の不手際が指摘されているが、社長は「適切な対応だった」とも言った。菅首相が「近く示される」と言った収束の見通しは「一日も早く」と言うばかりだ。被害者への賠償は「仮払いをしたい」と述べたがこれも「国と協議して」の話。すでに海江田経産相が100万円の数字を出した後だが、全く具体的でない。今回の「ベスト発言」で、阪神大震災の際、当時の村山首相が「最善の措置をとった」と答弁、追及されたことを思い出した。事故後、体調を崩して戦列を離れたこともある人の「ベスト」はいたわるが司令塔としての「ベスト」にはより厳しい目が欠かせない。

（2011・4・14）

希望の丘

〈希望の丘〉——「大量のがれきを有効利用して津波より高い丘をつくってはどうか」と東日

本大震災復興構想会議の議長になった五百旗頭真・防衛大学校長。震災記念公園にして非常時にはそこに逃げる。膨大ながれきの山は復興の大きな妨げだが、それを利用する。この話を聞いて、欧州の先例を思い浮かべた。第2次世界大戦でがれきの街と化したドイツ・ミュンヘン市の話。ミュンヘン五輪のメーンスタジアム近くの緑の小山、これががれきを積み上げた人工の丘と聞いて、驚いたものだ。今は五輪記念公園の一角になっている。復興構想会議は先週スタートしたばかり。本部やら会議やらの乱立に疑問もあるが、構想が〈希望の丘〉になるといい。が、菅首相が原発問題を議論の対象から外すよう指示したのはいただけない。それ抜きでどんな構想を描く？　異論が続出、議論することに転換した。当然だ。東電が工程表を発表したが、収束の見通しは心もとない。このもたつきは復興の妨げ、がれきの比ではない。

（2011・4・18）

震災歌集

『震災歌集』――あの3月11日の夜から長谷川櫂さんに荒々しいリズムで短歌が次々に湧きあがってきた。これは東日本大震災から12日間の氏の短歌による記憶と記録。中央公論新社から刊行される。俳人の氏が、なぜ俳句ではなく短歌だったのかは、氏にもまだわからない。「やむにやまれぬ思い」というしかないという。「津波とは波かとばかり思ひしがさにあらず横ざまにたけりくるふ瀑布《ばくふ》」に始まる119首は巨大な地震と津波、そして原発事故が巻き起こした混乱と不安の日々を記録した。「かりそめに死者二万人などといふなかれ親あり子ありはらからあるを」「夥《おびただ》しき死者を焼くべき焼き場さへ流されてしまひぬと町長の嘆き」「原発を制御不能の東電の右往左往の醜態あはれ」……首相、東電社長に対する厳しい歌もあり、「やむにやまれぬ思い」に共感する。国のあり方を変えるほどの大震災に、詩歌も向かい合わなくてはという思いが響いてくる。「人々の嘆きみちみつるみちのくを心してゆけ桜前線」。

（2011・4・19）

北国の春

自分の家、自分の土地であって、そうでない。きょう22日午前0時から〈立ち入り制限〉の表示が〈立ち入り禁止〉に変わった。福島第一原発から20キロ圏内に〈避難指示〉が出た日から着の身着のまま、もう40日以上も避難所生活の人たちは、避難指示区域が〈警戒区域〉に変わったため許可なしには帰ることもできない。〽白樺《しらかば》青空　南風……あの故郷《ふるさと》へ帰ろかな　帰ろかな――。「この歌を歌って今回ほど共感と喝采をもらったことはない」と〈北国の春〉の歌手千昌夫さん。この春ほどだれもが〈故郷〉を強く意識した春はなかったのではないか。壊滅的に姿を変えた故郷、去ることを強制された故郷、避難所で遠く思う故郷。そんな折、避難所を訪れた菅首相。「早く原発を抑えてくれ」「早くうちへ帰らせてくれ」「もう限界」と怒号に包まれた。ボタンのかけ違い、間の悪いパフォーマンスを見るようだった。「全力をあげる」。最高指揮官の胸を打たない言葉を聞き、空《むな》しい振る舞いを見るたび悲しくなる。

（2011・4・22）

ままへ。

「三月三十一日付の読売新聞はこの災害でもっとも胸迫る詩を書いた四歳の詩人の作品を載せた」。作家の曽野綾子さんが『新潮45』5月号にそう書いている。〈ままへ。いきてるといいねおげんきですか〉――岩手県宮古市の津波で両親と妹を失った昆愛海《こんまなみ》ちゃんが書いたあの作品のこと。朝刊1面と社会面に載った。避難先の親戚の家のこたつで1時間近くかけて書いたママへの手紙だ。ここまで書いて、愛海ちゃんは疲れたのか寝入ってしまった。読んで泣かされた。3・11以来、涙なしには読めない記事が連日のように山とある。読売新聞特別縮刷版『東日本大震災　1か月の記録』が刊行された。初日の号外に始まり、東京本社発行の朝夕刊から大震災に関連したページを抜粋した記録。重要な面だけを選んで417ページ。災害の規模に改めて慄然《りつぜん》とする。死者数1万4358人、行方不明1万1889人、避難者13万9904人（25日現在）。少なくともこの倍数の涙があり、詩もドラマもあり、それがなお続く。

（2011・4・26）

絆はうすし

〈一年も瓦礫《がれき》の山は処理されず「絆」はうすし日本列島〉（成田市　藤崎操）〈ダンボール一個

分づつ瓦礫処理担ひ合おうよ天災だもの〉（渋川市　福田智子）。いずれも16日朝刊「読売歌壇」にある。東日本大震災の発生から1年が過ぎても、被災地に残る膨大ながれきの山を見ると復興への道の厳しさ険しさを痛感する。17日、細野環境相がその広域処理の受け入れについて発表した。これによると、26都道府県・13政令市が受け入れの方針を示している。が、現状で搬入を始めたのはまだ東京都と青森、山形両県のみだ。政府は先月、宮城、岩手両県のがれきのうち約400万トンを受け入れる広域処理を野田首相名の文書で全国に要請した。発表はその回答のまとめ。受け入れの自治体がやっとここまで広がったとも言えるが、年間の処理可能量の数値を入れた回答、そうでないもの、積極性の濃淡はまちまちだ。安全性に不安があるなら試験焼却などで証明すればいい。広域処理が牛の歩みなら、「絆はうすし」の嘆きは続く。

（2012・4・18）

人災

〈想定外〉――大手を振ってまかり通っていたこの言葉を木っ端みじんに粉砕した。そんな迫力がある。東京電力の福島第一原発事故を検証した国会の事故調査委員会・最終報告書のこと。自然災害ではなく意図的な対策先送りが招いた〈人災〉と断定。この種の報告では類を見ないと思う。明快で分かりやすい。これまでの東電や政府の説明で疑問に思った点に次々メスを入れてくれた。「今回の事故は何回も対策を打つ機会があった」という見方が報告の土台にある。「にもかかわらず、規制当局と東電経営陣は先送り、不作為……で安全対策を取らないまま

3・11を迎えた」に暗然の思いだ。規制当局と東電の立場が逆転し「専門性の欠けた規制当局が強い影響力を持つ事業者のとりこになった」という分析にうなずく。東電のおごりと尊大が分かる。発生時、官邸の過剰介入、東電経営陣の心構えのなさ……が情けない。政府も東電も心して報告をかみしめてほしい。規制当局がとりこのままなら、人災はくり返される。

（2012・7・6）

決断と行動　吉田昌郎

「これから海水注入の中断を指示するが、絶対に注入をやめるな」――吉田昌郎さんのこの決断と行動を決して忘れはしない。2011年3月12日、東日本大震災発生翌日のこと。混乱迷走する官邸と東京電力本店の指示に従うふりをして、自分の信ずる注水続行を部下に伝えた現場のリーダーが当時の東電福島第一原発所長、吉田さんだった。これほど豪胆で結果として正しかった〈面従腹背〉を知らない。納得のいかない指示を無視して、生死を分ける現場の決断を貫いた人物に深い敬意を表する。その吉田さんが9日、食道がんのため亡くなった。事故による被曝と因果関係はないと東電は言うが、この死は原発事故と闘った戦士の〈戦死〉だろう。残念でならない。明るく豪胆な人。部下を信じ、部下も彼のためなら命がけで働く。人を心服させる親分肌の人。不幸な原発事故で優れた指導力を発揮した。本店とのテレビ会議で「ディスターブ（邪魔）しないで」と叫ぶ現場第一の人、吉田さんの声が痛ましく耳に残る。

（2013・7・10）

第9章　皇室のこと

日本の母

あの温かい笑顔は長く〈日本の母〉の優しさの象徴であった。ほほえみは喜びの時も、悲しみの時も、人を優しく包んでくれる。皇太后さまのご逝去に、昭和の母たちを思い、その一家の生きた日々を思う。今は帰り来ぬその日々に、限りないノスタルジアを込めて。〈昭和〉がまた、さらに遠くなった。「み山なる宮に送らむ夏衣にわかにたけものびぬとぞ聞く」。戦時中、日光に疎開された皇太子（現天皇）を思いやり、遠くにあって、わが子の成長を喜ぶ母の心の歌だ。「みこころを悩ますことのみ多くしてわが言の葉もつきはてにけり」は夫君、昭和天皇の心労を気遣われた歌。皇太后さまは母として、妻として、皇后として昭和を生きた。一番つらかった思い出は戦中戦後の「お上（昭和天皇）のご心労」。楽しかったことは「東宮さま（現天皇）の誕生」と「お上のおともで行った初めての海外旅行」。昭和天皇の崩御から11年余。二十世紀の97年を生きて、皇太后さまは、夫君のもとへと旅立たれた。やすらかにお眠り下さい。

（2000・6・17）

香淳皇后

亡くなられた皇太后さまのお印は「桃」。それにちなんで、絵をたしなまれるときの雅号は「桃苑」。いかにも皇太后さまらしい。その皇太后さまの追号が「香淳皇后《こうじゅん》」と決まった。「香」は美しく、高雅、「淳」は清く、情け深い。追号もまた桃を連想させる。桃は花も果実もふっくらとあたたかい感じだ。エンプレス・スマイルといわれたあのほほ笑みは、桃のほほ笑みと言っていいかも知れない。描かれた絵ものびのびとして、おおらかで、味わいがあると評された。皇太后さまの絵の先生は、川合玉堂、前田青邨、平山郁夫の大画伯たち。「非常にきれいな気持ちをお持ちで、絵に雅品がある」と前田画伯。追号の意はこれにも一致している。追号の出典はわが国最古の漢詩集「懐風藻《かいふうそう》」の二つの詩だ。「花舒桃苑香（花開いて桃の園は香《かぐわ》しく）」「九域正清淳（天下に清らかな徳が広くおよんでいる）」から「香淳」が取られた。2作とも懐風藻に多い宴の詩。昭和天皇と香淳皇后が桃の園の宴でおそろいになった情景も想像できる。

（2000・7・11）

愛子さま、天真の笑い

赤ちゃんの天真の笑いは素晴らしい。万人の心をなごませる。うそ、偽りを続ける者どもは、その天真に心を洗い直すといい。敬宮《としのみや》愛子さまが、宮中三殿に初めて参拝された。一般のお宮参りに当たる行事。愛子さまの天真の姿がうれしく目に映った。いやなニュースの続く日々だが、まぶしいような映像にほっとさせられた。わが子、わが孫の宮参りとも重ね合わせてみる。愛子さまの参拝は、お誕生から１０３日目。皇太子さまの場合は50日目だったが、寒さに配慮し、この日に延ばされた。一般の場合でもおだやかな日を選んで行く。女児が生後30日、男児が31日といったならわしもあるが、地方によって違い、生後１００日目や、早いのは7日目の所もある。何よりも赤ちゃんの体調が最優先だ。暑さ寒さを避けるのがいい。愛子さまの場合「賢所皇霊殿神殿に謁《えっ》するの儀」と呼ばれ厳かだが、気候に配慮するのは一般と同じこと。〽こんにちは赤ちゃん……。〽孫という名の宝もの……。皇太子ご夫妻、天皇、皇后両陛下も目を細めておられることだろう。

（２００２・３・14）

皇后さま、古希

てのひらに君のせましし桑の実のその一粒に重みのありて――昭和34年（１９５９）の皇后さまの御歌。常磐松の御所の朝、初々しい新婚生活のひとこまがうかがわれる。夫が妻のてのひらにヤマグワの実を乗せた情景。庭にはコジュケイが鳴いていた。そこで美智子妃だった皇后さまはアスナロ、ヒノキなど木曽の五木のことを皇太子だった天皇陛下から教わった。それからご夫妻がともに歩まれた歳月は45年、きょう、皇后さまは70歳の誕生日を迎えられた。古希を迎えたお言葉は穏やかだが、年輪を刻んだ重みと深みがある。皇室に嫁いだ朝の両親のこと、戦時下で過ごした少女時代、妻となり、公務をつとめつつ母となり祖母となった日々……。とりわけ同世代の女性には共感も深いことだろう。皇太子誕生のときに詠まれた一首を思い出す。あづかれる宝にも似てあるときは吾子《わこ》ながらかひな畏《おそ》れつつ抱《いだ》く――畏れつつに、皇室で母となった日の思いがうかがわれた。古希をお祝いする。しかし人生七十、今はまれではない。なおなお末永くお元気で。

（2004・10・20）

伝記『高円宮憲仁親王』

高円宮さまの急逝から今年11月で、はや3年になる。伝記『高円宮憲仁親王』の刊行を記念して昨夕、都内のホテルで、宮さまをしのぶ会が開かれた。47歳と11か月のご生涯は短過ぎる。が、この伝記は、同じ歳月でも宮さまのそれが、いかに豊かで多彩で、濃密なものであったかを教えてくれる。並の人生の何倍、何十倍にも当たる歳月だった。世界に日本に、スポーツに文化芸術に、幅広く残された見事な足跡に驚嘆する。膨大な資料と数々の証言、多くのエピソードが宮さまのお人柄をしのばせる。伝記は三笠宮、高円宮両家の全面的なご協力を得た。なかんずく、母君・三笠宮妃の育児日誌「暁《あかつき》乃《の》柊《ひいらぎ》」全6冊は宮家門外不出、宮さまの成長を知る貴重な記録である。21年も勤務された国際交流基金での日々も楽しく読める。「殿下を見習え」と言われた機敏。ご自分の歓迎会を自分で企画、設営した気さくな交遊。「スーパーマン」とも評されたタフな行動。「兄のような存在」と皇太子さまが述懐された。かけがえのない高円宮のありし日に哀惜の念が募る。

（2005・6・14）

天覧競馬

〈のる人の心をはやくしる駒は　ものいふよりもあはれなりけり〉〈ひさしくもわが飼ふ馬の老いゆくが　をしきは人にかはらざりけり〉。いずれも明治天皇の歌である。このように馬を詠んだ歌がいくつも残されている。馬に心を通わせ、馬を見る目も確かだったという天皇がしのばれる。当時の横浜・根岸競馬場には天覧13回の記録がある。きのうの中央競馬・天皇賞(秋)は、〈エンペラーズカップ100年記念〉のレース、東京競馬場に天皇、皇后両陛下をお迎えして行われた。天皇賞は1937年が第1回だが、05年、根岸競馬場のエンペラーズカップがその起こり。天皇、皇后両陛下は皇太子ご夫妻時代に2回、東京競馬場にお見えになったが、天皇としては初。〈天覧競馬〉は明治以来となった。古来、皇室と馬の縁は深い。きのうは宮内庁主馬班による古馬術「母衣《ほろ》引き」も披露された。すぐには競馬のお好きな英王室のようにとはいかぬかも知れないがもっと気軽にご観覧頂きたいとも思う。ファンは拍手で迎え、天皇賞騎手は深々と礼をしていた。

(2005・10・31)

紀宮さまご結婚

〈そのあした白樺の若芽黄緑の透《す》くがに思ひ見つめてありき〉〈部屋ぬちに夕べの光および来

ぬ花びらのごと吾子は眠りて〉。紀宮さま誕生のとき、皇后さまはこんな二首を詠まれている。紀宮さまはご誕生以来ずっと天皇家の光であり、花びらであった。「家族を優しく支えてきたことを深く感謝しています」「いつも私ども家族の喜びでした」と天皇、皇后両陛下。娘を嫁がせる両親は喜びとともに一抹《いちまつ》のさびしさを覚える。ましてその存在が光や花びらならひとしおだろう。紀宮さまは母・皇后のご結婚についてこう話されたことがある。「踏み切らせた最終的なものが、（お相手の）立場に対する深いご自覚であったことを考える時、何とも言えぬ感慨を覚えます」「戸惑いながらも投げ出さず、最後まで考え続けて答えを出すお姿は、私に複雑さに耐えること、考え続ける意義を教えて下さった。喜びと少年のような明るさで子供たちを伸び伸び育て家庭に楽しい笑いを下さいました」。あす、ご結婚、今度はご自分の番がきた。お幸せに。（2005・11・14）

慶事とくず湯

母は前夜、娘の疲れを気遣い、温かいくず湯やしょうが湯をすすめた。当日の朝は「大丈夫よ」としっかり抱きしめた。父は「絆は変わらない。折々にいらっしゃい」と話した。きょうはもう黒田清子《さやこ》さんになった紀宮さま。天皇、皇后両陛下の清子さんを思う心は、立場こそ違え、世の両親と変わりない。結婚式も披露宴も和やかだった。ほのぼのとした雰囲気がよかった。簡素でつつましやかな運びに好感を覚えた。引き出物の〈磁器のボンボニエール〉がそれを象徴している。皇室の慶事に欠かせない菓子入れ。秩父宮妃勢津子さまに『銀のボンボニエール』という著書があるように純銀製が多いが、今回は磁器が選ばれた。新郎新婦のお人柄がうかがわれる。「ボンボニエールは心の中の明るい灯で不思議に心が和む」と勢津子妃は書かれた。黒田さんご夫妻にもきっと明るい灯になるだろう。とどこおりなく式を終えて「安堵《あんど》しております」と清子さん。端然とした言葉遣いだ。向寒の折、幼時の母の味を思い、こちらも安堵して、くず湯で慶事にあやかろうか。

（2005・11・16）

コウノトリと笑み

〈人々が笑みを湛へて見送りしこふのとり今空に羽ばたく〉（秋篠宮さま）〈飛びたちて大空にまふこふのとり仰ぎてをれば笑み栄えくる〉（同妃紀子さま）。今年の新春、宮中恒例の〈歌会始の儀〉のお題は〈笑み〉だった。笑みの向けられた先には大空に羽ばたくコウノトリ。秋篠宮ご夫妻はそろってこの情景を詠まれたものだ。ご懐妊が明らかになる前のお歌だが、コウノトリが赤ちゃんを運んでくることを予感させるような笑み、きょうのご出産、おめでたにつながったようなお歌にも思われて、まことにほほえましい。帝王切開によるご出産は皇室では初めてというが、帝王とは皇室らしくもある。その名の由来はローマのジュリアス・シーザーがこの切開で生まれたからと伝えられる。英語ならシーザーの切開（Caesarean operation、もとはラテン語で sectio caesarea）だ。皇族の男子出生は秋篠宮さま以来で41年ぶり。天皇家では4人目のお孫さんで初の男子。皇位継承順位第3位の親王ご誕生を心からお祝い申し上げる。

（2006・9・6）

悠仁さま

〈悠仁《ひさひと》さまと高野槙《こうやまき》〉――お名前とお印がまこと絶妙の取り合わせと思った。雨の朝、高野山にすっくと伸び立つ高野槙の悠然たるたたずまいを思った。「菊を東籬《とうり》の下《もと》に采《と》り 悠然として南山を見る」は中国六朝の詩人陶淵明の作。〈悠〉は悠然、悠久、悠揚……などと使われる。悠然はゆったり、落ち着いて急がないさま。悠久ははるか久しく永久である。悠揚迫らずは大人の風格。悠の字の心を取った部分は人の背に水を注いで洗う形をあらわし、みそぎ、身を清めることを意味する。みそぎを終えたすがすがしい心情が〈悠〉でのどやか、落ち着いた、ゆったりとなる。父君・秋篠宮さまのお印は栂《つが》。栂は槙とともにやはり高野山に茂る木だという。高野槙に降る雨は慈雨であろう。悠仁さまの仁は皇室の男子の名につく決まりの字。慈しみの思いが込められている。九世紀、清和天皇の「惟仁《これひと》」が最初。ゆったり、のどかな仁の心が高野槙のようにすくすく育ちますように。ご両親の祈りがうかがわれる。思えば、せわしない世相。〈悠〉の心を世に広げたい。

（2006・9・13）

着袴の儀

〈着袴《ちゃっこ》の儀〉――皇太子ご夫妻の長女、愛子さまが11日に東宮御所で祝われた。皇室のお子さまが5歳を迎えるころに健康を祈願して初めて袴《はかま》をつける儀式。われわれなら〈七五三〉に当たるお祝いだ。〈賢所皇霊殿神殿に謁するの儀〉――秋篠宮家の長男、悠仁さまがきのう行われた儀式。こちらは〈お宮参り〉に当たる。子の成長を祝うのは、皇室であれ、庶民であれ、心のはずむ節目節目だ。〈行きずりのよそのよき子の七五三　富安風生〉〈七五三の飴《あめ》も袂《たもと》もひきずりぬ　原田種茅《たねじ》〉――よその子でもかわいらしく思う。きょう15日は〈七五三〉。子の成長の節々に、災厄に対する抵抗力をつける歳《とし》祝いの日だ。奇数はめでたい数であり、七五三は体調の変わる年齢でもあるとされてきた。そこで子には成長を自覚させ、同時に親は過保護を戒めようと念じる。めでたいから祝うのではなく、祝うことによって、めでたくしようという信仰のようだ。〈七つ前は神の子〉ともされる。児童虐待やいじめの横行する昨今、七五三をしっかり祝い、子の成長を祈ろう。（2006・11・15）

天皇、皇后ご夫妻の50年

50年、常に誠実で謙虚で寛容だった夫、その間、本当によく努力を続けた妻、お二人は金婚の日を迎え、互いに感謝状を贈った。「象徴とはどうあるべきか、いつも念頭を離れることがなかった」と天皇陛下、「50年の道のりは長く、時に険しくございました」と皇后陛下。うなずき、見つめ合うご夫妻の姿がいい。〈人の一生は重荷を負って遠き道を行くが如《ごと》し〉（徳川家康）というが、ご夫妻の50年は、常に国の出来事や人々の喜び、悲しみに心を添わせる、山あり谷ありの歩みだったと拝察する。例えば、8回の沖縄訪問を思う。沖縄の辛苦にはとりわけ心を寄せられていたが、皇太子時代の75年、初のご訪問では「ひめゆりの塔」前で火炎瓶が投げられた。当時の警備責任者・佐々淳行さんが近著『菊の御紋章と火炎ビン』で書いている。「ご夫妻は少しも動じなかった。最初にひめゆり同窓会長の安否を気遣われた」「ノーブレス・オブリージ（高い身分に伴う義務）に根づいた行動がうれしかった」ともある。

（2009・4・10）

国手

〈国手《こくしゅ》〉——名医のこと。医師を敬っていう古くからの語。「国を医する名手の意」とも辞書にある。天皇陛下の冠動脈バイパス手術を手がけた東大病院と順天堂医院心臓外科の合同チームの医師の方々に敬意を表す。これぞ国手の名にふさわしいと思った。「成功かどうかの判断は、陛下が術前に希望された公務、日常の生活を取り戻される時期。そのときを楽しみにしてほしい」と執刀医の順天堂大心臓血管外科の天野篤教授。その謙虚、慎重な言葉には余裕さえ感じられて素晴らしい。自信があればこそだろう。「普段の手術を普段通りしたということで、結果もその通りです。必ずや『いいようです』とお言葉を聞く日が来ることを確信します」とも述べた。さすがはオフポンプ（心臓を動かしたまま）の冠動脈バイパス手術を日本に定着させたパイオニアの国手、そしてその人を執刀医とした合同チームだ。手術の無事終了を喜び、一層順調なご回復をお祈りする。何よりも十二分のご静養専一になさいますように。

（2012・2・20）

橋をかける

「子供時代の読書は、私に根っこを与え、翼をくれました。この根っこと翼は、私が外に内に、橋をかけ、自分の世界を少しずつ広げて育っていくときに、大きな助けとなってくれました」。皇后陛下の著書『橋をかける』の一節。1998年9月、ニューデリーで開かれた国際児童図書評議会（IBBY）世界大会でのご講演「子供時代の読書の思い出」を活字にしたものだ。〈根っこ〉は安定の根だ。〈翼〉はどこへでも羽ばたける想像力。数ある「読書のすすめ」でこれに勝るものはないと筆者は思っている。その『橋をかける』と『バーゼルより』『THE ANIMALS』の皇后さまの本3冊が文芸春秋から復刊される。いずれも「すえもりブックス」が刊行したものだが、同社が出版を休止、手に入りにくくなったためだ。名著が今後も読み継がれるのがうれしい。『バーゼルより』もIBBYでのスピーチ。『THE ANIMALS』は、まど・みちおの詩「ぞうさん」などの英訳だ。14日に発売される。（2012・4・10）

第10章 教育・医療・研究

体罰

先生たちの中に「仕方がない」という考えがあるうちは、〈体罰〉はなくならない。あげくの不幸をもう繰り返さないでもらいたい。福岡地裁のきのうの判決によると、この七月、女子高生を体罰で死なせた先生は「日ごろから体罰禁止を建前に過ぎないと考え、安易に力に頼る指導をしていた」。体罰禁止は建前なんかではない。学校教育法第11条は体罰を禁じている。が、これが徹底しない。この先生のような考えはこの先生だけでないからだろう。教育的効果という期待が加わって〈愛のムチ〉だなどと美化されたりもする。そこに落とし穴がある。判決はこの体罰を「我を忘れた私的な怒り」と指摘した。結果はあまりにも重大だった。ムチに愛があるかどうかは、ムチを受けたものが一番よく知っている。校則を守らせるために法律に反する体罰を使うというのも大いなる矛盾だ。いじめ、登校拒否、校内暴力……先生方は大変だ。毅然《きぜん》たる態度は欠かせない。が、下手なムチは事態を一層悪くする。感動のないところに教育はない。（1995・12・26）

細菌の逆襲

「一九八〇年ころまで多くの病原微生物学者は人に病気を起こすほぼすべての重要な病原体は発見、研究されてしまったと考えていた」。しかし「その後の十年の間にその傲慢《ごうまん》さに気づかされることとなった」――『細菌の逆襲』（吉川昌之介著）にこうある。制圧したつもりが、思わぬ逆襲にあう。今、問題の病原大腸菌〈O157〉による下痢症が初めて注目されたのは、1982年のアメリカ・オレゴン州、ミシガン州での流行だった。日本では90年、浦和市で発生した。今回のO157食中毒は、岡山県邑久町で表面化して1か月、被害は18都府県に広がった。死亡3人は浦和の90年以来のことだが、感染ルートは依然不明だ。むかしは食中毒を〈食傷〉〈食あたり〉などといった。江戸時代など、聞くも食傷気味なほど、日常のことだったらしい。現代は生活環境も衛生観念も当時とは全く違う。が、冷蔵、冷凍庫、清潔な給食施設……を過信して、手洗いや十分な加熱など基本を忘れると細菌に逆襲される。梅雨は黴雨とも書く。（1996・6・25）

患者の痛みを知れ

〈患者の痛みを知れ〉――遠藤周作さんのエッセー集『心の航海図』でこんなタイトルの一章

を読んだ。「ドクター」というアメリカ映画を見ての感想を記している。映画は、大病院の外科医が喉頭《こうとう》がんになる話だ。30年も優秀な医師として働いてきた人物が初めて知ったことがある。①病院の待ち時間がどんなに長いか②病院では患者よりも病院の都合が優先する③医者の冷たさが患者をどんなに傷つけるか④病気であることは患者の肉体だけでなく心まで孤独にする――。いずれも一人の患者になってみて初めてわかったことだった。遠藤さんは、日本の医学教育では患者の心理について何も教えていないことを指摘している。若い医師たちの国家試験には患者の立場で、いろいろなつらい検査を体験させるといいと提案もしている。わが身をつねって人の痛さを……ということだろう。薬害エイズ事件で逮捕された高齢の医師は拘置の取り消しを求める準抗告を棄却された。体調不良だというが、今どんな「心の航海図」を描いているだろうか。

（1996・9・5）

クォリティ・オブ・ライフ

「ひねもすをベッドにありて思ふこと　春来りなば　つくし摘まんと　夏来りなば　きすを釣らんと　秋来りなば　はぜを釣らんと」。がんで逝った筆者の身内の病床のノートにこんな記述があった。同じページに「我が血管は蜂《はち》の巣のごと」などとあるころの思いだが、その夢を果たすことなく彼は逝った。柳田邦男氏の『「死の医学」への日記』をお彼岸の連休に読んで、冒頭のノートのことを思い浮かべた。医療の今の姿について、氏の説に共感するところが多い。氏は「人はそれぞれに〈死ぬまでにせめてこれだけは〉と思うものを胸に秘めているものだ。

幼い子供がきれいな小石やガラス玉をポケットに大事にしまっているように」という。そして「病む者の願望に応《こた》えた〈人生の完成への支援〉こそ、究極のQOLの確保だと思う」と書いている。QOLはクォリティ・オブ・ライフ（生命・生活の質）。延命のみに傾いた現在の末期医療への疑問に共感する。ホスピスや痛みの緩和の医療がもっともっと広がるようにと念じたい。

（1996・9・24）

ようこそ先輩

あの人もボクたちと、ワタシたちと同じ校舎で勉強したんだ。同じグラウンドで遊んだんだ。先輩なんだ。そう思うと、有名人も子どもたちにとってうんと身近な人になる。NHKのテレビ番組「課外授業　ようこそ先輩」（木曜午後10時）は毎回見るのが楽しみな好企画だ。その人が母校の小学校を訪れる。少年のころの自分の話や、自分が切り開いた世界の話を子どもたちに語る。子どもたちは目を輝かせているし、その人も楽しそうに教えている。これまでに落語家の桂三枝、画家の原田泰治、元横綱・千代の富士、料理人の陳建一、ラリードライバーの篠塚建次郎さん……が出演した。陳さんは子どもたちとともに料理を作った。篠塚さんは車を校庭に持ち込んで、ラリーを語った。昨夜は俳優のイッセー尾形さん。東京・高井戸四小で一人芝居を演じ、子どもたちにも演じさせた。なぜ学ぶのかを伝えるのが難しいという今、こういう「課外授業」はどこの学校でも試みるといい。生き方を学ぶその先輩はとくに有名人でなくてもいい。

（1998・6・26）

臓器移植の大原則

〈フェア、ベスト、オープン〉――つまり、公正で、最善で、疑念のないように経過が公開されること。それが脳死の判定に始まる臓器移植の大原則だ。きのう、高知赤十字病院で行われた移植前提の脳死判定は「現段階では脳死ではない」とされた。臨床医が判定したときと違い、平坦《へいたん》でない脳波が認められた以上当然だろう。臓器提供を決断した家族はじめ、移植へ向けて動き出した周囲に戸惑いのようなものもあったとは思う。が、この判断はフェア、ベスト、オープンのあかしともいえる。とりわけ、脳死の判定は移植実施への根幹をなす。しかも、今回は臓器移植法の施行から1年4か月、初の判定作業だ。これが納得のいくものでなければ、何も始まらない。日本の臓器移植法は実施の条件が世界一厳しいといわれる。移植制限法だなどといわれもする。が、不透明だった「和田移植」の過去を思えば、慎重さは欠かせない。移植への重い扉を開く力は何よりも医への信頼だ。遠回りに見えても、フェア、ベスト、オープンが扉を開く。

（1999・2・26）

31年目の心臓移植

生命の尊さと神秘をしみじみと思う。高知から運ばれた心臓が大阪で、肝臓は松本で、腎臓《じんぞう》は仙台と長崎で、それぞれよみがえった。それは脳死と判定された人の生前の意思と家族の決断で始まった。そのことを決して忘れまい。同時に、自分ならどうする？　家族とともに十分に考えておきたい。総理府の世論調査によると「脳死で、臓器を提供してもいい」人は31％で、「提供したくない」人は37％だという。臓器提供の意思表示カードを持っている人は３％にも満たない。臓器移植法の施行から1年4か月でようやく脳死移植への重い扉が開いた。特に心臓移植には考えることが多い。南アフリカで、バーナード博士が世界初の心臓移植手術を手がけたのは１９６７年、そしてわが国の「和田移植」はその翌年のことだった。以来31年、今、世界の心臓移植は年間、４０００例にも上る。が、日本ではまだ2例に過ぎない。不透明な１例目が扉を重くしていた。今後はどう展開するか？　まずはよみがえった心臓に今後の順調な鼓動を祈ろう。

（１９９９・３・１）

高度医療の単純ミス

高度な医療が日進月歩で行われているのに、一方では、ごく初歩的で驚くほど単純な医療ミスがあちこちで、繰り返されている。横浜市立大病院で、とんでもない患者取り違え手術があったばかりなのに、こんどは東京都立広尾病院で、点滴の際に薬剤を取り違え、患者が死亡した。「手づくりの医療」――そんな言葉があるかどうかは知らないが、一人ひとりの患者に十分な手間ひまがかけられていない。相次ぐ取り違えにそのことがあらわれている。一人ひとりの患者を大切に診る。その医の原点に立ち返ってほしい。それが医療に携わることの大前提だ。

「あってはならないこと」という弁明やおわびはもう聞きたくない。「医療が高度化しているのに」と書いた。が、実は「高度化しているから」逆にミスが起きるのかも知れない。忙しすぎる医療の現場、看護婦さんの慢性過労など、ミスの背景に問題は多い。これほどミスが続くということは、個人の過誤ではすまされまい。人間は過ちをおかすもの。チェック体制の確立と励行が肝要だ。

（1999・3・17）

学力低下の大学生

大学生の学力低下が深刻だという。と聞いて、遠い昔の川柳を思い出した。〈六三制野球ばかりが強くなり〉——新制中学の学力低下を皮肉った一句だ。かつての旧制中学校はエリートの進路だったが、敗戦による学制改革で中学3年までが義務教育となった。そのころの川柳である。あれから半世紀以上の歳月が流れた。高等教育、早く言えば大学というものは、時代とともに〈エリート型―マス型―ユニバーサル型〉に移行するといわれ、日本でもそれが現実の流れだ。文部省によると10年後には大学・短大の志願者が定員と同数になり、志願者の「全入時代」が到来する。ならば〈六三制……〉と皮肉られた昔の中学と事情は似ている。大学で補習というのも中学なみだ。旧制と新制で中学は全く違うものになった。大学も昔と同じわけがない。が、入試というハードルの高さが適切かどうか？　の問題もある。科目を削ってハードルを低くしたかと思えば難問奇問は相変わらず……。いびつな状況のまま、学力低下を嘆くばかりでは始まらない。

（1999・5・31）

結核緊急事態

作家・藤沢周平さんは中学教師時代の1951年（昭和26）3月、肺結核と診断された。すぐに新学期から休職している。そのころ、結核は何より怖い病気だった。事実、昭和初期の1935年から戦争をはさんで50年にかけて、結核は日本人の死因のトップを続けた。人々は今のがん以上に恐れた。結核は感染症だからだ。藤沢さんは休職の2年後、上京して右肺上葉と肋骨《ろっこつ》5本切除の手術を受けた。「行く手にはちらつく死の影を見ていた」と後に書いている。樋口一葉、石川啄木、正岡子規、宮沢賢治……多くの英才が若くして結核で世を去った。明治・大正・昭和の三代に農村から都市に出た労働力、多くの青年男女が結核で倒れた。そんな恐怖がいつしか薄れて久しい。「今世紀中には根絶も可能」ともいわれた。が、油断大敵。どっこい結核は息を吹き返しつつある。厚生省が結核緊急事態宣言を発した。「一般国民ばかりか、医療関係者、行政担当者までが結核は過去の病気と錯覚してきたのではないか」と。そこが怖い。

（1999・7・27）

偶然と失敗がきっかけ

〈偶然と失敗〉が白川英樹博士の大発見のきっかけで、それがノーベル賞をもたらしたという。

偶然を生かした研究心に感動する。博士の東工大助手時代、学生のとんだ実験ミスから、とてもプラスチックとは思えない銀色の薄膜ができた。これがプラスチックには導電性がないという常識を覆すもとになる。木から落ちるリンゴを見て重力の問題を考えたニュートンの話を思い浮かべた。これは「?」で伝説ともいわれるが、偶然と発見をつなげた逸話として語り継がれてきた。日本人初のノーベル賞受賞者、湯川秀樹博士の随想にこんな文がある。「自然の奥底にまで立ち入って見るとそこでは、必然と偶然とが不思議な形で緊密に結びついている」。白川博士の柔軟な頭脳が偶然を必然に変えた。博士の研究に取り組む熱心な姿勢が学生の失敗を大発見にまで高めた。運もきっかけも人間次第ということだろうか。だが、英才を生み育てる環境も見つめよう。この百年、自然科学でノーベル賞受賞の日本人はやっと6人、米英独とは大差がある。

（2000・10・11）

金太郎アメじゃダメ

ここ数年、日本人でノーベル賞を受けるならこの人と言われていた。野依良治・名大教授は化学の世界ではとうに「世界のノヨリ」。だから受賞の弁は「このうえない光栄」と喜ぶとともに「若い人が高い志を持って学問研究にいそしめば、日本は、国際的に、もっと知的に存在感のある国になれる」と自信に満ちていた。研究の成果は目覚ましい。独自で、基礎的で、広く用いられるものを目指してきた。その野依さんが開発した合成法は全世界で、医薬品に、香料に、調味料にと幅広く使われている。「金太郎アメじゃダメ。今、科学界に必要なのは異端者だ」「科学も芸術と同じく主観的な心の産物。美しさに感動できないような者は科学をやる資格はない。個性がすべてだ」と氏の語録には迫力がある。ノーベル賞創設100年で日本の受賞者は10人。化学賞は2年連続で日本の存在感を世界に強く印象づけた。おめでとうと同時に、ありがとうと申し上げる。「志高く」の呼びかけがいい。科学の最前線で世界に貢献を志す若い人たちの層が一層厚くなるように祈る。

（2001・10・11）

教育の原点

子母沢寛の『父子鷹』『おとこ鷹』は幕末の父子、勝小吉と麟太郎（後の海舟）を描いた。痛快な父の物語であり、凜《りん》とした子の成長の小説でもある。父子の愛情を太い軸にしたこの名作を、きのうの中教審答申で思い出した。答申にはさまざまな内容があるが、中に「教養教育の原点は家庭教育である」とあったからだ。「世に人は多い。学文に秀で、武芸にすぐれたはいくつもありましょう。しかし人間として父上にまさるお方がありましょうか。世の中の人の悲しい事、困った事、淋《さび》しい事、何でもかでもお引き受けなされて、自分の駕籠《かご》に乗せ……申さば、父上はこの世の駕籠かきでした」「麟太郎は勝小吉の子に生まれたことを面目に思います」。小説のこととはいえ、子にこれだけのことを言わせ得る父がどれだけいるだろうか。「品格ある社会」を目指すなら、中教審の答申もいいが、まずは、この連作をおすすめする。時代が古いとおっしゃるなら、『自由と規律』（池田潔著）あたりもいい。うそつき大会のような国会質疑など反面教師でしかない。

（2002・2・22）

疎開児童

「おれ、小学校出ていないんだ」――大卒のOさんにそう聞かされて、「?」と思った。おしんの時代でもあるまいに、まさか。一種のジョークだが、うそではない。彼は「国民学校」の卒業生なのだ。1941年(昭和16)、入学したその年に、小学校は国民学校に改称され、6年間続いた。47年春、彼らの卒業とともに、その名称は廃止され、小学校に戻された。Oさんの同学年は「小学校」に通った経験のない唯一の学年ということ。で、「小学校出てない」になる。「学童疎開」の世代、戦時の児童を代表する学年ともいえる。敗戦前年の44年8月、東京第二師範付属国民学校(現・東京学芸大付属小金井小)4年生のOさんら80人は、山形県上山市に疎開した。その体験の記録『豊島の学童疎開資料集・第七集』が豊島区立郷土資料館から刊行された(11日付都民版)。当時の学寮日誌や随行教師・柴田秀雄先生の回想録などが収められている。あす、出版記念パーティー。疎開児童たちは、遠くなった日々の話を、孫に伝える世代になっている。

(2002・4・12)

卒業はビリ

ニュートリノ、カミオカンデ……ノーベル物理学賞を受賞した小柴昌俊さん(東大名誉教授）の業績は、とてつもなく大きい。当方は落語の熊さん、八っつぁんよろしく驚くばかりだ。そのニュートリノは、はるか16万光年もの彼方《かなた》から地球へ降り注いだ。ところがその壮大な広がりに対しニュートリノ自体は逆に微小の極。質量があるかどうか、どんな速度で飛来するのか、正体不明で「幽霊」のような粒子。地球をもすり抜けるその粒子を飛騨山中、神岡鉱山の地下1000メートル、廃坑に設けた観測装置カミオカンデの水槽で待ち構え、とらえた。この極大と極小に取り組み、成功させた男、小柴さんのスケールの大きさを思う。自分を「実験屋」と呼ぶ。何事も鵜呑《うの》みにはしない。東大物理の卒業がビリというのがいい。勘がいいと評される。カミオカンデ建設申請書の最後に「超新星爆発が起きればニュートリノを観測できる」と2行を付け加えた。爆発は氏の定年のわずか1か月前に起きた。「勘」は的確な一瞬の読み。実験、実験が勘を磨く。努力が幸運を招く。（2002・10・9）

作業服の研究員

田中耕一さん（島津製作所主任）のノーベル化学賞受賞に喝采する。心からおめでとうを申し上げる。大学教授でも博士でもない。研究したテーマは大学で専攻したものでない。会社の昇任試験も受けていない。仕事熱心だが会社人間でない。東大、京大卒でも大学院出でもない……ないないづくしだ。それで受賞をこれまでより身近に感じた。ノーベル賞は日本人に勇気を与えてくれる。よくそう言われるが、今回の田中さんほど若いサラリーマン研究員の人々を奮い立たせる受賞はなかったと思う。研究者ばかりかこの道一筋の人たちの励みにもなる。先輩受賞者で、企業の研究者でもあった江崎玲於奈博士に〈ノーベル賞を取るために、してはいけない五つのこと〉という至言がある。①従来の行きがかりにとらわれ過ぎてはいけない②他人の影響を受け過ぎてはいけない③無用なものはすべて捨てなければならない④闘うことを避けてはいけない⑤何か絶対なものを信じなければいけない。田中さんの作業着姿に、日本の職人のひらめきと技と誠実を思った。

（２００２・10・10）

旧制高校

「およそ旧制高校ほど学んでも、教えても、こころよい学校はありませんでした」――Oさんは N さんへの弔辞でそう述べた。二人は旧制高校で学び、戦前から戦後にかけて、ともに旧制高校と新制大学の教授を務めた同僚同士だった。弔辞には、古きよき時代へ深い哀惜の思いが込められていた。旧制高校は明治、大正、昭和の三代にわたり、全国で30余校がつくられたが、戦後の学制改革で１９５０年（昭和25）に廃校となった。――嗚呼《ああ》玉杯に花うけて……は一高、――紅萌《も》ゆる丘の花…は三高、数々の寮歌が残る。弊衣破帽、黒マントに高下駄《げた》の生徒たち、名物教授といわれた先生たち、コンパやストーム、記念祭……それらを世間は蛮カラと見立てたが、幾多英才を輩出した。旧制高校が消えて半世紀余、OBは減り同窓会も一堂に集うのが年々難しくなってきた。一高同窓会は今秋の開学百三十周年記念大会を区切りに会誌発行などの活動を打ち切る。旧制高校の評価は人によっては異なりもするが、多くの長所を今後の教育改革に生かす道をさぐりたい。

（２００４・６・10）

甦れ子守唄

〈子守唄よ甦《よみがえ》れ〉——大賛成だ。赤ちゃんの安らかな眠り、天真の笑顔は子守唄がはぐくむ。長く歌い継がれてきた子守唄を古くさいなどと言うなかれ。子守唄は子育てのいろは。母と子、父と子のコミュニケーションの第一歩である。時代とともに三世代同居は少なくなり、家々で伝承する子育ての作法も失われつつある。マニュアルや専門家への依存が増えて、子守唄は昔のようには歌われなくなってきた。そんな折、今月刊の『別冊「環」⑩ 子守唄よ、甦れ』（藤原書店）に共感した。鼎談《ていだん》や寄稿の数々が子守唄の有用、大切さを教えてくれる。近ごろ笑わない赤ちゃんが増えてきた！ という指摘にはギクリ。普段の声かけが少ないせいだという。児童虐待の凄惨《せいさん》な場は子守唄の安らかな世界とは対極にある。世に当たり前のことが当たり前に行われなくなったのは「いろはカルタがすたれたからだ」というのは、ジョークめかした当欄の持論だが、その伝で言えば、子守唄がすたれれば、子育ては乱れる。巻末に全国子守唄分布表。土地土地の伝承がしのばれる。

（2005・5・27）

祖国とは国語

『祖国とは国語』——藤原正彦さんの著書の題名。心にとめておきたい言葉である。氏は数学者だが「一に国語、二に国語、三、四がなくて五に算数」と初等教育の基本を説いてきた。その人らしい本であり、題名だ。「文化も伝統も情緒も、日本という国はすべて言葉の中にある」。そんな意味が込められている。氏は「日本の危機の一因は国民、そして、とりわけ国のリーダーたちが大局観を失ったことではないか」と書いた。「それはとりもなおさず教養の衰退であり、その底には活字文化の衰退がある」と続く。〈文字・活字文化振興法案〉が衆院を通過した。人々の活字離れ、読解力低下に歯止めをかけ、本に親しむようにと願いを込めた。藤原流に言えば教養の衰退を止めリーダーの大局観回復につながる。法案は公立図書館の適切な配置もうたっている。これを読んで公立図書館の蔵書を司書が独断で廃棄した一件を思い起こした。司書のこんな思考と行動は、活字文化の振興をはかる法の精神には遠い。〈仏つくって魂入れず〉にならないようにしたい。

（2005・7・20）

インフルエンザ

人類は数々の疫病を制圧したが、インフルエンザだけは世界的流行を繰り返す。流行の最初の記述は紀元前のヒポクラテスにあるといわれるほど古くから。新劇女優・松井須磨子の死は1919年（大正8）のこと。愛人で演出家の島村抱月の後追い自殺だった。抱月の急逝は前年から世界的に猛威を振るっていたスペインかぜのためだといわれる。世界的大流行というと、いつもスペインかぜが引き合いに出される。世界で2500万人もの死者が出たこの規模並みの危険性が今、心配されている。昔、この病気の原因は星の影響とされた。で、影響、インフルエンスという意味の言葉がイタリアで病名に使われた。それがインフルエンザの名の起こりといわれる。今、影響が怖いのは星ならぬトリ。東南アジアでは鶏から人に感染、60人以上の死者が出た。ウイルスが人から人へ感染する新型に変身する危険もかつてないほど高いという。厚生労働省が危険に対する行動計画を公表した。治療薬の備蓄確保は来年度中という。いささか心もとない〈転ばぬ先の杖《つえ》〉だ。

（2005・11・15）

二宮金次郎

〈柴刈り縄ない草鞋《わらじ》をつくり、親の手を助《す》け、弟を世話し、兄弟仲良く孝行つくす、手本は二宮金次郎〉――かつての文部省唱歌だが、今それを知る小学生などまずいないだろう。〈骨身を惜しまず仕事をはげみ、夜なべ済まして手習い読書……家業大事に費《つい》えをはぶき、少しの物も粗末にせずに……〉と続く。ひたいに汗して働き、勤倹貯蓄に励んだ金次郎に学べという教え。かつては全国津々浦々、多くの小学校にその銅像もあった。金次郎を知らなくても、ひたいに汗の大切さは今の子供たちにも伝えたいものだ。間違っても、子供たちにまで株の取引などを教えようかというような時代の勢いに流されてはならない。うかつに株に手を出してかくのは冷や汗だ。そんな汗はかかぬがいい。ライブドアただ一社への強制捜査が引き金で東京株式市場は全銘柄が売買停止の事態になった。危ういかな株式市場。ライブドアの経団連入会を認めたのは「ミスったというか早過ぎた」と奥田会長。マネーゲームの危うさは、ひたいに汗の貴さをどれだけ思い出させてくれるか。

（2006・1・19）

医者は選んで

〈医者は選んでかからないと……〉――自身が医師でもある俳人・高野素十が常々そう言っていた。選べといわれても難しいが、間違うと命にかかわる。〈竹伐《き》りも弟子二三年勤めねば〉――法医学の教授だった素十は卒業する学生によくこの句を贈った。竹工芸の里京都・嵯峨での作。親方に弟子入りして2、3年修業しないと一人前にはなれない。医師の道ならなおのことだが「知識、技術、経験がないのに、難手術を行い、患者を死亡させた」東京慈恵会医大青戸病院の医師3人に有罪判決が下された。腹腔《ふっくう》鏡を使う前立腺がん摘出の難手術。それを「経験を積みたいだけの自己中心的な利益優先」でやられてはたまらない。指導医もなしに、手術中に冗談を言い合い、出血が止まらないのに漫然と続行した。人体実験さながらの手術に慄然《りつぜん》とする。生命を預かる医師に生命に対する畏怖《いふ》の念が感じられない。死因を麻酔医の過失として無罪を主張した。病院は隠蔽に走った。おごりや無責任が見えて、反省が感じられない。有罪でもこの暴走に執行猶予は？？？だ。

（2006・6・16）

日の丸、君が代

〈星条旗見上げる我は今日市民　されど心は白地に赤く〉（摺木《するき》洋子）。米国で市民権をとった日系歌人の作。「私、涙が出ちゃいました、というと、年輩の人たちは深くうなずく」――ロサンゼルスを訪れて、この歌を知った田辺聖子さんは著書『残花亭日暦』にそう書いている。話はこう続く。「日の丸や君が代にさまざまな議論はある。……ただ、私としては、日の丸に悪いイメージがあるなら、それを善いほうへ転換するようつとめたらいいのではないかと思っている。国旗国歌なんて、やたら変えるものではない」「その国の歴史の消長のうちに、さまざまな色に染められていくのは免れがたいが、超党派的に、それはそれとして、中心に据えておかねば、という思いがある」「広く国民の意見を徴して国旗をきめようという説もあるが、それはかえって混乱を招き、意見の統一など百年河清をまつに等しいだろう」――同感、まことにもっともと思う。入学式、卒業式の混乱は不毛。最高裁が〈君が代伴奏命令〉に合憲判決。当然であり良識の判断と思った。

（2007・2・28）

大分の教育汚職Ⅰ

「お母さん、まず先生が真っすぐ歩いてよ。それを見てするから」――イソップ寓話《ぐうわ》集の『蟹《かに》と母親』にある。「斜めに歩いちゃだめよ」と蟹の母親が注意すると、子蟹がこう返したという短い話。教える方が真っすぐに生き、歩く。そしてその時にそのことを教えるのが大切なのだという教訓だ。大分県の教育汚職で逮捕された県教委の元ナンバー2や参事、市立小の校長、教頭ら5人はその反面教師だ。事件は子女の採用を巡るルートに加え、校長、教頭への昇進試験を巡るルートにも広がる様相をみせている。子女は点数のかさ上げで採用したが、加算点数は大幅。その上、かさ上げで合格した人数も2007、8年度の2年間で30人を超えるとみられる。逆に不正操作で点数を減らされた受験者はたまったものでない。限られた幹部が合格を操作できる仕組み自体がおかしい。腐敗は度外れにひどく、底無しに見える。こんなことでは教育は成り立たない。イソップの蟹もびっくりする。他の自治体の教育は大丈夫か？

（2008・7・9）

大分の教育汚職Ⅱ

小学校教員の採用に限った話ではなくなった。中学校教員の採用にも、また、校長や教頭への昇任試験にも問題は広がってきた。2007、8年度に限った話でもなさそうだ。最初に逮捕された校長、教頭らの容疑では、わが子の教員採用試験を巡る〈子ゆえの闇〉の事件とみられたが、日を追って事件は広がり、根深い問題の様相を強めている。大分県の教員汚職事件のこと。採用に県議が口利きをする「議員枠」などという話まで出てきた。収賄側の県教委義務教育課参事が話していたという。教育界の外から見れば、今どき考えられないような古典的な贈収賄に見えるが、事件には教育サークルの閉鎖的な人間関係など独特の風土、背景がありそうだ。捜査は全容にどこまで迫れるか。県教委は試験の得点かさ上げで合格した現職教員について、不正が確認でき次第、合格取り消しの方針。ならば、不当にも不合格とされた方の救済はどうなる。事件は公平、中立、機会均等……教育の目指すもろもろを踏みにじった。

（2008・7・10）

卑怯者の刃物

〈卑怯者《ひきょう》〉――そう呼ばれるのは男の子として最大の屈辱だった。けんかで刃物を持ち出すなど、卑怯中の卑怯とさげすまれた。〈「刃物をもって……卑劣なやつ」少年の憤怒は絶頂に達した。けんかを刀刃や銃器をもってすることは下劣であり醜悪であり〉――これは佐藤紅緑の『あゝ玉杯に花うけて』の一節だ。昭和初期の『少年倶楽部』に連載されたこの名作に少年たちは感動し、熱い血をたぎらせたものだ。近くは藤原正彦さん（お茶の水女子大教授）が〈卑怯を憎む心、惻隠《そくいん》の情の大切さ〉を説く。少年時代、氏は父の作家・新田次郎から「弱い者いじめを見たら身を挺《てい》してでも弱い者を助けろ。見て見ぬふりは卑怯だ」と卑怯を憎む心を教わった。助けるには力を用いてよい。だが、その際にも禁じ手がある。「武器を手にしてはいかん」がその一つ。「卑怯だから」だ。卑怯は恥ずべきことの極。それが常識だった時代は遠いのか。卑怯な事件が連日続く。今度は卑怯者が母校で教師に刃物を振るう事件が起きた。

（2008・7・30）

ノーベル物理学賞の系譜

「湯川秀樹の名が私の刺激になったように、（3人の受賞が）次世代への刺激になるといい」とシカゴ大名誉教授の南部陽一郎さん。その南部さんを仰ぎ見るようにして成長してきたという京都産業大教授の益川敏英さんと日本学術振興会理事の小林誠さん。ノーベル物理学賞の3人同時受賞に、日本中がわっと沸いた。オリンピックなら3人が表彰台を独占して、日の丸が3本揚がったようなもの。これで、日本人のノーベル賞受賞者は15人になる。うち7人が物理学賞。五輪風にいえばお家芸だ。湯川、朝永、江崎、小柴の系譜に3氏が連なった。湯川博士の受賞は敗戦間もない日本を明るくし、自信を取り戻させた。3氏の受賞に同じような効果を期待する。受賞の対象が宇宙や物質の成り立ちにかかわる物理の基礎研究であることがいい。南部氏の研究が発表から47年、小林、益川両氏の研究が35年たっての評価だった。最も大切な基礎の重視と息長く研究する力。当世、忘れがちな日本の底力を改めて知る受賞だ。

（2008・10・8）

化学賞も日本人

こんなサプライズは何日続いてもいい。ノーベル賞の話。物理学賞に続き化学賞も日本人が選ばれた。80歳の米ボストン大名誉教授・下村脩さん。発光するオワンクラゲの体内から、緑色に光る蛍光たんぱく質（GFP）を発見した。これが1962年のこと。物理学賞の3人と同様に、受賞までの歳月が随分長かった。これには、GFPが細胞の中の「光る目印」としての使い道がわかり、評価が高くなるまでの歳月があった。下村さんにしてみれば、緑に輝くGFPはわが子。受賞は子供が成長してえらくなったようなもので、うれしいという。米ワシントン州の海辺で朝から晩まで大量のクラゲを捕獲した。家族総出だった。そんなエピソードがほほえましい。研究に協力した家族のナンバーワンかも知れない。「根気強く一つひとつの壁を突き破り続けた」という下村さんから若い人へのメッセージは。「何でも面白いことはどんどんやりなさい。でも、難しいからといってやめてはだめ。最後までやり遂げて下さい」。

(2008・10・9)

ノーベル化学賞の2人

テレビに向かって拍手を送った人がいた。2人の日本人のノーベル化学賞ダブル受賞は日本中の心をすっかり秋晴れにしてくれた。薄型の液晶テレビを見て、朝晩、血圧降下剤を飲む身には有機化合物の合成という難しい話も、それが薬や液晶を作るもとと聞き、すっかり身近に思えた。受賞者の鈴木章・北海道大名誉教授は、シシャモで知られる北海道むかわ町出身、「鵡川の二宮金次郎」といわれた学問一筋の人。父を早く亡くし、行商の母の女手一つで育てられた苦労人と聞けば、一層尊敬したくなる。北大に合格したが、学費作りのアルバイトで1年休学した。理科離れの若者たちに聞かせたい。勇気づけられる。あっさり挫折など恥ずかしい。「基礎的な能力を持ち、正しく夢を持って、50年追い続ければ、夢が実現する可能性は高い」と、もう1人の受賞者、根岸英一・米パデュー大特別教授は語っている。五輪の金メダルはナンバーワンに、ノーベル賞はだれもやらなかったオンリーワンの研究成果に与えられる。

(2010・10・7)

読書が第一

丸谷才一氏に文化勲章。おめでとうございます。この祝辞、北杜夫氏の訃報がなければ、きのう当欄で書く予定が一日おくれた。北さんが東京生まれで旧制松本高校なら、丸谷さんは山形県鶴岡生まれで旧制新潟高校。そこで北さんの友に辻邦生氏あれば、丸谷さんには野坂昭如氏がいた。今は遠くなったが旧制高校には、よき作家を育てる土壌、空気があったのだと思う。丸谷さんは「ぼくにとって高等学校は楽しかった。ひどく楽しかった。戦争のそれも末期で、半年、兵隊に引っ張られたのに」と書いている。かつて本紙に寄せた「学生時代」という文にあるのだが、その見出しは「読書が第一の旧制高校」だった。「楽しかった一番の理由は自分の価値基準と学校のそれが一致していることだった」「本を読むことは人生で一番立派なことであった」「スポーツにいくら熱心な者であっても、成績がどんなによい者であってもそのせいで本を読まずにいることを恥じているのだった」とある。きょうから〈読書週間〉。

（2011・10・27）

夢の万能細胞

〈夢の万能細胞〉〈再生医療の切り札〉――ノーベル生理学・医学賞に選ばれた山中伸弥京都

大学教授の〈iPS細胞〉はこう呼ばれる。受賞前からこれほど広く一般に知られていた研究の例を知らない。身近な病気から難病まで多くの患者さんの期待と関心が寄せられたテーマだからだろう。論文発表から6年のスピード受賞にも医療への応用に期待の大きさがうかがわれる。脊髄損傷で四肢マヒのサルを使った実験なら、6週間で元気に歩き出すところまできている。山中教授はもとは整形外科の臨床医。手術が不器用で挫折、基礎の研究に転じたが、それでも「一日も早く成果を患者さんに届けるために」研究を続けた。「一人一人の患者さんの顔を思い浮かべながら」研究というのがいい。高校で柔道、大学ではラグビー、今もマラソンを走るスポーツマン。これぞ文武両道。ノーベル賞受賞で感じたのは〈感謝と責任〉だという。支えてくれた人々への感謝とこれから果たすべき患者さんへの責任。人柄が頼もしい。

（2012・10・9）

VISION AND HARD WORK

〈VISION AND HARD WORK〉――明確な展望を持って一生懸命働け。ノーベル賞を受賞する山中伸弥京都大学教授の座右の銘ともいうべき言葉だ。米国留学時代の恩師がそう言っていた。これを胸に刻んで研究に励んだ。これからも励み続ける。「まだ仕事は終わっていない。来週からまた研究に専念したい」と自らに言い聞かせた。受賞は快挙だが、「まだたった一人の患者さんも救っていない」「本当の意味で社会貢献を実現したい」という謙虚がいい。これからこそが大切ということ。教授のビジョンは、あくまでも医師として、iP

S細胞を医療で実用化する成果を一日も早く患者さんに届けること。それがなければ、ノーベル賞も道半ばのことに過ぎない。教授が感謝した「日の丸の支援」もこれからが一層大切になる。研究環境、研究者の待遇が国際的にどんな位置にあるかは承知のはず。成果を待つ人々の期待は大きい。〈ビジョン　アンド　ハードワーク〉は「支援する日の丸」にも求めよう。

（２０１２・10・10）

什の掟

〈ならぬことはならぬものです〉――会津藩の幼児教育を象徴する〈什《じゅう》の掟《おきて》〉を締めくくる言葉だ。６日に始まった今年のＮＨＫ大河ドラマ「八重の桜」に出てきた。この頑固おやじ風教育は近年避けられているようであまり聞かないが、判断力のついていない幼児には簡明至極でいい。一、年長者の言うことに背いてはなりませぬ。二、年長者にはお辞儀をしなければなりませぬ。三、虚言《うそ》を言うてはなりませぬ。四、卑怯《ひきょう》な振舞をしてはなりませぬ。五、弱い者をいじめてはなりませぬ。六、戸外でものを食べてはなりませぬ。七、戸外で婦人と言葉を交わしてはなりませぬ。これらの掟の最後を〈ならぬことはならぬものです〉で締めた。第七項はさすがに時代遅れだが、他は今でも通用する。〈什〉は本来10人の戦闘集団を意味するが、この場合は遊び仲間の組のことだ。さて、女性には〈ならぬこと〉の多かった時代に会津の娘八重はどう育つのか。大震災の被災地に勇気と励ましを届けるドラマになるように期待する。

（２０１３・１・７）

[社説] 二十世紀の記憶を語り継ごう　凜として未来へ

〽暮れなずむ町の　光と影の中
去りゆくあなたへ　贈る言葉
…………。
大晦日《おおみそか》。二十世紀が、もう後ろ姿を見せ、暮れなずむ町を去ってゆこうとしている。この世紀にさよならの気持ちを込めて、この歌を口ずさんでみた。

もう二十年余も前になるが、「贈る言葉」はテレビの人気番組「3年B組金八先生」の挿入歌としてヒットし、卒業式の歌として愛された。今世紀を送ることは、今、われわれが二十世紀を卒業すること、とも言える。

もろもろのことが頭をよぎる。喜び、悲しみ、成果もあげたが、失ったものも多い。そのもろもろにノスタルジアを感じる。限りない郷愁に包まれる思いだ。この世紀を生きたことへの思い、いとおしさがそうさせるのか。父母を始め家族や友の顔、顔、顔がまぶたに浮かぶ。

この百年は人類がかつて経験したことのない「激動の世紀」だった。「戦争の世紀」「科学の世紀」「イデオロギーの世紀」「アメリカの世紀」……さまざまなくくり方があろうが、やはり忘れられないのは、そして忘れてならないのは「戦争の世紀」ということであろう。

とりわけ第二次世界大戦の惨禍は大きかった。「戦争」は「科学」とも「イデオロギー」とも密接なかかわりがあった。

第二次大戦は、原子爆弾で終えんを告げた。ドイツ、イタリアのナチズム、ファシズム、日本の大東亜共栄圏構想は敗北し、欧米の民主主義、ソ連の共産主義が勝ち残った。戦後は、東西の冷戦状態が長く続いたが、ソ連、東欧の共産圏は崩壊し、今、アメリカがただ一つの超大国となった。その中で、戦後の日本はひたすら復興につとめ、世界屈指の経済大国となり、平和を謳歌《おうか》してきた。

日本の今世紀は「戦争と平和の世紀」と言える。前半と後半でがらりと変わった。戦後すでに五十五年。無論、平和の長いことは大いに喜ぶべきだが、それだけ戦争や戦前の記憶は風化している。

終戦の日の一九四五年（昭和二十）八月十五日や、広島に原爆が投下された同六日、長崎の同九日は、新世紀にも長く語り継がれてゆくだろう。が、例えば開戦の一九四一年（昭和十六）十二月八日となると、大学生でも「知らない」が多い。始まりがあって、あの終わりがあった。昔の日本人の姿と戦後の変容などはもっと語り継いだ方がいい。

日本人の寿命は飛躍的に延びた。生活は目覚ましく向上した。敗戦がもたらした民主主義はもはや空気のようにわがものとなった。さまざまな恩恵、利便は手に入れたが、エコノミックアニマルなどといわれもした。自由と権利は主張するが、秩序と義務はどこへやらの傾きも強い。欲望は肥大し、忍耐はやせた。日本の社会、文化、人の心のありようや家族の姿は知らず知らず変容している。

この数年「あってはならないこと」が続発した。タガのゆるんだような現象が日本のそこここであらわになったのはなぜか。バブル崩壊の後、経済も低迷して久しい。語り継ぐべきことは限りない。

二十世紀は、ほかにも「映像の世紀」「スポーツの世紀」「大衆の世紀」「民族の世紀」「環境破壊の世紀」「女性のはばたいた世紀」……数々の呼び名がある。多彩な世紀の側面が世界を変え、人のくらしを変えた。その側面にかかわった人はその二十世紀の記憶を、それぞれ新しい世紀にきちんと伝えよう。

新世紀には「IT（情報技術）の世紀」「バイオ（生命科学）の世紀」などの様相がほの見える。限りない人知の前進に期待する。が、科学と利便に振り回された過去をも思い、人間の心を見失わないようにと祈る。凜《りん》とした姿で新しい世紀に向かいたい。

さて、きょうとあすとで何が違う？　そんな声も聞く。先日「世紀末なんかじゃねえや年の瀬だ」こんな句を作った、と永六輔さんが話すのを聞いた。あるいは「去年（こぞ）今年貫く棒の如きもの」（虚子）に通じる感慨を語ったのかも知れない。氏一流のジョークだろうが、そう言いつつも氏は、幼少の日々、信州に疎開していたころの話、戦後の焼け跡の思い出、ラジオへのデビュー時代のこと……つまり二十世紀の思い出を語っていた。話はNHKのラジオ「人生に三つの歌あり」にゲスト出演してのことだった。

「二十世紀を回顧する」など、何も大層に構えることはない。ただ、それぞれがそれぞれの人生を、二十世紀を、ときに振り返り、忘れられないこと、忘れてはいけないことを新しい世紀に語り継いでいきたいものだ。二十世紀の日本人の記憶を大切にしよう。

そして、きょう大晦日。二十世紀と別れの杯を酌み交わそう。漢詩「勧酒」をカナにした井伏鱒二の名訳を思う。

コノサカヅキヲ受ケテクレ
ドウゾナミナミツガシテオクレ
ハナニアラシノタトヘモアルゾ
「サヨナラ」ダケガ人生ダ

除夜の鐘が今夜はひとしお心に染みることだろう。

（2000・12・31）

あとがき

毎朝、午前5時に合わせた目覚まし時計で起床。これが読売新聞夕刊1面のコラム〈よみうり寸評〉を書く私の日課の始まりだった。寝過ごしは許されないから、時計は別にもう一つ、5分ずらしてセットしたものを枕元に並べておいた。

その〈寸評〉の担当を今春、3月28日付を最後に終えた。目覚まし時計はふたつともご用済み。今は、長く背負ってきた肩の荷をおろした思いで、ほっとしている。

前任の村尾清一さん（日本エッセイストクラブ会長）から担当を引き継いだのは1987年6月24日付からだった。以来27年に近い。この間に読売新聞の活字は読みやすさのために何度も大きくなった。平たく1段で組まれていた〈よみうり寸評〉は2段組みの箱に変わった。

27年は十分に長い歳月だが、毎日のニュースを追って、あるいは追われて、コラムを書き続けた身には、日々が〈その日ぐらし〉で、あっという間の27年でもあった。その歳月を顧みるとき、解放された思いの一方、一抹の寂しさを感じないでもない。〈寸評〉が、わがくらしと切り離せない関係になっていたからでもあろうか。

私は最後の寸評で、コラムを「孤独なマラソン」にたとえたが、読者のお一人から「そんなことはない。毎日楽しみにしている者のおりますことをお忘れなく。思わず微笑んでしまうこと、なるほどと納得することも多く、私はいつもコラムを読んでから家事にかかります」というお便りをいただいた。匿名のコラムゆえ、紙面でお別れを告げてはいないが、ここまで続けられたのは、何よりもこうした読者の方々からのうれしい反響、励ましがあったればこそと感謝している。改めてお礼を申し上げ、〈寸評〉を変わらず、ご愛読下さるようお願いする。

〈よみうり寸評〉は戦後、夕刊が復活した1949年11月27日の発刊と同時に創設された。当初は、1項目1〜3行、原則6項目だったが、1950年10月1日から、現在のスタイルになった。以来、三宅晴輝（50・10・1〜55・9・30）、細川忠雄（55・10・1〜69・8・2）、村尾清一（69・8・4〜87・6・23）の各先輩に続いて、私にバトンが渡されたのだった。

歴代の名筆には及びもつかないが、担当した歳月だけは記録を更新した。無論、長ければいいというものではないが、バトンを落とさず、走り終えたことを喜んでいる。

今回、中央公論新社の刊行でお届けする〈よみうり寸評〉の抄録は1995年6月以降のあしかけ20年にわたる。私のそれ以前の分は『コラムニストの目「よみうり寸評」この八年』として読売新聞社刊で出版しており、これで2回目の抄録刊行になった。

各項は章ごとに古いものから掲載順の配列を原則とした。ただし〈日本の四季とくらし〉は年度にかかわりなく1月から12月への順。〈世界は動く〉のうち北朝鮮による拉致事件関係はまとめて章末に一括した。

また巻末に2000年12月31日付の社説を収録したが、これはコラム担当後に私の書いた唯一の社説。当時の朝倉敏夫論説委員長から依頼されたもので「去りゆく20世紀に決別する言葉」として忘れがたく収録した。

2014年8月　永井　梓

国内・海外の10大ニュース 1995～2013

1995年

★国内10大ニュース

①阪神大震災死者５５０２人
②地下鉄サリンで11人死亡、オウム事件摘発
③野茂、大リーグで新人王
④沖縄の米軍基地問題で紛糾
⑤2信組乱脈融資事件、山口元労相を逮捕
⑥統一地方選、無党派旋風吹き荒れる
⑦不良債権の影響で金融不安拡大
⑧絶えぬ〝いじめ死〟
⑨都市博中止、問われる公約
⑩景気低迷で空前の就職難、失業率上昇

★海外10大ニュース

①仏、核実験を強行
②ラビン首相暗殺
③スー・チーさん6年ぶり解放
④盧泰愚前韓国大統領を逮捕
⑤米連邦政府ビル爆破テロで１６８人死亡
⑥ボスニア包括和平合意
⑦ソウルで百貨店崩壊
⑧サハリンで大地震
⑨シンプソン被告に無罪評決
⑩全斗煥元韓国大統領を逮捕

1996年

★国内10大ニュース

①Ｏ《オー》１５７大量感染
②北海道のトンネルで落盤事故、20人死亡
③前厚生次官、収賄容疑で逮捕
④住専処理６８５０億円投入
⑤薬害エイズ事件で安部前帝京大副学長逮捕
⑥オウム真理教事件、松本被告公判スタート
⑦自民党復調、単独内閣が復活
⑧渥美清さんが死去
⑨「普天間」全面返還で日米合意
⑩アトランタ五輪で日本勢メダル14個

★海外10大ニュース

①クリントン大統領再選
②英皇太子夫妻が離婚
③エリツィン大統領再選
④インド上空で航空機衝突、３４９人が死亡
⑤北朝鮮潜水艦が韓国に侵入
⑥全斗煥元大統領に死刑判決
⑦ＥＵが英国産牛肉全面禁輸を決定
⑧ミャンマー軍政、民主化勢力を大量拘束
⑨アトランタの五輪公園で爆弾テロ
⑩仏、核実験終結を宣言

1997年

★国内10大ニュース

①神戸の小6殺害で14歳逮捕
②ペルー日本大使公邸に武力突入
③金融機関の経営破綻相次ぐ
④タンカーから重油が流出、日本海沿岸を汚染
⑤日本、悲願のサッカーW杯出場
⑥土井さん宇宙遊泳成功
⑦消費税5%スタート
⑧野村證券元幹部逮捕、「総会屋汚染」明るみに
⑨動燃で爆発事故などの不祥事相次ぐ
⑩ホステス殺人の福田容疑者、時効直前逮捕

★海外10大ニュース

①ダイアナさんが交通事故死
②香港、中国に返還
③エジプトでテロ、邦人含む観光客58人死亡
④マザー・テレサ死去
⑤鄧小平氏が死去
⑥タイガー・ウッズがマスターズ最年少制覇
⑦北朝鮮の食糧危機続く
⑧クローン羊が誕生
⑨東南アジアで煙害拡大
⑩対人地雷全面禁止に向けて前進

1998年

★国内10大ニュース

①カレーにヒ素混入、4人死亡
②長野五輪開催、日本「金」5個
③W杯開催、日本初出場
④参院選で自民惨敗、小渕内閣が発足
⑤戦後最悪不況に、24兆円の緊急経済対策
⑥横浜がプロ野球日本一
⑦黒沢明映画監督死去
⑧北朝鮮ミサイル、三陸沖に着弾
⑨金融ビッグバン始動
⑩若乃花、連覇で初の兄弟横綱誕生

★海外10大ニュース

①米大リーグ本塁打記録、37年ぶりに更新
②インド、パキスタンが核実験
③米大統領の不倫もみ消し疑惑で報告書公表
④金大中氏が韓国大統領に就任
⑤中国の洪水死者、3000人を超す
⑥中米でハリケーン被害
⑦インドネシアでスハルト体制崩壊
⑧米大使館同時爆弾テロ
⑨ロシア政局混迷、大統領に健康不安
⑩パプアニューギニアで大津波

1999年

★国内10大ニュース

①東海村で国内初の臨界事故
②神奈川県警などで警察官の不祥事相次ぐ
③脳死移植、初の実施
④全日空61便、ハイジャックされ機長死亡
⑤文京区音羽で近所の主婦が幼女を殺害
⑥玄倉川でキャンプ中に流され、13人死亡
⑦「地域振興券」を交付
⑧ダイエー、プロ野球日本一
⑨中国産トキのヒナが誕生
⑩新東京都知事に石原慎太郎氏

★海外10大ニュース

①トルコで大地震
②台湾で大地震
③NATO軍、ユーゴ空爆
④ユーロが始動
⑤東ティモール、独立へ
⑥世界人口、60億突破
⑦米高校で銃乱射
⑧「国境なき医師団」にノーベル平和賞
⑨米大統領に無罪評決
⑩印パがミサイル実験

2000年

★国内10大ニュース

①シドニー五輪で女性大活躍
②三宅島噴火で全島民が避難
③17歳の凶悪犯罪が続発
④小渕首相倒れ、森連立内閣発足
⑤雪印乳業の製品で集団食中毒
⑥新潟不明少女、9年ぶり保護
⑦「ON対決」で巨人日本一
⑧白川博士にノーベル化学賞
⑨沖縄でサミット開催
⑩有珠山が噴火

★海外10大ニュース

①米大統領選、歴史的大接戦で混乱
②ロシア原潜沈没、乗員118人死亡
③朝鮮半島で初の南北首脳会談
④パリ郊外でコンコルド墜落
⑤露大統領にプーチン氏当選
⑥金大中大統領にノーベル平和賞
⑦ペルーのフジモリ大統領罷免
⑧パレスチナ騒乱で和平プロセス危機
⑨LOVEウイルス猛威
⑩ウッズ、メジャー年間3勝

2001年

★国内10大ニュース

①雅子さま、女児ご出産
②「えひめ丸」米原潜に衝突され沈没
③小泉内閣が発足
④国内初の「狂牛病」感染牛
⑤大阪教育大附属池田小で児童殺傷事件
⑥イチローが大リーグでMVP
⑦歌舞伎町ビル火災で44人死亡
⑧巨人軍の長嶋監督が勇退
⑨野依博士にノーベル化学賞
⑩機密費流用など外務省不祥事相次ぐ

★海外10大ニュース

①米国で同時テロ
②ブッシュ米大統領が就任
③米国で炭疽菌の被害広がる
④2008年五輪の北京開催決定
⑤タリバンが大仏破壊
⑥国連とアナン事務総長にノーベル平和賞
⑦ネパール王宮で銃撃事件
⑧ウッズがメジャー4連勝
⑨史上初の宇宙観光旅行
⑩ボンズが本塁打新記録

2002年

★国内10大ニュース

①ノーベル賞に小柴昌俊さん、田中耕一さん
②史上初の日朝首脳会談、拉致被害者5人帰国
③サッカーW杯、初の日韓共催で日本ベスト16
④巨人が日本一、松井秀喜選手大リーグへ
⑤鈴木宗男衆院議員をあっせん収賄容疑で逮捕
⑥牛肉「偽装」事件相次ぐ
⑦高円宮さま、ご逝去
⑧秘書給与流用疑惑で辻元清美、田中真紀子両衆院議員が辞職
⑨日本総領事館内で中国武装警察が亡命者連行
⑩小泉首相が田中真紀子外相を更迭

★海外10大ニュース

①モスクワで劇場占拠事件
②バリ島で爆弾テロ
③対イラクで安保理決議、米は攻撃準備進める
④欧州で150年ぶりの大洪水
⑤「ユーロ」の現金流通開始
⑥北朝鮮が核開発継続認める
⑦ブッシュ米大統領「悪の枢軸」発言
⑧中国共産党大会で胡新指導部発足
⑨イスラエル軍がパレスチナ自治区へ侵攻
⑩北朝鮮住民25人が亡命

2003年

★国内10大ニュース

①阪神、18年ぶりリーグ優勝
②衆院選で与党絶対安定多数、2大政党化進む
③中学生の4歳男児殺害など少年関連事件続発
④小泉首相がイラク攻撃を支持
⑤松井選手、Wシリーズで活躍
⑥水泳の北島選手、世界新で2冠
⑦横綱貴乃花が引退表明
⑧「千と千尋の神隠し」にアカデミー賞
⑨10年ぶり冷夏に列島冷え込む
⑩天皇陛下、がん摘出手術

★海外10大ニュース

①米英軍がイラク攻撃、フセイン政権は崩壊
②新型肺炎（SARS）が各国で猛威
③スペースシャトルが空中分解
④中国初の有人宇宙飛行
⑤イラクで爆弾テロなど続く
⑥米カリフォルニアで山火事
⑦韓国で地下鉄放火、192人死亡
⑧カリフォルニア州知事にシュワルツェネッガー氏
⑨米、カナダで大停電
⑩北朝鮮、核拡散防止条約から脱退

2004年

★国内10大ニュース

①新潟中越地震
②アテネ五輪メダルラッシュ
③プロ野球界大揺れ、50年ぶり新球団
④イチローが大リーグ年間最多安打記録更新
⑤小泉首相再訪朝、拉致被害者家族が帰国
⑥陸上自衛隊本隊、イラク入り
⑦過去最多の台風上陸で被害多発
⑧「冬のソナタ」など韓流ブーム
⑨紀宮さま婚約内定
⑩相次ぐ振り込め（おれおれ）詐欺

★海外10大ニュース

①アテネで108年ぶり五輪開催
②米大統領にブッシュ氏再選
③露・北オセチヤで学校占拠事件
④アラファトPLO議長死去
⑤鳥インフルエンザで死者相次ぐ
⑥スペインで列車爆破テロ
⑦イラクで外国人拉致相次ぐ
⑧北朝鮮で貨物列車爆発
⑨NY原油が史上最高値を更新
⑩モスクワで地下鉄爆破テロ

2005年

★国内10大ニュース

①JR福知山線脱線、107人死亡
②愛知万博開催
③紀宮さま、ご結婚
④衆院選で自民圧勝
⑤耐震強度偽装事件で大揺れ
⑥アスベスト関連死、続々と明るみ
⑦郵政民営化関連法が成立
⑧ロッテ、31年ぶり日本一
⑨野口さん、宇宙へ
⑩横綱朝青龍が史上初の七連覇

★海外10大ニュース

①米南部に超大型ハリケーン襲来
②ローマ法王ヨハネ・パウロ2世が死去
③ロンドンで同時爆破テロ
④パキスタンで大地震
⑤NY原油が高騰、初の60ドルに
⑥仏の暴動、全土に拡大
⑦米シャトル打ち上げ成功
⑧ブッシュ米大統領が2期目就任
⑨中国で鳥インフルエンザ死者
⑩北朝鮮が核保有認める

2006年

★国内10大ニュース

①紀子さまが男子ご出産
②トリノ五輪、フィギュア荒川選手が「金」
③WBC、王ジャパン初代王者に
④安倍内閣が発足
⑤夏の甲子園、早実が初優勝
⑥ライブドア事件で堀江貴文社長ら逮捕
⑦「いじめ苦」自殺相次ぐ
⑧日本ハム、44年ぶり日本一
⑨秋田の小1男児が殺害され発見、子供が犠牲の犯罪相次ぐ
⑩福岡市職員の飲酒事故で3児死亡

★海外10大ニュース

①北朝鮮が核実験実施
②ジャワ島地震で死者約6000人
③北朝鮮がミサイル発射
④冥王星、太陽系惑星から除外
⑤米中間選挙で民主党勝利
⑥フセインに死刑判決
⑦ニューヨーク原油が77ドル突破
⑧鳥インフルエンザ死者、通算で100人突破
⑨元露FSB中佐、英国で殺害
⑩インドで列車同時テロ

2007年

★国内10大ニュース

①安倍首相が突然の退陣、後継に福田首相
②「不二家」「赤福」など偽装相次ぐ
③「年金記録漏れ」5000万件判明
④参院選で自民歴史的惨敗、民主第1党に
⑤守屋前防衛次官逮捕、ゴルフ接待収賄容疑
⑥新潟県中越沖地震、死者15人
⑦松岡農相自殺、「政治とカネ」後絶たず
⑧宮崎県知事にそのまんま東氏
⑨横綱朝青龍に2場所出場停止
⑩民営郵政スタート

★海外10大ニュース

①ミャンマーで反政府デモ、日本人映像ジャーナリスト死亡
②ニューヨーク原油、最高値99・29ドルに
③中国産食品から有毒物質、不安高まる
④サブプライム問題で米経済失速
⑤米大学銃乱射で32人死亡
⑥北の核「無能力化」に向け共同文書採択
⑦スマトラ島地震で80人超死亡
⑧仏大統領にサルコジ氏
⑨ノーベル平和賞にゴア前米副大統領ら
⑩タリバンが韓国人23人誘拐、牧師ら2人殺害

2008年

★国内10大ニュース

①中国製ギョーザで中毒、中国産食品のトラブル相次ぐ
②福田首相が突然の退陣表明、後継は麻生首相
③ノーベル賞に南部、小林、益川、下村氏
④北京五輪で日本「金」9個、北島選手ら連覇
⑤東京・秋葉原で無差別7人殺害
⑥後期高齢者医療制度スタート
⑦元厚生次官宅襲撃事件で3人死傷
⑧東京株、バブル後最安値を記録
⑨岩手・宮城で震度6強、13人死亡
⑩洞爺湖サミット

★海外10大ニュース

①米大統領選でオバマ氏勝利
②中国・四川大地震発生
③米証券大手リーマンが破綻
④北京で五輪開催
⑤NY原油、最高値147・27ドル記録
⑥ミャンマーでサイクロン被害
⑦インドの商都ムンバイで同時テロ
⑧チベットで大規模暴動
⑨北京五輪の聖火リレー、世界各地で混乱
⑩インドネシアで鳥インフルエンザ

2009年

★国内10大ニュース

①衆院選で民主308議席の圧勝
②日本でも新型インフルエンザ流行
③「裁判員制度」スタート
④日本がWBC連覇
⑤酒井法子容疑者、覚醒剤所持で逮捕
⑥天皇陛下即位20年
⑦高速道「上限1000円」スタート
⑧イチロー選手が大リーグ史上初の9年連続200安打
⑨巨人が7年ぶり21度目日本一
⑩「足利事件」の菅家さん釈放

★海外10大ニュース

①新型インフルエンザ大流行、死者相次ぐ
②オバマ米大統領が就任
③マイケル・ジャクソンさん急死
④米GM、クライスラーが相次ぎ経営破綻
⑤ノーベル平和賞にオバマ大統領
⑥北朝鮮が弾道ミサイル発射
⑦韓国で射撃場火災、日本人客10人死亡
⑧中国新疆ウイグル自治区で暴動
⑨南太平洋、スマトラで大地震相次ぐ
⑩世界陸上、ボルト選手が3冠

2010年

★国内10大ニュース

①尖閣諸島沖で中国漁船が海保巡視船と衝突
②ノーベル化学賞に根岸氏、鈴木氏
③宮崎で「口蹄疫」発生
④113年間で最も暑い夏、気象庁発表
⑤鳩山首相退陣、後継に菅副総理・財務相
⑥小惑星探査機「はやぶさ」帰還
⑦参院選で民主大敗
⑧野球賭博関与で琴光喜ら解雇
⑨郵便不正事件の押収証拠改ざんで大阪地検特捜検事を逮捕
⑩サッカーW杯、日本は決勝T進出

★海外10大ニュース

①チリ鉱山落盤事故、33人「奇跡の救出」
②北朝鮮が韓国を砲撃、韓国側で死者4人
③上海万博開幕、7300万人入場
④ハイチでM7・0地震、23万人死亡
⑤メキシコ湾で原油流出
⑥金正恩氏が後継に確定
⑦ノーベル平和賞に中国民主活動家の劉暁波氏
⑧韓国哨戒艦沈没、「北の魚雷攻撃で」
⑨ミャンマーで総選挙、スー・チーさん解放
⑩アイスランド火山噴火

2011年

★国内10大ニュース

①東日本大震災、死者・不明者約2万人
②サッカー「なでしこジャパン」世界一
③福島第一原発事故で深刻な被害
④大相撲で八百長発覚、春場所中止に
⑤新首相に野田佳彦氏
⑥スカイツリー「世界一」634メートルに
⑦大型台風上陸相次ぎ記録的被害
⑧大阪ダブル選、橋下氏と松井氏が初当選
⑨テレビ放送が地デジに移行
⑩節電の夏、37年ぶり電力使用制限令

★海外10大ニュース

①タイで洪水被害　日系企業も大打撃
②ウサマ・ビンラーディン殺害
③チュニジアで長期独裁政権が崩壊、エジプト、リビアにも「アラブの春」
④ニュージーランド地震で180人以上死亡
⑤ユーロ危機深刻化、欧州各国に波及
⑥中国高速鉄道で追突事故、40人死亡
⑦米アップル社スティーブ・ジョブズ会長死去
⑧世界人口が70億人突破
⑨中国が日本を抜き世界第2の経済大国に
⑩英ウィリアム王子が結婚

2012年

★国内10大ニュース

①ノーベル生理学・医学賞に山中教授
②東京スカイツリー開業
③ロンドン五輪、史上最多のメダル38個
④政権問う師走の衆院総選挙
⑤尖閣国有化で日中関係悪化
⑥金環日食、932年ぶり広範囲観測
⑦中央道トンネルで崩落、9人死亡
⑧巨人が3年ぶり22度目の日本一
⑨菊地容疑者ら逮捕、オウム捜査終結へ
⑩兵庫県尼崎市のドラム缶遺体事件、連続遺体遺棄・行方不明事件に発展

★海外10大ニュース

①米大統領選でオバマ氏が再選
②中国共産党総書記に習近平氏
③金正恩氏が朝鮮労働党第1書記に
④英エリザベス女王の即位60年で祝賀行事
⑤ミャンマー議会補選でスー・チー氏当選
⑥露大統領にプーチン首相が当選
⑦ハリケーン「サンディ」、死者100人以上
⑧シリア内戦が泥沼化
⑨NASA無人探査車が火星に着陸
⑩欧州の財政・金融危機続く

2013年

★国内10大ニュース

①2020年夏季五輪・パラリンピックの開催地が東京に決定
②富士山が世界文化遺産に決定
③参院選、自公両党で過半数獲得、ねじれ解消
④楽天が初の日本一
⑤長嶋茂雄氏と松井秀喜氏に国民栄誉賞
⑥伊豆大島で土石流災害、死者35人
⑦消費税率8%への引き上げ決定
⑧楽天の田中投手が連勝の新記録
⑨安倍首相、TPP交渉参加を表明
⑩ホテルなどで食材偽装の発覚相次ぐ

★海外10大ニュース

①台風でフィリピン死者・行方不明者多数
②英王子の妻キャサリン妃が男児出産
③露に隕石落下、1200人以上負傷
④中国共産党の習近平総書記を国家主席に選出
⑤中国で大気汚染による濃霧が過去50年で最多
⑥ローマ法王に初の中南米出身枢機卿
⑦サッチャー元英首相が死去
⑧米英紙報道で米当局の通信監視が発覚
⑨オバマ米大統領の2期目スタート
⑩米ボストンマラソンのテロで3人死亡

本書に収録したコラムは、『読売新聞』夕刊に掲載された「よみうり寸評」（１９９５年６月７日付～２０１４年３月28日付）から抜粋したものです。

◎装幀　中央公論新社デザイン室

永井 梓（ながい・あずさ）

1935年新潟市生まれ。58年東京大学文学部卒業、読売新聞社入社。社会部司法クラブ・キャップ、同部次長、論説委員、論説副委員長等を経て、96年6月取締役論説委員。2004年6月、読売新聞グループ本社副主筆兼東京本社専務取締役論説担当。07年6月から現職の東京本社論説委員会特別顧問。夕刊1面コラム「よみうり寸評」は1987年6月から2014年3月まで執筆した。著書に『コラムニストの目』。

四〇〇文字《よんひゃくもじ》の小宇宙《しょううちゅう》
——「よみうり寸評《すんぴょう》」自選集《じせんしゅう》 1995－2014

2014年9月10日 初版発行

著 者 永井 梓

発行者 大橋善光

発行所 中央公論新社

〒104-8320 東京都中央区京橋2-8-7
電話 販売 03-3563-1431 編集 03-3563-2173
URL http://www.chuko.co.jp/

DTP 市川真樹子
印 刷 三晃印刷
製 本 小泉製本

Published by CHUOKORON-SHINSHA, INC.
Printed in Japan ISBN978-4-12-004659-9 C0095